El Fabricante de Muñecas

El Fabricante de Muñecas

R. M. Romero

Traducción de Jorge Rizzo

Rocaeditorial

Título original: *The Dollmaker of Kraków*

Publicada en acuerdo con Lennart Sane Agency AB.

© 2017, R. M. Romero

Primera edición: febrero de 2018

© de la traducción: 2018, Jorge Rizzo
© de esta edición: 2018, Roca Editorial de Libros, S. L.
Av. Marquès de l'Argentera 17, pral.
08003 Barcelona
actualidad@rocaeditorial.com
www.rocalibros.com

Impreso por LIBERDÚPLEX, S.L.U.
Ctra. BV-2249, km 7,4, Pol. Ind. Torrentfondo
Sant Llorenç d'Hortons (Barcelona)

ISBN: 978-84-16700-64-6
Depósito legal: B. 29356-2017
Código IBIC: FA; FV

RE00646

A los niños que murieron en el holocausto.
Y al río, que me envió flores desde el mar.

Prólogo

La costurera y la Tierra de las Muñecas

$É$rase una vez una muñequita llamada Karolina que vivía en un país lejos del mundo de los humanos.

La Tierra de las Muñecas era un gran reino que se extendía a lo largo de kilómetros y más kilómetros en todas direcciones. Al este estaba el mar, y al oeste unas montañas de cristal surgían de la tierra y se elevaban hacia el sol. En los tiempos en que gobernaban el sabio rey y su reina, el cielo siempre lucía el azul del verano, la luz de la luna era pura como la plata y nadie envejecía ni se demacraba.

Al otro lado del mar, en cambio, se extendía un país oscuro. Sus habitantes, unas ratas enormes con un apetito aparentemente tan grande como el propio océano, habían sido creados por un brujo malvado a partir de sombras, lágrimas y ceniza. El rey y la reina de las muñecas temían que un día las ratas tuvieran tanta hambre como para invadir su país, trayendo consigo su crueldad y sus ansias desmedidas.

Pero Karolina no sabía nada de esos rumores. Vivía en una minúscula casita junto a un arroyo que discurría entre dos verdes colinas. Las cortinas las había tejido con flores silvestres y las paredes de la casa estaban hechas de trozos de galleta, aunque ella nunca sentía la tentación de comérselas. La dulce casita era todo lo que deseaba Karolina, ya que ella no era reina, ni rey, ni siquiera princesa; ella era costurera.

Hacía vestidos de baile de satén y chalecos de terciopelo, faldas con un gran vuelo, como las alas de las mariposas, y elegantes chaquetas con botones dorados. Y lo mejor de todo: cosía deseos a cada prenda de ropa con su aguja e hilo. Cada deseo era una esperanza incumplida, un cuento a medio tejer que necesitaba un final. Pero Karolina no podía conceder los deseos que le susurraban; su magia no llegaba a eso.

A Karolina le gustaba su trabajo, pero había unas cuantas clientas cuyos deseos le provocaban gran dolor. Eran muñecas silenciosas y tristes, y sus historias estaban tan a la vista como si las llevaran impresas sobre su rostro de porcelana y sus manitas de madera.

¿Qué querían las muñecas tristes? Volver al mundo humano en el que habían vivido brevemente. ¿Por qué? Porque querían ver a los niños y niñas que habían sido sus compañeros más íntimos una vez más. Pero eso era imposible. Ninguna muñeca había conseguido volver al otro mundo, por mucho que lo deseara.

Ella no se lo decía, pero no pensaba que pudiera concederles su deseo. Las niñas humanas a las que habían pertenecido al principio quizá trataran bien a las muñecas, pero luego crecerían, dejando que sus compañeras de juegos antes tan queridas acumularan polvo y moho en los desvanes y debajo de las camas. Cuando la madera, la tela y el cristal no podían contener ya su alma, volvían a la Tierra de las Muñecas.

Karolina nunca había intentado recordar quién había sido su dueño en el mundo de los humanos; sabía que a sus amigas eso no les había ayudado nada. Las muñecas tristes habían aprendido a llorar, y para Karolina eso era lo peor del mundo. No tenía ningún deseo de volver a esa otra tierra llena de niños y niñas y juegos imaginarios.

Un día las ratas consiguieron desembarcar por fin en el país de Karolina. Derrocaron al rey y a la reina con sus bayonetas de hierro y sus afilados dientes y extendieron el terror. Así que, con un corte en la mejilla y el vestido hecho jirones, Karolina huyó a lo más profundo y oscuro del bosque, esca-

10

pando de las invasoras y de las piras que habían encendido para quemarlo todo.

Fue en el bosque donde se encontró con un soldado de juguete llamado Fritz, y con la ayuda de un viento bondadoso, el Dogoda, observó que, después de todo, estaba destinada a volver al mundo de los humanos.

1

El Fabricante de Muñecas

*K*arolina se despertó en su nuevo mundo y se encontró con que tenía el corazón de cristal.

Era como si dentro del corazón le crecieran a la vez rosas y espinas, porque contenía toda la felicidad y la pena que había experimentado alguna vez en la Tierra de las Muñecas. Cuando se movía, repiqueteaba contra la madera pulida del interior de su pecho.

Temblando, Karolina se llevó una mano al rostro. Al primer contacto se dio cuenta de que el corte que le atravesaba el pómulo en la Tierra de las Muñecas había desaparecido. Cuando bajó el brazo, se encontró los dedos embadurnados de la pintura rosada de sus mejillas. El viento bondadoso le había dicho que alguien en el mundo de los humanos la había reclamado. Así que aquella persona, quienquiera que fuera, debía de haber sido el que le había reparado el rostro y le había colocado el corazón de cristal en el interior del pecho.

Karolina miró a su alrededor y se dio cuenta de que se encontraba sobre una mesa alta, entre astillas de madera y rollos de cinta. Aunque no estaba hecha de vidrio ni de porcelana, como alguna de sus amigas, no quería caerse al suelo, así que se quedó muy quieta para evitar perder el equilibrio. A la derecha había una mole enorme, como una montaña, aunque no era tan grande como las de su país. Estaba cubierta con un trapo largo y áspero. Karolina no tenía ni idea de qué podía haber debajo.

Al otro lado de la mesa había un gran ventanal, y más allá la oscuridad, interrumpida únicamente por la débil luz amarillenta de las farolas. Estas no estaban hechas de bastones de caramelo de menta, como las de la Tierra de las Muñecas; se elevaban como oscuros árboles robustos que nacían entre los adoquines. El mundo exterior no resultaba muy sugerente, pero la habitación en la que se encontraba Karolina le recordó su casita: cálida y acogedora. No obstante, aquella tienda —porque estaba claro que era una tienda— no estaba llena de vestidos de fiesta, chaquetas y pañuelos, como su casita.

Estaba llena de juguetes.

Había una fila tras otra de caballos-balancines con guirnaldas de margaritas y hojas de otoño pintadas en los costados. Había llamativos animales de formas y tamaños diferentes en los estantes, hechos de trapo, con su boquita sonriente.

Y lo mejor de todo era que había muñecas por todas partes. Ninguna tenía magulladuras en el rostro ni las piernas o los brazos chamuscados por el fuego. Todas parecían estar en paz, dispuestas a querer y a ser queridas. Estaban seguras.

No obstante esos otros juguetes no eran como Karolina. No vio a ninguna de ellas caminando por los estantes, y ninguna la saludó. No estaban vivas, no tenían corazón, y Karolina, como cualquier otra muñeca, sabía que nadie podía estar vivo realmente sin un corazón.

Pero Karolina envidiaba un poco a aquellos juguetes silenciosos, pues su corazón de cristal estaba lleno de sombras y miedos. Estaba muy sola, pero a juzgar por lo que le había dicho el viento bondadoso, alguien la estaba esperando. ¿Dónde estaba esa persona?

El ruido de pasos acercándose hizo que Karolina se quedara rígida. Se abrió una puerta en la parte de atrás de la tienda y apareció un hombre. Tenía la barba roja, como si la Estrella Polar se la hubiera tocado por un momento con la punta de los dedos, y vestía un pijama blanco. Se frotó los ojos verdes mientras se acercaba a ella, cojeando. Ahora que estaba más cerca,

Karolina pudo ver que el extraño no era ni un niño ni un viejo, sino algo intermedio. Aun así, Karolina se imaginó que si la levantaba de la mesa, solo sobresaldría un poco de la mano del hombre, que estaba manchada de la misma pintura rosa que daba color a los dedos de Karolina.

¡Esa debía de ser la persona de la que le había hablado el viento, la que le había reparado el rostro y le había dado un corazón nuevo! El hombre, el Fabricante de Muñecas, se sentó en el taburete al lado de Karolina, frotándose las manos. Tenía el rostro surcado de lágrimas, y parecían recientes. Habían dejado un rastro rojo como los gritos de guerra en la pálida piel de sus mejillas.

—La Gran Guerra fue hace veinte años —se dijo el Fabricante de Muñecas—. Estamos en 1939. Estoy en casa, en Cracovia. Estoy en casa. Las pesadillas no son reales.

A Karolina no se le había ocurrido la posibilidad de que en el mundo humano también hubiera guerras. Si el Fabricante de Muñecas hubiera sido otro juguete, le habrían venido a la cabeza palabras de ánimo que decirle, pero no le salía nada. Era muy diferente a todo lo que había visto antes. Ser capaz de mostrar el propio dolor tan abiertamente, con lágrimas, le parecía un truco de magia terrible, un truco que los humanos ejecutaban casi sin darse cuenta.

Con manos temblorosas, el Fabricante de Muñecas le quitó el trapo a la montaña… y quedó claro que aquello no era en absoluto una montaña. Era una preciosa casa de muñecas de tres pisos, y tenía el tamaño perfecto para Karolina. No rozaría los techos con la cabeza, ni tendría que estirarse para llegar a la mesa de la cocina o para abrir el armario que vio en el dormitorio del desván. Las jardineras de las ventanas estaban llenas a reventar de rosas de tela, y sobre la barandilla del balcón del segundo piso había un esbelto gato negro sentado. A Karolina le gustó especialmente aquel toque; el gato podría zamparse a cualquier rata que se acercara.

El Fabricante de Muñecas se puso a darle los últimos toques al alero del tejado con un fino cuchillo. Movía la mano tan rápidamente que daba la impresión de que no podría parar ni

15

aunque quisiera. Talló un diseño delicado y sinuoso tan fino que a Karolina le recordó el glaseado de un pastel.

A medida que trabajaba, el Fabricante de Muñecas dejó de llorar, y Karolina creyó entender por qué. A ella crear algo siempre le hacía sentir mejor. Solo cuando tenía las manos quietas sentía que no podía defenderse de las lágrimas que amenazaban con adueñarse de su corazón.

Observando al Fabricante de Muñecas, Karolina respiró hondo. Aquel mundo, aquel lugar... tenía un olor familiar, como a polvo, canela y a campos de flores amarillas. ¿Habría estado allí antes? No había forma de describir la extraña sensación que se había apoderado de ella, penetrando en su interior con la misma facilidad con que lo habría hecho el cuchillo del Fabricante de Muñecas. Pero cuanto más intentaba entenderla, más tenía la sensación de que era como intentar atrapar un sueño con sus manitas.

Quizá el Fabricante de Muñecas pudiera responder a sus preguntas.

Karolina dio un paso hacia la casa de muñecas, intentando pensar qué decir. Pero con las prisas, se pisó el borde de la larga falda roja y se le escapó una exclamación. Agitó los brazos intentando recuperar el equilibrio y consiguió enderezarse justo a tiempo de evitar la caída.

Desde luego no era así como le habría gustado presentarse, pero era tarde para rectificar.

—Hola —dijo Karolina, agitando la mano—. Soy Karolina.

Al Fabricante de Muñecas se le cayó el cuchillo al suelo, y el rostro se le quedó más pálido que el humo.

—Oh, no. Por fin ha ocurrido —dijo—. Ya he perdido la cabeza.

Karolina sabía que el Fabricante de Muñecas no había perdido la cabeza.

—No te pasa nada —le dijo.

El Fabricante de Muñecas se levantó de su taburete de un salto y dio un paso atrás.

—Pero... pero las muñecas no hablan. No puedes ser de verdad. Debo de estar cansado: tengo alucinaciones.

—Sí que pareces cansado, pero te lo prometo: soy tan de verdad como tú —dijo Karolina. En realidad, daba la impresión de que el raro era el Fabricante de Muñecas, el único humano en el mundo de los juguetes, y que ella esa una más en la tienda.

—A ti te he hecho yo —dijo él—. Y yo no puedo crear nada que cobre vida.

—Los jardineros lo hacen constantemente con las flores —dijo Karolina—. Y en realidad tú no me has hecho. Mi alma ya existía antes: tú solo me has llamado, y el viento me ha traído hasta ti. Pensaba que eso ya lo sabías. Tú me has hecho este cuerpo, ¿verdad?

—Sí, pero no recuerdo haber llamado a nadie. Estaba intentando recrear una muñeca que había hecho mi madre y…
—El Fabricante de Muñecas sacudió la cabeza con fuerza—. Oh… ¿Por qué estoy hablando con una creación de mi imaginación? Esto es demasiado.

Se puso en pie apoyándose en la mesa, y el movimiento hizo que la pernera del pijama se le subiera varios centímetros. Karolina vio que tenía la pierna hecha de la misma madera pálida de la que estaba hecha ella.

—No pensaba que pudieran hacerse humanos de madera —observó Karolina, ladeando la cabeza para poder ver la pierna del Fabricante de Muñecas desde otro ángulo. El hombre parecía tan aturdido que pensó que quizá no respondería. Pero tras un largo rato en que solo se oyó el pesado tictac de un reloj cercano, por fin lo hizo:

—Solo tengo de madera esta pierna. El resto de mi cuerpo está hecho de algo más blando.

—¿Puedo verte la pierna?

—No es muy… bonita —respondió el Fabricante de Muñecas, apartando la mirada—. A la mayoría de la gente no le gusta.

—¿Por qué? —preguntó Karolina.

—A la gente no le gusta ver cosas rotas —dijo él.

—Tú no estás roto —dijo Karolina, apoyando las manos en la cadera—. Yo estoy hecha toda de madera, y tú no crees que yo esté rota, ¿no?

17

—Nadie me lo había planteado nunca así —confesó el Fabricante de Muñecas. Se arremangó la pernera y dejó a la vista cuatro cintas que sujetaban una pierna de madera a lo que quedaba de su pierna original, envuelta en una funda de piel.

Aparentemente, en aquel lugar las cosas no eran tan diferentes como se había temido Karolina.

—A mí me gusta tu pierna.

—Pues eres de las pocas —dijo él—. Tú… tú no te has convertido en muñeca, ¿no? ¿De verdad eres una muñeca viva? —preguntó. El flequillo se le había caído hacia delante, cubriéndole las sienes y los ojos, y se lo echó hacia atrás con un gesto impaciente.

—Creo que si hubiera sido humana me acordaría —dijo Karolina—. Pero solo recuerdo haber sido muñeca.

—Asombroso —dijo el Fabricante de Muñecas en voz baja. Volvió a sentarse en su taburete y se echó adelante, como si quisiera aferrar cada una de las palabras de Karolina con sus encallecidas manos.

Viendo que el hombre iba sintiéndose más cómodo, Karolina le preguntó:

—Has dicho que tu madre había hecho una muñeca como yo. ¿Qué quiere decir eso?

—A mi madre le encantaba hacer cosas. Hizo una muñeca que era exactamente como tú, y un día me dijo que se la diera a mis hijos. Cuando mi madre murió, tras la guerra, busqué la muñeca, pero no la encontré. Así que intenté hacerla yo mismo. —La voz del Fabricante de Muñecas dio paso a un silencio que de algún modo parecía más sonoro que cualquier palabra que hubiera dicho antes—. Y te hice a ti.

¿Habría conocido Karolina a la madre del Fabricante de Muñecas? ¿Por qué todo aquello le resultaba tan familiar?

—¿Por eso fabricas juguetes? ¿Porque era lo que hacía tu madre?

—En cierto modo. Empecé en el hospital de campaña, cuando perdí la pierna, porque no podía dormir —dijo él, dándose unas palmaditas en la rodilla—. Me dio algo que hacer mientras todos los demás dormían. Y sigue siendo así. Mis sueños a veces son... perturbadores. Las guerras resultan difíciles de olvidar.

—Yo también tengo sueños así —dijo Karolina—. A veces cierro los ojos y veo todas las cosas horrorosas que han tenido lugar en la Tierra de las Muñecas.

—¿La Tierra de las Muñecas?

—Es donde vivía yo, antes de que me llamaras y viniera aquí —le explicó Karolina—. Igual que tú vives en... —Se llevó un dedo a la barbilla, pensativa. ¿Había mencionado el Fabricante de Muñecas dónde estaban exactamente?

—Cracovia —le dijo él—. Esto es la ciudad de Cracovia, en la República de Polonia.

—Cracovia. —El nombre de la ciudad tenía un sabor fresco y penetrante, como una rodaja de manzana—. ¿Y cómo es? ¿Es un buen lugar?

—Eso creo. A mí me encanta. —El Fabricante de Muñecas señaló con un gesto al ventanal—. He hecho una maqueta de la ciudad. ¿Quieres verla?

Karolina saltó con sus piececitos enfundados en botas.

—Sí, por favor —dijo. El Fabricante de Muñecas se acercó a recogerla, pero luego se detuvo, y sus dedos quedaron flotando por encima de Karolina.

—¿Puedo levantarte? —preguntó—. No quiero ser maleducado, llevándote si tú no quieres.

—No me importa que me lleves. Tus piernas son mucho más largas que las mías. Yo tardaría una eternidad en cruzar la habitación —dijo Karolina. Levantó los brazos, y el Fabricante de Muñecas la llevó hasta la mesa.

Al acercarse al ventanal, Karolina vio por un momento su reflejo en el cristal y se relajó un poco más. El Fabricante de Muñecas había capturado perfectamente sus rasgos: tenía el mismo cabello dorado y los ojos del mismo azul aciano que en la Tierra de las Muñecas.

—Has hecho muy buen trabajo conmigo —le dijo Karolina al Fabricante de Muñecas—. Gracias.

—De nada —respondió él, que no obstante no parecía que-

19

rer seguir hablando de ello, y le señaló hacia abajo—. Esto es mi Cracovia en miniatura.

La maqueta de la ciudad estaba en el escaparate. En el centro se levantaba un edificio con dos torres doradas y una enorme estatua de un hombre de gesto severo. A su alrededor se concentraban personas y palomas en igual número, mientras unas pequeñas figuras se abrían paso hacia las macizas casas y tiendas que rodeaban la tienda. El propio Fabricante de Muñecas formaba parte de la Cracovia en miniatura, de pie frente a su tienda, con una muñeca en una mano y un bastón en la otra.

Sin embargo fueron las dos figuras de la esquina —un joven caballero con una espada dorada y el dragón que se le echaba encima— las que dejaron sin aliento a Karolina.

—Ese caballero… ¿dónde vive? —preguntó.

—Ese es el príncipe Krakus, y vivía en el castillo de Wawel —respondió el Fabricante de Muñecas, tocando con los dedos un pequeño edificio con la fachada pintada imitando ladrillos rojos. Un río azul lo rodeaba sinuosamente como un gato.

—Quiero conocerlo —dijo Karolina—. ¿Cuánto tardaría en llegar? No parece que esté demasiado lejos.

—La Cracovia de verdad es algo… más grande que las partes que he puesto en la maqueta. Me temo que tardarías mucho tiempo en llegar a pie al castillo de Wawel. Y siento decepcionarte, pero el príncipe y el dragón forman parte del pasado de Cracovia, no de su presente. Solo los puse en la maqueta porque me gusta mucho su historia.

La noticia le cayó a Karolina como una ráfaga de viento frío, penetrante y desagradable.

—Si el caballero no protege a los habitantes de la ciudad, ¿quién lo hace?

—Bueno —dijo el Fabricante de Muñecas—, ahora mismo tenemos un ejército y una Marina que nos pueden ayudar. Pero temo por mi país. Se están formando nubes de tormenta a nuestro alrededor.

Karolina pensó en los soldados de la reina, con sus brillantes uniformes plateados.

—Pero los ejércitos no siempre ganan las batallas que libran. Pensé que este mundo sería seguro.

—No... no siempre lo es.

Karolina señaló a la plaza a oscuras.

—Yo no veo nada peligroso ahí fuera —dijo—. ¿Estás seguro de que el príncipe y el dragón ya no están? Parece que tienen una magia muy potente. Quizá puedan ayudarnos a poner fin a la guerra en la Tierra de las Muñecas.

—No pensaba que pudiera haber una guerra en un mundo lleno de juguetes —observó el Fabricante de Muñecas.

—Pues sí, hay una guerra de verdad, con batallas, heridos y todo —dijo Karolina.

—¿Y quién la ha empezado?

—Las ratas. Unas ratas horribles que llegaron de muy lejos —dijo Karolina, y se estremeció. Sus enemigos estaban a un mundo de distancia, pero eso no hacía que los temiera menos.

—¿Ratas? —dijo el Fabricante de Muñecas—. ¿Esos bichos pequeños que viven en los callejones?

—¿Pequeños? —exclamó Karolina.

—No eran pequeñas, entonces —se corrigió él.

—No. Eran enormes y malvadas. Pero yo ya no estoy allí, igual que tú ya no vas a combatir en esa guerra de la que me has hablado. El viento bondadoso nos salvó a Fritz y a mí, aunque no sé dónde está Fritz y...

—Lo siento mucho. No quería disgustarte —se disculpó el Fabricante de Muñecas.

—Estás perdonado —dijo Karolina, presionándole la yema del pulgar con la mano. Luego, sin pensarlo, lo rodeó con sus bracitos. No era un abrazo propiamente dicho, pero tendría que contentarse.

Cuando lo soltó, el Fabricante de Muñecas le dijo:

—Arriba tengo un libro que cuenta la historia del príncipe y el dragón. Puedo ir a buscarlo, si quieres leerlo.

—Eso podría servir de ayuda —dijo Karolina, que aún no había abandonado la esperanza de que el príncipe y el dragón se hubieran ocultado, como habían hecho ella y muchas otras muñecas en el bosque. Quizá aún pudieran salvar a su gente.

El Fabricante de Muñecas volvió a dejar a Karolina sobre la mesa.

—Ahora vuelvo —dijo, pero antes de marcharse añadió—: Por favor, no te vayas mientras subo y bajo. Por favor.

—No puedo —dijo Karolina, señalando hacia la puerta de entrada—. Esa puerta es demasiado grande como para que pueda abrirla sola.

—Quiero decir que no te vayas de la tienda. —El Fabricante de Muñecas de pronto parecía mucho más joven de lo que era; un chico temeroso en lugar de un hombre. Era una extraña transformación—. ¿Y si... Y si te conviertes de nuevo en una muñeca normal?

Karolina no había pensado en eso. Se sentía bien en el cuerpo de madera que le había hecho el Fabricante de Muñecas, pero ¿y si volvía el viento bondadoso y se llevaba su alma de nuevo?

El Fabricante de Muñecas interpretó el silencio de Karolina.

22

—Lo siento. No quería aumentar aún más tus preocupaciones.

Se fue caminando lentamente, y Karolina se preguntó hasta qué punto las disculpas habían formado parte de su vida, aunque no hubiera hecho nada malo.

—No tienes que disculparte —dijo Karolina—. Yo no conozco a fondo cómo funciona la magia, pero las muñecas no abandonan este mundo hasta que sus cuerpos se rompen. Y mi cuerpo está impecable. —Agitó sus minúsculos deditos, tan ágiles como lo eran en la Tierra de las Muñecas—. Creo que estaré por aquí una temporada.

El Fabricante de Muñecas esbozó una sonrisa fatigada pero de alivio, como si le hubieran soltado un nudo que tuviera en el pecho. Abrió la puerta trasera de la tienda y desapareció por las escaleras, dejando a Karolina a solas con los muñecos mudos.

El Fabricante de Muñecas regresó unos minutos más tarde con el libro bajo el brazo. La cubierta estaba unida al lomo solo por unos cuantos hilos frágiles, y la imagen impresa en ella —la de una niña en un bosque oscuro que a Karolina le daba la impresión de conocer muy bien— estaba desgastada.

El Fabricante de Muñecas apoyó el libro en la mesa, junto a Karolina.

—Era mi libro favorito cuando era niño, y el de mi madre antes de ser mío —dijo, pasando las páginas. Eran delicadas y amarillentas, como si hubieran absorbido todas las tardes soleadas que el Fabricante de Muñecas debía de haber pasado leyendo las historias que contenían—. ¡Ah! Aquí lo tenemos. El príncipe Krakus y el dragón.

Karolina fue leyendo la historia, y su decepción iba en aumento a cada palabra que leía.

—¿El príncipe Krakus mató al dragón? —exclamó—. ¡Qué manera de desperdiciar a un dragón perfectamente útil. Debería haber intentado convertirse en su amigo… Eso es lo que habría hecho el rey de la Tierra de las Muñecas.

—Ahora que lo pienso, probablemente habría sido una idea mejor —dijo el Fabricante de Muñecas.

Karolina cogió varias de las páginas con una sola mano y, refunfuñando, las pasó todas a la vez. Se encontró con una ilustración en la que aparecía un grupo de caballeros de brillantes espadas que corrían hacia las puertas de un castillo.

—Mira estos caballeros. Si pudieran venir a la Tierra de las Muñecas, podrían ayudarnos a vencer a las ratas. Especialmente si fueran tan grandes como tú.

El Fabricante de Muñecas señaló el casco de uno de los caballeros, acabado en dos alas de metal.

—Sí que parecen fieros —coincidió—. Ojalá pudieran cobrar vida y ayudarte.

Cerró los ojos, y el dibujo que había bajo su dedo se movió. Karolina parpadeó, pensando que se lo había imaginado. Pero la imagen volvió a temblar. Los caballeros de la página se estaban moviendo de verdad. Karolina oyó cómo aleteaban sus capas al viento y el ruido de los cascos de sus caballos contra el suelo. El ruido aumentó cada vez más, como si los caballos se acercaran desde lejos.

El Fabricante de Muñecas también debía de haber oído los ruidos, porque abrió los ojos de golpe y fijó la mirada en la página, boquiabierto.

—¿Qué...?

A Karolina se le hizo un nudo en la garganta de la alegría.

—¡Estás dándoles vida! —consiguió decir—. ¡Realmente puedes hacer magia!

De pronto la imagen dejó de moverse y los ruidos de los caballeros cesaron. Pero la sensación mágica seguía ahí; Karolina percibía cómo calentaba el aire entre ambos.

—Eso no lo he hecho yo —respondió el Fabricante de Muñecas, agitado—. No podría hacerlo. Nunca he hecho nada parecido.

—Me llamaste y me diste un corazón, y ahora has hecho que el libro también cobre vida —dijo Karolina—. Quizá tengas suficiente poder como para salvar la Tierra de las Muñecas. ¡Quizá sea por eso por lo que me ha traído hasta aquí el viento bondadoso! ¡Y a cambio, quizá yo pueda hacer algo por ti!

—No hace falta que hagas nada —se apresuró a responder él—. Sigo sin creer que sea el mago que tú crees que soy. Pero si te puedo ayudar, no tienes que darme nada a cambio.

—Pero no sería justo que no te ayudara si pudiera. —Karolina recorrió la tienda con la mirada, intentando descubrir en qué podía ayudar al Fabricante de Muñecas. Y cuando oyó el murmullo de su propia falda al moverse, supo que efectivamente podría ayudarle—. Ya sé, te coseré prendas para tus juguetes —decidió—. Luego podrás venderlos. Yo era costurera, y se me da muy bien.

—Seguro que sí —dijo el Fabricante de Muñecas—. Pero aparte de lo que me has dicho sobre las ratas, no sé nada sobre tu tierra.

—¿Por dónde empiezo?

El hombre hizo un gesto con la mano y, al hacerlo, pareció realmente un mago, uno que pudiera gobernar incluso a las estrellas... aunque él mismo no se diera cuenta.

—Por el principio —dijo.

Y

En la Tierra de las Muñecas, le dijo Karolina, el río que pasaba junto a su casa la despertaba cada mañana con una canción, y las ramas de los árboles se curvaban bajo el peso de las manzanas de caramelo. La luz del sol era tan dulce como la crema. Era un lugar donde el amor duraba eternamente, y donde a nadie se dejaba de lado.

—Tal como la describes, la Tierra de las Muñecas parece un lugar perfecto —observó el Fabricante de Muñecas.

—No, no lo era... ni siquiera antes de la invasión. —Se echó una trenza hacia atrás por encima del minúsculo hombro y fue a dar contra el codo del hombre—. Los conejitos de peluche siempre te mordisqueaban la ropa, y al cabo de un tiempo las manzanas de caramelo acababan empachándote.

—Aun así, creo que me gustaría ser un juguete en ese lugar.

La risa del Fabricante de Muñecas se convirtió en un bostezo, y Karolina se giró a mirar el reloj de carillón. Ambas manecillas señalaban las doce, recordándoles que era hora de retirarse a dormir.

—¿Podemos salir a Cracovia mañana? —propuso Karolina—. Quizá haya más magia escondida en algún lugar.

No parecía que el Fabricante de Muñecas estuviera muy interesado en la idea. Se movió sobre el taburete, incómodo.

—Creo que si la gente te viera hablar se armaría un gran jaleo. Puede que de momento sea mejor que no salgamos, hasta que sepas más de este mundo. Mientras tanto, yo podría aprovechar para desarrollar mi magia y acabar mi proyecto —dijo, señalando la magnífica casa de muñecas.

—Lo entiendo —respondió Karolina—. Pero un día me enseñarás Cracovia, ¿verdad?

—La próxima vez que tenga que hacer una entrega te llevaré conmigo —le prometió él.

25

2

La triste historia de Pierrot

*M*ucho antes de la invasión, en un tiempo en que el porvenir de la Tierra de las Muñecas se presentaba tan alegre como un día de primavera, Karolina solía sentarse junto al arroyo y disfrutaba de la traviesa brisa que danzaba por los campos que rodeaban su casa. Había adquirido la costumbre de pedirles a las muñecas tristes que la acompañaran siempre que podía; parecían necesitar desesperadamente algo de distracción, y ella esperaba que la belleza del campo les animara un poco.

Entre las muñecas tristes estaba Pierrot, con su rostro blanco y sus triángulos negros pintados bajo los ojos. Karolina no sabía si los triángulos debían parecer lágrimas, pero Pierrot siempre estaba tan triste que daba la impresión de que así era.

Cada vez que venía a visitarla, Pierrot se sentaba en silencio junto al arroyo durante horas. Miraba su reflejo en el agua, como si fuera a ofrecerle la solución a sus angustias. Pero la respuesta no llegaba nunca.

Otros payasos del país de Karolina solían situarse junto a cualquier muñeco que pareciera estar teniendo un mal día y se sacaban flores de tela del sombrero, o les contaban chistes inteligentes aunque no se lo pidieran. Cada vez que Karolina tenía un payaso como cliente, sabía que no podría trabajar mucho; la risa se lo impedía.

Pero Pierrot no era como otros payasos.

—No lo entiendo —le dijo Karolina un día—. Eres un payaso. Deberías estar siempre riendo, pero te he visto llorar muchas veces. ¿Qué te arrebató la risa? Quizá podríamos recuperarla.

—No me la quitaron —dijo Pierrot.

—Entonces ¿por qué estás tan triste?

—Echo de menos al niño con el que vivía antes. Él era mío y yo era suyo. —Pierrot dio con un pie en el agua, creando ondas sobre su reflejo—. Yo creo que él me habría querido conservar para siempre, pero tuvo que salir corriendo con sus padres, huyendo de algo malo. No pudieron llevarse la ropa, los muebles ni las fotografías. Y tampoco me llevaron a mí. Sin él me siento solo.

—¿Solo? —preguntó Karolina—. ¿Incluso ahora?

—¿Tú nunca te sientes sola, aquí en el campo? —preguntó Pierrot—. Vives sola.

—Oh, no —exclamó Karolina—. ¿Por qué? Tengo muchos clientes con los que hablar.

Había respondido a la pregunta de Pierrot sin pensarlo mucho, pero ahora se daba cuenta de que quizá sí que se sentía sola alguna vez. ¿Por qué si no invitaba a Pierrot y a los otros a quedarse un rato con ella? Quizá no recordara su vida en el mundo humano, pero en algún lugar de su interior tenía la sensación de haber perdido algo, aunque no pudiera definirlo.

—Pues tienes suerte —dijo Pierrot.

—Siento que seas infeliz —respondió Karolina.

—Gracias —dijo él, suspirando—. He intentado estar alegre. La Tierra de las Muñecas es un lugar estupendo. Creo que es más acogedor que el mundo que todos hemos dejado atrás.

—Pero aun así tú quieres volver allí —señaló Karolina.

—Sí. Mi amigo debe de estar asustado, y me gustaría estar allí con él, para ayudarle a que no lo esté tanto.

Karolina rozó la superficie del agua con la punta de su bota.

—Podría coserte un deseo de amor en una camisola —dijo por fin—. Quizá te ayudara a reencontrar a tu amigo.

27

La sonrisa que apareció en la boca de Pierrot era frágil, pero a Karolina le gustó ver que aún podía sonreír.

—Eso me gustaría mucho.

Aunque la camisola de Pierrot era sencilla, Karolina trabajó toda la noche sin parar para acabarla; quería que cada punto estuviera perfecto.

Cuando uno de los soldados de la reina se presentó en su casa la mañana siguiente para pedirle a Karolina que le cosiera un uniforme, no pudo evitar fijarse en la camisa de Pierrot.

—Has hecho un trabajo impresionante —le dijo.

—Es para un amigo —respondió Karolina—. Formuló un deseo muy importante, y quiero que se haga realidad sobre todas las cosas.

No podía mover las montañas o hacer que la luna bajara del cielo, pero con los deseos…

Con los deseos sí podía ayudar.

3

La ciudad de Cracovia

*P*or la mañana, cuando se alzó el sol, la plaza mayor de Cracovia se llenó de gente. Algunos llevaban caballetes y cuadernos bajo el brazo. Otros llevaban cestas de pan y herramientas para construir nuevos edificios espléndidos. Todos eran diferentes y coloridos a su modo, pero Karolina no vio que ninguno de ellos hiciera magia como el Fabricante de Muñecas.

Este regresó a la tienda cuando el reloj de pie de la esquina dio las nueve. Se había puesto un par de gafas plateadas y ropa de calle en lugar del pijama, y disimulaba la cojera con un bastón.

—Buenos días —dijo Karolina.

—Oh… buenos días —respondió el Fabricante de Muñecas. Se ajustó las gafas, primero de un lado y luego del otro. Pero Karolina no volvió a desaparecer en uno de sus sueños.

—¿Has dormido bien? —preguntó Karolina.

—Pues sí —respondió él—. He dormido mejor de lo que había dormido en mucho tiempo.

Abrió la puerta de la tienda y giró el cartel de la ventana, de CERRADO a ABIERTO. En el momento en que lo hacía, Karolina consiguió ver por un momento la inscripción que había en la puerta: CYRYL BRZEZICK, FABRICANTE DE JUGUETES.

Cyryl Brzezick.

¡Qué nombre tan curioso tenía el Fabricante de Muñecas!

—Odio tener que decírtelo, pero creo que lo mejor sería que no intentaras hablarle a ningún cliente que entre hoy en la tienda —le advirtió el Fabricante de Muñecas, mientras se acercaba a uno de los estantes a poner derecho un elefante de peluche que había caído sobre su vecina, una jirafa. Les dio a ambos una palmadita cariñosa.

Karolina ya se había imaginado que le pediría que estuviera callada. Si a un hombre que fabrica juguetes para ganarse la vida le cuesta aceptar que uno se ponga a hablar con él, es lógico que al resto de la gente le cueste aún más.

—Lo entiendo —dijo Karolina, dejando caer un poco los hombros—. Pero ¿puedo quedarme a mirar? Guardaré silencio.

—Sí —dijo el Fabricante de Muñecas—. No me iría mal tener compañía.

La animación en la ciudad fue en aumento a medida que avanzaba el día, y mucha gente entró en la tienda o miró por el escaparate. Los niños, de rostro redondeado, parecían especialmente interesados, y quedaban boquiabiertos al ver las hileras de muñecas y la pequeña Cracovia.

Dos de aquellos niños entraron con su madre poco después de que abriera la tienda, anunciados por la alegre campana de encima de la puerta. Karolina observó mientras los pequeños, un niño y una niña, escogían sendos juguetes y se lanzaban al mostrador del Fabricante de Muñecas, tirando de su madre. La niña tenía en la mano una muñeca de trapo con el cabello pelirrojo hecho de estambre; el niño tenía agarrado un osito con una pajarita. Daba la impresión de que los juguetes ya se habían ganado el afecto de sus nuevos propietarios.

—Querríamos comprar estos dos —dijo la madre.

—Oh, sí. Por supuesto.

El Fabricante de Muñecas se levantó de su taburete con un gesto torpe, dejando ver por un momento la pierna de madera bajo el pantalón. La mujer se la quedó mirando unos segundos más de lo que Karolina consideraba necesario. El Fabricante de Muñecas registró las compras en una voluminosa máquina de metal que hizo unos ruidos metálicos y soltó un silbido a medida que apretaba sus botones, como si en realidad también estuviera viva. No miró a la mujer mientras recogía el dinero que esta le tendía.

—Gracias por su visita —dijo en voz baja—. *Miłego dnia.* Que pasen un buen día.

La mujer asintió, deseosa de ponerse en marcha. Los dos niños corrieron hacia la puerta entre risas, con sus dos nuevos amiguitos en las manos.

El Fabricante de Muñecas los vio salir, con una sonrisa cada vez más deslucida.

—No ha estado bien que esa mujer te mirara así —dijo Karolina, cuando volvieron a estar solos.

El Fabricante de Muñecas se quitó las gafas y se puso a limpiarlas agresivamente con la punta de la camisa.

—No me molesta —dijo.

Karolina se sentó, resoplando.

—No se te da bien mentir —le informó.

—No, no se me da bien.

Con el paso de los días, Karolina observó que la única persona que visitaba al Fabricante de Muñecas sin sus hijos era el equivalente en carne y hueso de una de las figuritas de la Pequeña Cracovia, un panadero llamado Señor Dombrowski. Le solía traer un pastel, y muchas quejas sobre su ingrata esposa o sobre los poetas y artistas que se congregaban en el café junto a su tienda. Pero su tema favorito de conversación parecía ser el país, Polonia.

—Pensaba que con la independencia seríamos una gran nación —dijo Dombrowski, acercándose a la mesa de trabajo, en la parte trasera de la tienda. Lo único que veía Karolina era al panadero, que tenía el cuerpo tan rechoncho como el bollo que se había comido para desayunar el Fabricante de Muñecas.

—Somos una gran nación —rebatió este, sonriéndole al panadero—. Y Cracovia es una gran ciudad. Al fin y al cabo, ¿cuántas ciudades pueden decir que fueron fundadas por un príncipe que combatió con un dragón?

—¡Bah! Los dragones no existen. Te pasas demasiado tiempo rodeado de juguetes y cuentos de hadas —dijo Dombrowski. Escupía saliva al hablar, como una ducha, y una gota le cayó a Karolina en la mejilla. Habría querido limpiársela con el borde de su falda roja, pero no quería romper la promesa que le había hecho al Fabricante de Muñecas moviéndose.

¿Qué le habría pasado a Dombrowski para que perdiera la fe en los dragones? ¿Habría creído en ellos alguna vez? Karolina esperaba que así fuera. Pasar toda una vida sin creer en algo maravilloso sería de lo más triste y aburrido.

—Alemania… esa sí que es una gran nación —prosiguió Dombrowski—. ¿No has leído el periódico? El ejército alemán ha entrado en Checoslovaquia y se ha adueñado del país. Nadie les ha plantado cara. ¡Imagínate poder hacer eso!

Golpeó la mesa para dar mayor énfasis a sus palabras, y Karolina cayó de lado.

—Adolf Hitler es un hombre peligroso —dijo el Fabricante de Muñecas, poniendo derecha a Karolina con una mueca de disculpa—. No hay nada bueno en lo que está haciendo.

Dombrowski se encogió de hombros.

—¿No decías que tu apellido era originalmente Birkholz, antes de cambiártelo? Eso tiene que ser alemán. Y en la última guerra combatiste con Alemania.

—Mi padre era alemán, pero vino a vivir a Polonia de niño. Durante la guerra yo era miembro de las Legiones Polacas. Entonces luchábamos en el mismo bando que los alemanes, pero me sentía orgulloso de ser polaco, y aún siento el mismo orgullo.

—¿Qué es lo que hay en Polonia? Sal, pinos y patatas —dijo el panadero—. Con el dinero que te dejó tu padre podrías vender este negocio y empezar una nueva vida en Alemania. Estoy seguro de que te recibirían con los brazos abiertos.

—Devolvería todo ese dinero si con ello pudiera recuperar

a mis padres —dijo el Fabricante de Muñecas. Karolina no sabía que no tuviera familia. Le entristecía pensar que no tenía padres, pero comprendía, igual que él mismo parecía comprender, que no había dinero que pudiera conseguir recuperar un alma. La muerte en ese aspecto era justa—. No obstante, me gusta tener esta tienda. Quiero pensar que es un lugar donde la gente puede olvidar lo que ha perdido.

—Es difícil —dijo el panadero, poniendo los ojos en blanco—. En Cracovia todo el mundo ha perdido a alguien, y toda esta cursilería no puede servir para que lo olviden. Nunca renunciarás a tus sueños inocentes, ¿verdad, Cyryl?

Antes de que el Fabricante de Muñecas pudiera responder, Dombrowski salió de la tienda, refunfuñando.

Karolina pensó que la vida de ambos hombres sería mucho mejor si el panadero fuera capaz de reconocer la belleza que aportaba el Fabricante de Muñecas al mundo. Pero se daba cuenta de que Dombrowski no era de los que cambian de opinión. Si se resistía a creer en los dragones, nunca reconocería la existencia de la Tierra de las Muñecas o de sus habitantes.

El Fabricante de Muñecas se dejó caer en su taburete.

—Quizá tenga razón —dijo, mientras Karolina estiraba brazos y piernas—. Hoy en día, los poetas escriben sobre el fin del mundo en lugar de sobre el amor verdadero, y los artistas pintan lo que han visto a través del humo del campo de batalla en lugar de pintar hadas. Llevo con esta tienda casi veinte años y, ¿qué me ha dado? Ni siquiera tengo familia propia.

—¿Nunca has estado casado? ¿Nunca? —preguntó Karolina, sorprendida. Si alguien tan irritable como el panadero tenía esposa, ¿cómo podía ser que el Fabricante de Muñecas no hubiera encontrado el amor verdadero?

—No —dijo él. Tenía una mirada distante en los ojos, como si estuviera repasando en silencio los numerosos futuros que se había perdido—. Me temo que no se me da muy bien hablarle a la gente.

Pero a la gente le encantaban los juguetes que hacía, pensó Karolina, y eso era un poco como querer al propio Fabricante de Muñecas. ¿Cómo podía hacérselo entender?

—Tú haces felices a los niños que vienen a la tienda —dijo Karolina, apoyándole una mano en la muñeca—. Les has ayudado a encontrar nuevos amigos. Y no te haces una idea de la cantidad de muñecas que desean ser queridas: eso era lo único que quería mi amigo Pierrot. No escuches a ese viejo panadero gruñón. Lo que tú haces es muy importante, y tu magia hará un bien aún mayor en el futuro. Lo sé.

—Solo puedo esperar que así sea —dijo él.

4

Ratas

*E*l día en que las ratas le declararon la guerra a la Tierra de las Muñecas, el sol brillaba como siempre. Pisotearon las flores de azúcar, apestaron los ríos y compusieron canciones de sangre y guerra. Y allá donde iban, lo robaban todo a las muñecas.

Con la llegada de las ratas, ninguna muñeca se atrevía a entrar en la tienda de Karolina. Y las que entraban solo tenían un deseo: que las ratas se fueran de la Tierra de las Muñecas para siempre. Pero ese deseo era demasiado grande incluso para Karolina.

Desde su llegada, Karolina no había salido de su casita. Solo se había atrevido a mirar a través de sus cortinas de flores, y había visto a las ratas avanzando con sus enormes hachas oxidadas y sus ojos de color negro como el asfalto.

Una mañana oyó que llamaban a la puerta. Karolina se puso rígida y cogió su aguja de plata. No era una espada, desde luego, pero ¿qué otra cosa tenía con que defenderse?

—¿Quién es? ¿Qué quieres? —dijo Karolina.

—¡Karolina, soy Marie! —dijo una voz—. ¿Puedo hablar contigo, por favor?

¿Marie? ¿Qué hacía allí Marie?

Karolina abrió la puerta y vio a una de las muñecas tristes en la escalera de la entrada. Recordaba haberle cosido todas aquellas mariposas doradas que lucía en la falda, y el deseo que les había tejido: que Marie pudiera reunirse con una niña humana de la lejana ciudad de París.

—¡No deberías estar ahí fuera! —dijo Karolina—. ¿Sabes cuántas ratas hay?

—Por eso he venido —dijo Marie—. Ya no es seguro quedarse en la Tierra de las Muñecas. Voy a intentar encontrar la manera de volver al mundo de los humanos.

—Muy pronto nuestro ejército expulsará a las ratas y las hará volver al otro lado del mar —dijo Karolina, mirando al camino, con la esperanza de que hubiera alguna rata por allí que oyera su predicción y se echara a temblar.

Marie bajó la vista y se quedó mirando sus zapatillas rosa.

—No pueden ganar —dijo, con tristeza—. Ven conmigo, Karolina. En el mundo de los humanos no habrá ratas.

Cogió a Karolina de la mano, como si quisiera llevársela en aquel mismo momento.

—No voy a abandonar mi casa por esas ratas asquerosas —dijo Karolina, zafándose—. Todo lo que es importante para mí está aquí —añadió, pasando los dedos por la dulce galleta del marco de la puerta. ¿Cómo iba a marcharse?

—Karolina…

—Te deseo suerte, y haré un vestido especial con este deseo en cada pliegue de la tela —dijo Karolina—. Pero no puedo irme contigo.

Marie asintió.

—Ya me imaginaba que dirías eso, pero tenía que intentarlo. —Le dio un abrazo—. Gracias por todo. Ve con cuidado.

Karolina se quedó mirando mientras Marie se alejaba por el camino, con el vestido ondeando a su alrededor, como si las mariposas doradas hubieran adquirido el poder de volar. No cerró la puerta hasta que no la perdió de vista.

5

La tienda mágica

Animado por Karolina, el Fabricante de Muñecas se puso a practicar su magia.

Consiguió que las figuritas de madera se movieran por la Cracovia en miniatura, con unos movimientos mecánicos y espasmódicos. Apoyó las manos en las ilustraciones de sus libros de hadas, y las figuras dibujadas con tinta escenificaron los relatos una y otra vez para él y para Karolina. Convirtió en seda los girasoles mustios que había comprado en la plaza principal.

Pero por maravillosa que fuera aquella magia, Karolina sabía que no bastaría para derrotar a las ratas. Los dibujos de brujas riéndose a carcajadas y de caballeros dorados solo podían contar las historias que ya estaban en la página, y las figuritas de madera de la Pequeña Cracovia no podían expresarse como hacía Karolina, y mucho menos ir a la guerra. La magia del Fabricante de Muñecas era algo menudo, tierno y bello, como la de Karolina en la Tierra de las Muñecas.

—Siento que esto no sirva para nada —se disculpó el Fabricante de Muñecas. Cerró el libro que habían estado hojeando y lo dejó a un lado, tan desesperanzado que ya no tenía ganas de mirar más sus dibujos.

—No es culpa tuya —dijo Karolina—. Yo creo que la magia tiene su propia mente. ¿Sabes cuántas veces he intentado crear hechizos que ahuyentaran a las ratas? Y nunca funcionaron.

El Fabricante de Muñecas tamborileó con los dedos sobre la pierna de madera, pensando.

—Quizá tengas razón. Ojalá pudiera contagiarme de tu seguridad en ti misma; así a lo mejor podría hacer algo.

—No te rindas —dijo Karolina—. Yo tengo fe suficiente para los dos.

Aparte de la propia Karolina, lo más extraordinario que había en la tienda era la casa de muñecas que estaba construyendo sin descanso su nuevo amigo. Cada tarde, el Fabricante de Muñecas trabajaba en ella y en una nueva muñeca, una niña con oscuros tirabuzones y unos ojos brillantes de colores diferentes. El de la izquierda era de color verde intenso y el derecho azul marino.

Mientras el Fabricante de Muñecas tallaba con su cuchillo, Karolina cosía prendas para los otros juguetes. Esa noche estaba haciéndole un vestido rosa a una muñeca llamada Lucja. Pero Karolina no podía concentrarse en las rosas que estaba bordando en el cuello del vestido. Le interesaba demasiado la muñeca que iba a vivir en la casita.

—Tiene pinta de que será una princesa —dijo Karolina—. Es casi tan preciosa como la dama del armiño.

La dama del armiño era la obra de arte favorita de Karolina. El Fabricante de Muñecas poseía una copia pintada por uno de los artistas que pasaban el tiempo en el café cercano. La pintura original, de Leonardo da Vinci, estaba en el Museo Czartoryski, un pequeño edificio con un alegre tejado verde al otro lado de la plaza principal. La mujer del cuadro parecía ocultar mil secretos tras su sonrisa apenas esbozada. Su armiño blanco se le enroscaba en el brazo como una fumarola, y miraba con ojos traviesos.

—Yo no soy un artista como Da Vinci —dijo el Fabricante de Muñecas. Pero sonreía: siempre parecía contento cuando hablaba de la casa de muñecas y de la muñeca que viviría dentro. Aquellos dos juguetes parecían significar para él más que cualquier otra cosa de la tienda, salvo Karolina—. Espero que el señor Trzmiel esté satisfecho con mi trabajo.

—¿El señor Trzmiel?

—Oh, Jozef Trzmiel es el hombre que me ha encargado la casa. Es para el noveno cumpleaños de su hija —dijo él, acercándose al cajón de su mesa de trabajo y sacando una fotografía de entre el montón de recibos y bocetos de nuevos juguetes—. ¿Lo ves? La muñeca debe parecerse a la hija del señor Trzmiel. Se llama Rena.

Karolina inclinó la cabeza para ver la fotografía, en la que aparecía una niña radiante en medio de un campo. Daba la impresión de que la corona de flores que llevaba hubiera salido de aquel mismo prado.

—Parece encantadora —dijo Karolina.

—Su padre también parecía muy amable —dijo el Fabricante de Muñecas—. Tengo que entregarle esta casa de muñecas la semana que viene. Espero no perderme intentando encontrar su casa: no conozco muy bien Kazimierz. ¿Por qué no vienes conmigo?

—¿A Kazimierz? —preguntó Karolina. Lo sabía todo del parque Planty, de la estación de tren y del precioso río que pasaba por el castillo de Wawel gracias a la maqueta de la ciudad del Fabricante de Muñecas. Pero no había oído hablar de Kazimierz.

—Es el barrio judío de la ciudad —le dijo él.

—¿Judío? —preguntó Karolina—. He oído a ese terrible Hitler en la radio, gritando que los judíos no son como los alemanes y que están haciendo daño a Alemania. Pero luego cambiaste de emisora.

A decir verdad, Karolina no había hecho mucho caso. El Fabricante de Muñecas siempre cambiaba de emisora cada vez que hablaba el dirigente alemán. Pensaba que era porque no le gustaba nada el modo de gritar de Hitler.

—No pensé que entendieras el alemán.

—Tú lo hablas, y tu madre aprendió alemán de tu padre,

¿no? Será por eso por lo que yo también lo entiendo —dijo Karolina.

—No había pensado en ello —señaló él. Su pincel se detuvo en el marco de la ventana que estaba retocando—. En cuanto a Hitler... Odia a todo el que no es como él. Me avergüenzo del lugar en que se ha convertido el país de mi padre a causa de Hitler. —Se quedó callado un momento, perdido en sus negros pensamientos—. Los judíos como el señor Trzmiel profesan una religión diferente a la mía: no son cristianos. Tienen una relación diferente con Dios.

—Oh —exclamó Karolina—. Qué motivo más tonto para odiar a alguien.

—Sí —dijo él—. Así es.

Parecía que el Fabricante de Muñecas no quería discutir más del asunto, así que Karolina decidió pasar a un tema más alegre. Colocó el vestido de Lucja en la mesa para que se viera bien:

—¿Qué te parece?

El Fabricante de Muñecas lo observó mirando por encima de la montura de sus gafas.

—Es maravilloso —dijo—. Especialmente las rositas.

—Las rosas rosa son para personas amables. O para muñecas amables —le explicó Karolina—. Las flores tienen su idioma: rojo es pasión, blanco es pureza, rosa es esperanza y amabilidad.

—Entonces tu vestido rojo te está muy bien —dijo él, con una risita.

6

Los Trzmiel

*E*l día del cumpleaños de Rena Trzmiel amaneció bochornoso, y el Fabricante de Muñecas tenía el rostro brillante de sudor cuando Karolina y él descendieron la colina en dirección al barrio de Kazimierz.

Karolina iba dando saltos en la bolsita que llevaba colgada en bandolera el Fabricante de Muñecas, observando la ciudad con gran emoción. En la misma bolsa iban una docena de mesitas, camas y estufas a escala.

Era la primera vez que el Fabricante de Muñecas la sacaba de la tienda, y ella estaba eufórica, contemplando la ciudad que iba pasando ante sus ojos. Vista así, Cracovia era aún más espléndida que en la maqueta de la tienda, desde la plaza mayor —la Rynek Główny— al castillo de Wawel, que se alzaba sobre el resto de la ciudad como un rey en su trono.

Cracovia no se parecía en nada a la Tierra de las Muñecas, donde cada muñeca conocía a sus vecinos. Había tanta gente que Karolina tenía la impresión de que le sería más fácil recordar el nombre de cada una de las estrellas que brillan en el lienzo de la noche que de los residentes en la ciudad.

Pero el Fabricante de Muñecas no se detuvo a mirar a la gente ni los edificios de un blanco cándido. Llevaba viviendo en

Cracovia casi toda su vida, y ese tipo de cosas le impresionaban tan poco como la montaña de cristal y las flores de azúcar de su tierra a Karolina.

—No soporto el verano. No veo la hora de que llegue el otoño —protestó, llevando la casa de muñecas entre los brazos. La chimenea se le clavaba en la barbilla a cada paso que daba, hasta el punto de dejarle una marca roja.

—Deberías tomar el tranvía —sugirió Karolina.

—No hace falta —dijo él, levantando un pulgar desde la base de la casa para indicarle el camino—. Desde aquí es todo cuesta abajo.

Karolina suspiró. Desde luego, el Fabricante de Muñecas tenía que cuidarse más.

En Kazimierz, las casas y bloques de apartamentos estaban apiñados unos con otros, como los cantantes en un coro, y había aún más pintores en la calle que en la plaza mayor. Estaban sentados frente a sus caballetes en las esquinas de las calles, con la cabeza pegada a sus paisajes de acuarela. De vez en cuando un grupo de niños los rodeaba y se maravillaba del modo en que deslizaban por el lienzo los pinceles o las barritas de carboncillo. Los vecinos más ancianos de Kazimierz —las mujeres con la cabeza cubierta y los hombres de larga barba— se limitaban a sacudir la cabeza con gesto de desaprobación.

El apartamento de Jozef Trzmiel estaba en la cuarta planta de un edificio de piedra caliza con enormes ventanales que parecían los ojos de un gigante. El Fabricante de Muñecas frunció el ceño al ver la estrecha y angosta escalera del interior, pero no se quejó. Se colocó bien la casa de muñecas, apoyándosela en la barriga, y emprendió el ascenso. Cuanto más alto subían, más segura estaba Karolina de que al final de la escalera encontrarían una princesa o un dragón, los personajes que solían encontrarse en lo alto de las torres más altas.

—Recuerda que no debes decir una palabra hasta que no salgamos de la casa —le recordó el Fabricante de Muñecas—. No queremos que nadie sepa que estás viva.

—Lo recordaré —prometió Karolina.

Cuando llegaron al cuarto piso, el Fabricante de Muñecas giró a la derecha.

—Es el piso cuarenta, ¿verdad? —preguntó.

Karolina echó un vistazo al papel arrugado que había caído al fondo de la bolsa.

—Eso es lo que has escrito.

Tras varios intentos fallidos, el Fabricante de Muñecas por fin consiguió llamar a la puerta del número 40 sin que se le cayera la casa de las manos. Intentó apoyarse en el marco de la puerta, pero se echó atrás cuando tocó con el hombro la pequeña placa dorada que había pegada. En la parte alta había una estrella de seis puntas, y debajo un león erguido sobre las patas traseras.

Se abrió la puerta, y Karolina vio a Jozef Trzmiel por primera vez. El cliente del Fabricante de Muñecas era un hombre alto y atractivo con el cabello oscuro y rizado. Sus rasgos le recordaron a Karolina las estatuas junto a las que habían pasado, de perfiles bien definidos. Sonreía y llevaba puesto un pequeño sombrero circular que solo le cubría la coronilla.

43

Era una de las mejores sonrisas que había visto nunca Karolina, radiante y franca.

—*Dzien dobry*, señor Brzezick. Me alegro de verle.

Jozef abrió la puerta aún más, y Karolina ladeó la cabeza para poder admirar mejor la gran alfombra, que representaba un pájaro rojo enroscado alrededor de un manzano.

—*Dzien dobry*. Buenos días —dijo el Fabricante de Muñecas. Pero su pierna buena había empezado a ceder bajo el peso de la casita. Afortunadamente, Jozef se dio cuenta antes de que el regalo de su hija se cayera al suelo y se rompiera en pedazos.

—Déjeme que le ayude. Siento mucho que haya tenido que subir todas esas escaleras tan cargado —dijo Jozef, agarrando la base de la casa—. He pensado que podríamos ponerla en la mesa del salón.

Jozef guio al Fabricante de Muñecas por un pasillo con tres puertas de roble a los lados. De las paredes, cubiertas con un papel de estampado floral, colgaban numerosas fotografías con elaborados marcos, la mayoría retratos de Rena. El nuevo cliente del Fabricante de Muñecas también aparecía en alguna de las fotos, normalmente junto a una mujer sonriente de rostro redondo. La calidez de aquella sonrisa irradiaba fuera de la foto, como si quisiera dar la bienvenida a Karolina y al Fabricante de Muñecas. Pero la mujer no estaba por allí.

—Desde luego, esta casa de muñecas es una verdadera obra de arte —observó Jozef—. Es el regalo perfecto para Rena.

El Fabricante de Muñecas se ruborizó. Karolina pensó que no estaría acostumbrado a recibir halagos por su trabajo procedentes de otros adultos.

—Gracias —dijo, mientras ambos entraban en el salón.

Karolina tuvo que entrecerrar los ojos para protegerse de la intensa luz de la tarde que entraba en la estancia. En el centro había dos mullidos sofás, uno frente al otro, y una mesita baja entre ellos. En la esquina había un par de fundas de violín y un piano cubierto de partituras. La brisa procedente del río que discurría junto a Kazimierz había hecho que varias de las partituras acabaran en la alfombra. Era el lugar perfecto para las muñecas. ¡Ojalá los amigos de Karolina pudieran verlo!

—Perdóneme por el desorden —se disculpó Jozef, mientras el Fabricante de Muñecas dejaba la casa sobre la mesita—. Mi mujer solía bromear diciendo que necesitaríamos otra casa para meter todos mis instrumentos.

—No, no. Tiene una casa preciosa. —El Fabricante de Muñecas se inclinó y abrió la bolsa para sacar los delicados muebles que había dentro. Karolina, que se sentía más pequeña que nunca, aguantó la respiración—. ¿Sabe tocar todos esos instrumentos?

—Sí —dijo Jozef—. Pero mi especialidad es el violín. Toco en la orquesta sinfónica.

—¡Qué maravilla! Me temo que no he asistido nunca a un concierto —dijo el Fabricante de Muñecas—. Pero espero hacerlo algún día.

Karolina sonrió con tristeza. Ojalá el Fabricante de Muñecas pudiera dejar la tienda algún día e ir a un concierto. Aunque ella sabía que nunca podría compararse con los conciertos que celebraban en la Tierra de las Muñecas.

¿Aún harían música las estrellas? Al llegar las ratas se habían quedado en silencio, y a Karolina le dolía pensar en aquel silencio interminable.

—¿Esa muñeca que lleva en la bolsa va con la casa? —preguntó Jozef, sacando a Karolina de sus pensamientos nostálgicos.

—No —se apresuró a decir el Fabricante de Muñecas, girándose para darle la espalda y disponiendo la minúscula mesita y la estufa de la casa de muñecas—. Karolina es más bien como un anuncio de mi tienda. La llevo para enseñársela a quien quiera ver mi trabajo.

—Es muy buena idea —dijo Jozef, mientras observaba, admirado, cómo ponía en su sitio el pequeño armario del desván—. Con una muñeca así, no hace falta que ponga un anuncio en el periódico. El boca a boca puede resultar más útil que…

La puerta de la entrada se abrió de pronto y una voz resonó en el pasillo, interrumpiéndole.

—¿Papá? Papá, ¿eres tú? —se oyó, y luego los pasos de unos pies pequeños.

—Sí, soy yo. Hoy he vuelto antes —dijo Jozef—. Ven a saludar.

El Fabricante de Muñecas se irguió y se situó frente a la casa de muñecas. Jozef lo miró y asintió en señal de aprobación. Era evidente que quería que el regalo de su hija fuera una sorpresa.

Un momento más tarde aparecieron en el umbral un niño y una niña. A ella, Karolina la reconoció por las fotos. Desde sus ojos, uno de cada color, a sus suaves rizos castaños, el parecido entre la niña y la muñeca de la casita blanca era innegable. Tenía que ser Rena Trzmiel. Pero el niño era un extraño para ella.

—*Halo!* —dijo Rena al ver al Fabricante de Muñecas—. ¿Es usted el nuevo flautista de la sinfónica?

Karolina hizo un esfuerzo para que no se le escapara la risa. El Fabricante de Muñecas apenas sabía seguir las canciones de la radio tarareando. No podía imaginarlo tocando un instrumento.

—No, lamentablemente aún no hemos encontrado a nadie que sustituya al señor Budny —dijo Jozef—. Este es el señor Brzezick, Rena. Hoy es nuestro invitado.

—Quizá debiera irme, si tenéis compañía —le susurró el niño a Rena—. Nos vemos mañana en el colegio. Feliz cumpleaños.

Rena le cogió de la mano antes de que el niño pudiera salir al pasillo.

—Gracias. Adiós, Dawid.

Su sonrisa hizo que las mejillas del niño se encendieran. Se giró y salió enseguida del salón. Rena no parecía haber notado que se había ruborizado.

Jozef dio una palmada y dijo:

—¡Feliz cumpleaños, Rena!

El Fabricante de Muñecas se hizo a un lado para que Rena pudiera ver su regalo.

—¿Es para mí? —preguntó ella, con unos ojos tan grandes como los de Karolina por la sorpresa.

—Claro que sí —dijo Jozef—. El señor Brzezick te la ha hecho para que todas tus muñecas tengan un lugar donde vivir.

Rena se quedó boquiabierta. Sus dientes eran como una sarta de perlas.

—¿Usted ha hecho esto? —preguntó—. ¿Con sus propias manos?

El Fabricante de Muñecas parecía contento.

—Pues sí, la he hecho yo —dijo, azorado.

—Es preciosa.

Rena se acercó a la casita de muñecas aguantando la respiración. Era como si tuviera miedo de que la casa se evaporara si se atrevía a tocarla. Pero esta mantuvo su solidez de siempre al contacto de la mano de Rena, que pasó el dedo por la terraza en lo alto y fue bajándolo hasta el desván.

—¡Es igualita a mí! —dijo, agarrando suavemente la muñeca princesa—. ¡Oh, gracias, papá! ¡Y a usted, señor Brzezick!

—De nada —dijo el Fabricante de Muñecas, mirando hacia

la puerta—. Yo… Yo debería irme. Espero que disfrutes la casita, Rena. Que pases un cumpleaños muy feliz.

—Espere —dijo Jozef, estirando el brazo y cortándole el paso al Fabricante de Muñecas—. ¿No querría un té antes de irse? Debe de estar sediento, después de haber cargado con la casa por todas esas escaleras.

—No quiero robarle tiempo —dijo él.

Karolina habría deseado que el Fabricante de Muñecas no se considerara a sí mismo como una molestia. ¿Por qué iba a invitarle el padre de Rena si no hubiera querido que se quedara un rato? Jozef no se parecía al señor Dombrowski, que siempre tenía palabras de queja para todo.

—No es ninguna molestia —dijo Jozef, poniendo en palabras el pensamiento de Karolina—. Por favor, póngase cómodo mientras preparo el té. Le ha hecho un regalo muy especial a Rena; querríamos celebrarlo con usted.

El Fabricante de Muñecas se quitó el sombrero y se sentó en el sofá. Pasó las manos por el borde acolchado una y otra vez, como si fuera un animalillo al que quisiera calmar. 47

Jozef regresó con una tetera en una mano y dos tazas en precario equilibrio sobre la palma de la otra. El Fabricante de Muñecas quiso levantarse para ayudarle, pero Jozef consiguió llegar al sofá sin que se le cayera nada.

—Me las arreglo mejor de lo que parece —dijo—. He tenido que aprender, desde que perdí a mi mujer.

El Fabricante de Muñecas esbozó una sonrisa que parecía oxidada por la falta de uso. Karolina se lamentó para sus adentros. Aquel hombre intentaba mostrarse amable, y el Fabricante de Muñecas estaba demasiado nervioso como para corresponder.

Fue Rena la que salvó al Fabricante de Muñecas de aquel momento incómodo al descubrir a Karolina asomada a la bolsa.

—Esa muñeca es preciosa. ¿También la ha hecho para que se parezca a alguien, igual que hizo la mía para que se pareciera a mí? —dijo, poniéndose la princesa junto a la mejilla para que pudieran comparar.

—Yo… No, no. Ella solo… se parece a sí misma —dijo el Fabricante de Muñecas—. La tuya es la primera que he hecho para que se parezca a alguien.

—¿Cómo se llama? —preguntó Rena.

Oh, cómo le habría gustado a Karolina decírselo ella misma. La idea de que una niña jugara con ella le había intrigado desde que las muñecas tristes le habían hablado de ello. En las manos de Rena, Karolina podría convertirse en otra persona. Una reina, una bruja, un gran general… cualquiera.

Karolina dejó caer la cabeza contra el costado del Fabricante de Muñecas, con la esperanza de que él entendiera su deseo sin necesidad de ponerlo en palabras.

—Se llama Karolina —dijo el Fabricante de Muñecas—. Significa «canción de la felicidad» en francés.

—¿De verdad? —dijo Rena, acercándose gateando sobre la alfombra—. Mi nombre en hebreo significa «canción de la alegría». ¿Pone usted nombre a todas las muñecas, o solo a las que más le gustan, señor Brzezick?

—A todas —dijo él—. Me parece lo justo.

—Los artistas siempre deberíamos poner nombre a nuestras obras —añadió Jozef, mientras servía sendas tazas de té, una para él y una para su invitado—. No soporto la idea de que algunas de las piezas musicales más bonitas que toco no tengan título. Merecen tener título.

—Estoy de acuerdo —dijo el Fabricante de Muñecas. Sacó a Karolina de la bolsa, y en el momento en que se la tendió a Rena, Karolina tuvo que hacer un esfuerzo para no agitar las piernas de emoción. ¡El Fabricante de Muñecas había entendido lo que quería!—. ¿Quieres jugar con ella?

—¿Puedo? Por favor… —Rena le pidió permiso a su padre con la mirada. Parecía querer conocer a Karolina mejor, tanto como Karolina quería entablar contacto con ella.

—No veo por qué no —dijo Jozef—. Pero recuerda que no es tuya. Tienes que ser extremadamente cuidadosa con ella.

—Seré muy, muy cuidadosa —aseguró Rena, y a continuación hizo una pregunta que a nadie más que al Fabricante de Muñecas se le habría ocurrido plantear. Fue esa pregunta lo que hizo que el corazón de Karolina cantara como su propio nombre—. ¿Y tú, Karolina, quieres jugar conmigo?

—Karolina admiraba tu muñeca mientras la estaba haciendo —dijo el Fabricante de Muñecas—, así que yo creo que sí le gustaría.

Rena cogió a Karolina y le dio las gracias.

—Me alegro de que Papá me deje jugar contigo. No creo que Mamá me hubiera dejado. Ella era más estricta —le susurró Rena a Karolina. Había bajado la cara, acercándose tanto a Karolina que su aliento le movía las pestañas de pluma, haciendo que pareciera que pestañeaba—. Pero aún la echo muchísimo de menos. Quiero a mi Papá, pero nada es fácil ahora que Mamá no está.

Las princesas de los libros del Fabricante de Muñecas raramente tenían madre, aunque muchas de ellas tenían madrastras, que a menudo eran mujeres malvadas que les obligaban a hacer tareas imposibles o las mandaban a bosques plagados de monstruos. Teniendo eso en cuenta, a Karolina le había parecido lógico que la niña que había servido de modelo para la princesa no tuviera madre.

Pero eso no lo hacía menos triste.

Rena colocó a la princesa cuidadosamente en la habitación del desván.

—Voy a llamar a mi nueva muñeca Princesa Wanda. Era una gran dama que salvó Cracovia en un cuento —dijo—. ¿Qué tal si tú eres un espectro que persigue a la princesa? No un espectro malvado, sino un fantasma protector.

Karolina, que nunca había sido un espectro, escuchó atentamente, a la espera de que Rena le contara el resto de la historia.

—Mi tío es un hombre terrible que quiere hacerse con mi reino —le hizo decir Rena a la princesa Wanda, con un tono de voz muy agudo—. ¿Me protegerás, Espectro Benigno?

»Por supuesto —le hizo decir Rena a Karolina, y Karolina

49

se asombró al ver que la niña prácticamente había acertado el tono de voz.

Durante la hora siguiente, Karolina combatió contra un duque malvado que había acudido a la preciosa casa de la princesa para atormentarla. Juntas, en la historia inventada por la niña, ella y la princesa urdieron una huida espectacular.

Aquello era maravilloso. ¿Era eso lo que recordaban y echaban tanto de menos las muñecas tristes? Era tan estupendo que seguro que sí. ¿Por qué si no desearían regresar al mundo de los humanos?

Rena y Karolina habrían seguido jugando si el Fabricante de Muñecas no hubiera soltado una exclamación de sorpresa. Rena se giró, llevando consigo a Karolina. El Fabricante de Muñecas se había tirado gran parte del té sobre los pantalones.

—Lo siento mucho —le dijo a Jozef—. No creo que haya caído nada en la alfombra, pero...

—Si así fuera, podríamos volver a mover el sofá —dijo Rena—. Antes estaba junto a la ventana, hasta que a Papá se le cayó una taza de café por aquí.

Dio un golpe con el puño contra una de las patas del sofá, que aparentemente cubriría la mancha en cuestión.

Pese a lo vergonzoso del momento, Karolina vio que el Fabricante de Muñecas tenía que morderse el labio para evitar reírse.

—Rena tiene razón —reconoció Jozef—. Las manchas son culpa mía. Esta alfombra era de un tío mío... Creo que tiene más años que yo —dijo, dando unos golpecitos rítmicos con el pie. Era como si estuviera haciendo música, incluso sin violín.

—Iré a limpiarme —dijo el Fabricante de Muñecas—. Y le pagaré la limpieza de la alfombra.

Antes de que Jozef pudiera protestar —y Karolina sabía que estaba a punto de hacerlo—, el Fabricante de Muñecas salió del salón.

—Pobre hombre —murmuró Jozef—. Parece muy nervioso.

Aunque su padre no hablaba con ella directamente, Rena añadió su propia opinión:

—Quizá. Pero me alegro de que le hayas invitado a tomar el té, papá —dijo, acariciándole el cabello a Karolina con tanto cuidado como si supiera que era de verdad. Debía de ser maravilloso, pensó Karolina, ser la muñeca de Rena Trzmiel.

—Yo también me alegro —dijo Jozef. Se puso en pie, se estiró y luego se acercó a examinar la casa de muñecas más de cerca. El color blanco recién pintado brillaba como las teclas de su piano a la luz del sol—. Me recuerda el trabajo de mi padre. Tu *zaydee* era carpintero. Siempre le supo mal que a mí no se me diera bien el trabajo manual.

Rena usó a Karolina para señalar la vitrina que había al otro lado del salón.

—Eso lo hiciste tú. La mayoría no sabrían hacerlo.

—Y tu *zaydee* y tu madre se apresuraron a señalar que está torcido —dijo Jozef. Meneó la cabeza, como si estuviera reviviendo aquella misma conversación mentalmente. Luego le tendió la mano a su hija y añadió—: ¿Me dejas ver la muñeca del señor Brzezick?

Rena asintió y le entregó a Karolina.

—Se llama Karolina, papá.

Jozef puso a Karolina de lado y le pasó una de las manos por la trenza dorada. Sus dedos eran más fuertes que los de Rena, y sostuvo a Karolina del mismo modo que el Fabricante de Muñecas había sostenido la pintura de *La dama del armiño*, más con admiración que con afecto.

—El cabello es de lo más real. Me pregunto qué será. ¿Pelo de caballo, quizá? Es de lo que están hechos los mejores arcos de violín —dijo, y le dio un tirón a la trenza para poner a prueba el material.

—¡Auch! —dijo Karolina. Era la primera palabra que había dicho a cualquiera que no fuera el Fabricante de Muñecas, y al momento deseó poder tragársela. El Fabricante de Muñecas nunca había perdido la fe en la magia, y aun así le había sorprendido la capacidad de hablar de Karolina. ¿Qué pensaría otro adulto de ella?

—Muy graciosa —dijo Jozef, mirando a Rena.

—No he sido yo —protestó Rena.

51

—¿Entonces quién ha sido? Karolina no es más que una muñeca —dijo él, presionándola con el dedo índice.

Karolina intentó pasar por alto tanta mala educación —al fin y al cabo, Jozef no sabía que estaba viva—, pero llegó un punto en que no podía más.

—Por favor, deje de hacer eso —dijo—. ¿Qué le parecería que alguien le presionara con el dedo en el vientre sin su permiso?

Jozef la dejó caer con una exclamación de asombro. Karolina fue a dar contra el suelo con un golpe sordo que resonó en todas sus articulaciones de madera y le dejó el cabello algo despeinado, aunque por lo demás no sufrió ningún daño.

—Debería dar gracias de que esté hecha de madera —dijo Karolina, aún más molesta. Se sentó y se quedó mirando al hombre boquiabierto que tenía encima—. Si fuera de porcelana, ahora mismo estaría hecha añicos.

—Debo de estar soñando —exclamó Jozef. Se frotó los ojos con fuerza, como si así fuera a despertarse.

Rena también observaba a Karolina, pero su expresión no era de consternación o confusión. Parecía encantada.

—No está soñando —dijo Karolina—. ¿Por qué iba a soñar con una muñeca mágica? Los adultos no tienen demasiada fe en ningún tipo de magia.

—No puede ser que estés hablando —insistió Jozef, mirándola a través de los dedos de la mano con que se cubría los ojos, como hacía Karolina cuando le contaban un cuento y llegaba la parte que más miedo daba.

—Pues sí que estoy hablando —dijo Karolina. Ya había tenido esa misma conversación agotadora antes, con el Fabricante de Muñecas, y no le apetecía nada repetirla. Pero parecía que era necesario—. No tiene por qué creer en mí, pero debería. Rena sí cree en mí, ¿verdad?

Rena asintió, evitando apartar la vista de Karolina por un instante siquiera.

Jozef quiso responder algo, pero en aquel momento apareció el Fabricante de Muñecas, que volvía del baño con una toalla húmeda en la mano.

—¿Va todo bien? Me ha parecido oír que se caía algo…
—dijo, pero no acabó la frase, al ver lo pálido que estaba Jozef.

El Fabricante de Muñecas siguió la trayectoria de su mirada… Y la toalla que tenía en las manos se le cayó al suelo.

—Su muñeca está viva —espetó Jozef.

—¡Lo sabía! —chilló Rena, alborozada—. ¡Lo sabía!

53

7

Secretos al descubierto

*E*l Fabricante de Muñecas se disculpó profusamente, cada vez más enfadado, aunque no con los Trzmiel. No eran Jozef o Rena los que habían desvelado su secreto. La culpa era de Karolina, y solo de ella.

Jozef parecía aturdido, aunque consiguió sentarse. El Fabricante de Muñecas le sirvió otra taza de té, que aceptó, aunque no parecía que fuera a bebérsela.

Los Trzmiel habían sido amables con el Fabricante de Muñecas, y lo último que quería Karolina era estropearles la tarde. Pero daba la impresión de que era eso precisamente lo que había hecho, y al pensar en ello se sentía de pronto como si en lugar de su precioso corazón de cristal llevara en el pecho una pesada piedra.

—No queríamos asustarles —le dijo el Fabricante de Muñecas a Jozef—. Supongo que es… algo difícil de entender.

—Por favor, no se enfaden —añadió Karolina—. Es culpa mía. No quería decir nada… y tampoco quería asustarles.

—¿Cuándo has cobrado vida? —preguntó Jozef, haciendo girar la taza de té de entre las manos, quizá para evitar que los dedos le temblaran sobre el brazo del sofá o sobre la superficie de la mesa. Desde luego le había sorprendido la revelación de Karolina, pero no era ningún cobarde; no huía de lo que no podía explicarse.

—Hace unos meses —dijo el Fabricante de Muñecas.

—Fue hace sesenta y siete días —puntualizó Karolina—. No puedo creerme que olvidaras una fecha como esa. ¡Es de gran importancia! —dijo, dándole un golpecito a uno de los botones de su chaleco.

—¿Karolina lleva meses viva y no se lo ha dicho a nadie? —exclamó Rena—. ¿Ni siquiera a los niños que visitan su juguetería? ¿Por qué no?

—Me pareció que era mejor mantener el secreto. Especialmente en los tiempos que corren —dijo el Fabricante de Muñecas—. La gente reacciona… de un modo extraño ante las cosas que son diferentes.

Jozef dejó de dar vueltas a la taza de té con las manos. Había algo en lo que había dicho el Fabricante de Muñecas que le tocaba personalmente.

—Una vez mi abuelo me habló de un rabino de Praga que dio vida a una enorme estatua de arcilla para protegerle a él y a sus vecinos —dijo Jozef—. ¿Es eso lo que ocurrió? ¿Dio usted vida a Karolina para que le ayudara de algún modo?

El Fabricante de Muñecas se encogió de hombros.

—No lo sé, señor Trzmiel. Yo pensaba que estaba haciendo una muñeca más. Pero una noche Karolina se puso a parlotear como si nada —dijo—. Ella dice que yo la llamé, pero yo no sé cómo lo hice, ni por qué.

—Yo no parloteo —dijo Karolina, apuntándole con un dedo. Se sentía más fuerte en compañía de otra gente, que la conocía por lo que era—. Parlotear es lo que hacen los loros o los monos. Y tú no me has dado alas ni pelo, así que no puedo ser ninguna de las dos cosas.

Rena soltó una risita, y hasta Jozef sonrió al ver la indignación de Karolina. No había sido su intención divertirlos, pero al menos ahora Jozef se mostraba menos desconfiado.

—La historia de su abuelo es muy interesante, señor Trzmiel —prosiguió el Fabricante de Muñecas—. Para mí, Karolina siempre ha sido como una de esas criaturas mágicas sobre las que habría escrito E.T.A. Hoffmann.

—O Lesmian, en las historias de las aventuras de Simbad.

Pero yo nunca he estado cerca del océano ni he luchado contra un monstruo marino como Simbad —dijo Karolina, recordando uno de los libros que le había mostrado el Fabricante de Muñecas.

—Recuerdo esas historias. Cuando era niño me encantaban —dijo Jozef, con nostalgia—. Pero señor Brzezick... No quiero ser entrometido, pero... ¿de verdad no sabe de dónde procede esta magia?

—Desgraciadamente no —dijo el Fabricante de Muñecas—. Karolina necesitaba un hogar, y yo estaba contento de tener una amiga.

Hundió la cabeza para dar un sorbo a su té. La soledad le atravesaba el rostro como una herida abierta. Pero el Fabricante de Muñecas nunca había buscado la compasión de nadie. Eso lo tenía en común con Karolina.

—Quizá su don tenga un objetivo —dijo Jozef, pensativo—. Aunque puede que usted mismo no lo tenga aún claro.

—¿Hay algún otro juguete que esté vivo? —preguntó Rena. La pregunta le salió como un corcho que saltara disparado de una botella; casi vibraba de la emoción.

—Yo soy la única que está viva. Es porque el Fabricante de Muñecas me hizo un corazón propio —dijo Karolina—. Pero sé que en algún lugar de vuestro mundo hay otros juguetes que pueden moverse y hablar.

Entrechocó los tacones con una risita. Poder hablar y moverse con libertad frente a Rena y Jozef le daba una sensación de ligereza y una emoción que la transportaba, como si estuviera a punto de salir flotando por los aires.

—Ojalá mis muñecas fueran como tú —dijo Rena—. Sería muy divertido. Eres exactamente como imaginé que serías, Karolina.

—El Fabricante de Muñecas me dio la forma justa —dijo Karolina—. El aspecto de una persona no dice nada sobre cómo es esa persona, pero el aspecto de una muñeca lo dice todo.

—Da la impresión de que ser una muñeca es fácil. O al menos más fácil que ser un humano —dijo Jozef. Dio un sorbo a su té y prosiguió—. Siento muchísimo haberte dejado caer, Karolina. Ha sido la sorpresa. Nunca pensé que conocería a alguien así.

—No le queremos entretener más, señor Trzmiel —dijo el Fabricante de Muñecas—. Una vez más, siento... —movió la mano, señalando alrededor— todo esto.

—Ha sido el mejor cumpleaños del mundo. ¿Puedo visitar su tienda y ver a Karolina de nuevo? —preguntó Rena—. No molestaré, y le prometo que no le diré a nadie que está viva. Ni papá tampoco.

—Tampoco creo que nadie me creyera si lo hiciera —dijo Jozef.

—Yo... —empezó el Fabricante de Muñecas. Pero Karolina no iba a dejar que su timidez le impidiera tener visitas.

—Podéis venir siempre que queráis —dijo Karolina, invitándoles en su nombre y en el del Fabricante de Muñecas—. Y espero que lo hagáis.

—Se suponía que solo tenía que entregar la casa de muñe-57
cas y salir de allí —dijo el Fabricante de Muñecas cuando ambos entraron de nuevo en la tienda, tras aquella tarde tan larga y movida. Al pasar junto al reloj de pie puso su sombrero encima, y el reloj adquirió el aspecto de un anciano, avejentado y amante de las formas, hasta el punto de no descubrirse la cabeza, ni siquiera en casa.

—Si se hubieran asustado de verdad nos habrían echado de su piso —respondió Karolina—. Yo creo que volveremos a ver al señor Trzmiel y a Rena muy pronto.

El Fabricante de Muñecas dejó a Karolina sobre la mesa de trabajo.

—Supongo que te ha gustado jugar con Rena, ¿no?

—Sí —dijo ella. No quería parecer demasiado emocionada, pero... ¿podría esconder del todo su alegría? Las muñecas son como los niños: no saben esconder sus sentimientos.

—Podría encontrarte una casa con una niña. Incluso podrías ir a vivir con Rena, ahora que sabe que estás... bueno, que no eres como las otras muñecas —dijo el Fabricante de

Muñecas. Sacó un trapo de uno de los cajones de su mesa y se acercó a la maqueta de la Pequeña Cracovia. Le daba la espalda, así que Karolina no tenía ni idea de qué expresión intentaba ocultarle. ¿Sería de alivio... o de pesar?

Por mucho que Karolina hubiera disfrutado con Rena, la vida de la niña ya estaba llena de amistad y de amor; tenía a Jozef y al niño con el que había ido a jugar, por no hablar de juguetes como la Princesa Wanda. Rena no necesitaba a Karolina como la necesitaba el Fabricante de Muñecas, y Karolina no podía abandonar su misión para irse a vivir con la niña.

—Yo quiero quedarme aquí. Al fin y al cabo el viento bondadoso me trajo contigo —dijo Karolina—. Pero si Rena o alguno de los otros niños que vienen a la tienda quisieran jugar conmigo, no diría que no.

El Fabricante de Muñecas se giró y la miró, y Karolina abrió los brazos todo lo que pudo, como si quisiera dar un abrazo a toda la tienda, con él incluido.

—Mientras no seas infeliz...

—Yo aquí nunca he sido infeliz —dijo ella, saltando al taburete del Fabricante de Muñecas, y luego dejándose caer por una de las largas patas—. Aunque a veces no tengas sentido común. Ahora levántame y te ayudaré a quitar el polvo a la Pequeña Cracovia.

El Fabricante de Muñecas la levantó y se la puso sobre el brazo. Sin ayuda del viento, Karolina voló sobre la Pequeña Cracovia y todos sus vecinos.

8

Caramelos y espadas

*L*as ratas se lo robaron todo a las muñecas. Se llevaron los ópalos, los rubíes y los sueños que conservaban en frascos de cristal, sedas y terciopelos, mesas y cortinas de encaje. Robaron los adoquines de menta y se comieron las paredes de galleta de jengibre.

Las ratas dijeron que lo necesitaban todo, hasta la última galletita de azúcar, hasta el último vestido de fiesta, hasta el último violín, cuyas cuerdas aún temblaban con la risa de las estrellas. Dijeron que se lo merecían por haber invadido la Tierra de las Muñecas tan rápidamente y con tanta habilidad.

Cuando las invasoras entraron en la casita de Karolina, no llamaron a la puerta. La rompieron en pedazos, y Karolina gritó, asustada, al verlas entrar. El vestido que estaba cosiendo —un modelo de seda azul oscuro al que había cosido el deseo de Marie— se le cayó al suelo.

Las ratas se empujaban y se arañaban unas a otras con sus garras amarillas, disputándose el espacio de la casa. Las intrusas eran tan grandes que daban con la cabeza contra el techo. El olor a pelo sucio y a hojas muertas cortaba la respiración.

Karolina no quería ser maleducada solo porque lo fueran las intrusas.

—¿Puedo ayudarles? —dijo, levantando la barbilla tal como había visto que lo hacía la reina. Esta, pensó, se mostraría valiente ante aquellas criaturas de dientes retorcidos que ahora la rodeaban como los muros de una prisión.

—Sal de aquí —le ordenó la rata más grande. Tenía un trozo de caramelo pegajoso de menta clavado en una garra, e iba mascando mientras hablaba. El caramelo debía de proceder de una de las farolas que había en la calle que llevaba a la casa de Karolina.

Al ver que Karolina no se movía, la rata desenvainó la espada y se la puso delante.

—Te lo diré otra vez, y luego no volveré a decírtelo.

Con espada o sin espada, Karolina no podía entregarles la casita, después de haber trabajado tan duro para convertirla en su hogar. ¿Cómo se atrevía esa rata a presentarse así y darle órdenes, como si fuera un rey?

—Esta es mi casa —dijo Karolina, mirándola a los ojos—. Sois vosotras las que tenéis que iros de aquí.

La rata se metió el trozo de caramelo de menta en la boca, escupiendo fragmentos al mascar.

—Te estoy avisando… —insistió.

—Por favor, marchaos —repitió Karolina, y señaló la puerta, esperando parecer más fuerte de lo que se sentía.

—Te he avisado —dijo la rata, limpiándose los restos de caramelo de los bigotes con la lengua—. Luego recuérdalo: te he avisado.

—¿Qué estás…?

Pero Karolina no tuvo tiempo de terminar la frase. La rata agitó la espada y le clavó la hoja en la mejilla con tanta fuerza que la madera se astilló. Karolina se había dado golpes en las espinillas con las mesas y se había caído muchas veces, pero nunca antes había experimentado un dolor tan terrible. Era como si una llamarada le atravesara el rostro.

Karolina cerró los ojos, intentando luchar contra la enormidad de aquel dolor.

—¡No podéis quedaros con mi casa! —gritó, por fin—.

¡No podéis quedaros con mi tienda! No me habéis dado nada a cambio.

—¿Te parece poco poder conservar la vida? —dijo la rata.

—Mi vida ya es mía —protestó Karolina.

—Solo de momento —respondió la rata.

9

Canciones alegres

*U*nos días después del primer encuentro con los Trzmiel el cartero trajo una carta para el Fabricante de Muñecas. Dentro había dos entradas para un concierto de la Sinfónica: uno para él y otro más pequeño y decorado con pajarillos azules para Karolina.

Karolina solo podía pensar que había sido Rena la que le había enviado la entrada, y no dejaba de darle vueltas con las manos. Siempre era ella la que hacía cosas para los demás; recibir algo hecho especialmente para ella era una sensación nueva y muy especial.

—¿La Sinfónica? Pero yo no tengo ropa que ponerme —dijo el Fabricante de Muñecas, toqueteando nerviosamente las esquinas de su entrada.

—Si tuviéramos tiempo, te haría un traje nuevo —dijo Karolina. Ya se imaginaba la casaca y los pantalones que le haría a su amigo. Le cosería palabras en las costuras, las palabras de los libros de cuentos de hadas del Fabricante de Muñecas.

Los magos necesitan disponer de las palabras necesarias, y llevarlas puestas quizá le inspirara.

—Ojalá pudieras —dijo él, con un suspiro—. Supongo que tendré que comprarme algo. ¡No recuerdo cuándo fue la última vez que me vestí elegante!

—Entonces ¿vamos a ir al concierto? —preguntó Karolina.

—Los Trzmiel nos han invitado. Y no quiero ser maleducado.

El edificio color marfil donde se celebraba el concierto, el teatro Juliusz Słowacki, era mucho más majestuoso de lo que se imaginaba Karolina. Tenía dos torres redondas a ambos lados de la entrada, y seis mujeres de piedra en lo alto, mirando al frente con orgullo: era como un palacio para la música y las canciones.

El Fabricante de Muñecas entró en un vestíbulo aún más concurrido que la plaza principal. Allá donde mirara, Karolina veía a mujeres refinadas, arrastrando la cola de sus vestidos como si fueran sombras de medianoche, azules y negras, y elegantes hombres con ajustados chaqués. El nuevo traje del Fabricante de Muñecas le daba un aspecto similar al del resto de asistentes. Pero no compartía sus conversaciones y sus risas. Al contrario, se quedó cerca de una de las ventanas, tamborileando los dedos contra el mango de su bastón.

—Quizá no deberíamos haber venido —murmuró—. Aquí no conozco a nadie. Esto no es para gente como yo.

—Tú mismo dijiste que sería maleducado no aceptar la invitación —dijo Karolina, oculta en el bolsillo de la chaqueta, aunque había tanto ruido en el vestíbulo que no le pareció que tuviera que mantener un silencio total, y el Fabricante de Muñecas necesitaba un poco de ánimo—. No te preocupes. Sé que nos lo pasaremos bien.

Los intentos del Fabricante de Muñecas por evitar hablar con todo el mundo no duraron mucho. Una manita le tiró de la manga, y se giró. ¡Era Rena! Llevaba un vestido color verde bosque, y el cabello recogido con una horquilla en forma de mariposa.

—¡Señor Brzezick! ¡Karolina! Han venido —dijo—. Papá me había advertido de que no debía ponerme triste si no venían, porque podrían estar ocupados con su magia. Pero ahora no hace falta que esté triste.

—Hola, Rena —dijo el Fabricante de Muñecas.

Karolina pensó que le tocaría hablar a ella. Los niños que acudían a la tienda del Fabricante de Muñecas siempre quedaban prendados por los juguetes que hacía, pero él no estaba acostumbrado a que quisieran hablar con él. No era de extrañar que no supiera muy bien qué decir.

—Tengo mi entrada —dijo Karolina, mostrándola—. Me gustan los pajaritos que lleva. ¿Los has dibujado tú?

Rena asintió.

—Sí. Son mis pájaros favoritos.

Inspirado por ese comentario, el Fabricante de Muñecas cerró los ojos y rozó con la punta de los dedos la entrada de Karolina. Esta observó que los pájaros cruzaban por el papel, agarrándose a sus bordes, como si intentaran escapar. Cuando el Fabricante de Muñecas retiró la mano, volvieron a su lugar original.

Rena pasó los dedos por una esquina de la entrada, con un contacto tan tierno como la magia del Fabricante de Muñecas.

—¿Pueden salir del papel los pájaros, señor Brzezick?

La sonrisa del Fabricante de Muñecas menguó un poco.

—Desgraciadamente no. Aún no domino ese poder mágico.

—Pero está trabajando en ello —dijo Karolina, convencida de que podía ser la voz de la esperanza además de la del sentido común.

—Para algunas cosas hay que practicar mucho —dijo Rena—. Si alguna vez necesita dibujos, tengo muchos en mi habitación. Se los puedo dejar.

—Eso es muy amable de tu parte —dijo el Fabricante de Muñecas—. ¿Debo suponer que te gusta dibujar?

—Más que nada en el mundo —dijo Rena—. Me gusta mirar a los pintores que se ponen cerca de casa. Papá dice que debo de aparecer en todos sus cuadros, porque siempre estoy por ahí.

—Estoy seguro de que les gusta verte allí —dijo él. Karolina se sintió orgullosa: miraba a Rena a los ojos, uno de cada color, mientras le hablaba, en lugar de bajar la vista al suelo, como solía hacer. Era agradable verlo relajado con alguien por una vez.

—Eso espero. No querría molestarles. ¿Quiere venir a saludar a Papá? —dijo entonces, señalando al otro lado del vestíbulo.

—Sí —dijo el Fabricante de Muñecas—. Querría darle las gracias por la entrada.

Rena lo llevó al otro lado del vestíbulo, abriéndose paso por entre la multitud con una facilidad pasmosa. Muy pronto encontraron a Jozef, que estaba más elegante que nunca, con su traje y su pajarita negra. Llevaba el estuche del violín bajo el brazo, y por su porte a Karolina le recordó a su amigo Fritz. El soldado había dedicado toda su vida a su profesión, y parecía que lo mismo sucedía con Jozef.

«A Fritz le habría encantado asistir al concierto», pensó Karolina. ¿Cuántas veces habían hablado sobre la música que les habían regalado las estrellas, como si fueran besos?

—Papá, mira a quién he encontrado —dijo Rena, acercándose a su padre.

—Buenas tardes, señor Trzmiel —saludó el Fabricante de Muñecas—. Gracias por invitarme.

—Y a mí —dijo Karolina, con un susurro audible.

—Me alegro de que pudieran venir —respondió Jozef, también susurrando. Su sonrisa fue abriéndose como una flor a la luz del sol—. Estaba… bueno, empezaba a pensar que habíamos soñado todo lo sucedido. Habría sido una gran decepción.

—¿Una decepción? —preguntó Karolina.

Jozef se inclinó por la cintura, para poder dirigirse a Karolina más directamente:

—No hay nada más decepcionante que darte cuenta de que una cosa buena que te ha pasado solo la has soñado —dijo.

—Eso siempre es triste —coincidió el Fabricante de Muñecas—. Debo darle algo por mi entrada, señor Trzmiel.

Jozef levantó una mano.

—Por favor, llámeme Jozef. Y no se preocupe por la entrada. No ha sido ningún problema. Me encanta compartir la música con los amigos.

65

—¿Qué van a tocar esta noche?

—El *Concierto número uno para piano y orquesta* de Chopin —dijo Jozef—. Tocamos sus obras tan a menudo que me siento afortunado de que me guste tanto. Si no, ya estaría cansado de él.

El Fabricante de Muñecas se rio, y no solo para llenar el silencio, como hacía a veces.

—Yo pienso lo mismo. Mi madre tocaba el piano. ¡Le encantaba Chopin! Pero mi padre prefería Beethoven, y discutían mucho al respecto. La pasión de mi padre por el *Claro de luna* probablemente fuera una de las pocas cosas de Alemania a las que mi padre no renunció después de casarse con mi madre.

El Fabricante de Muñecas tarareó unos compases de la pieza. Sonaba como luz de luna extendiéndose sobre los aleros de un edificio.

Pero por bonito que fuera aquello, Karolina estaba mucho más interesada en lo que su amigo les acababa de decir a Rena y a Jozef. El Fabricante de Muñecas raramente mencionaba a sus padres —y el vacío que habían dejado sus muertes en este mundo—, ni siquiera a Karolina.

—El *Claro de luna* no es algo a lo que se pueda renunciar fácilmente. Pero yo debo colocarme del lado de su madre —dijo Jozef. A lo lejos, sonaron las campanillas de un reloj, y el padre de Rena soltó un suspiro—. Debo prepararme. Espero que lo disfruten.

—Estoy seguro de que sí —dijo el Fabricante de Muñecas.

—Yo también debería irme —dijo Rena—. Me siento con mi amiga Bianka y su madre. ¡Su padre también toca en la orquesta, como el mío! Toca el violonchelo.

—¿El violonchelo? —preguntó Karolina.

—Es como un violín, solo que mucho, mucho más grande —dijo Rena, estirando el brazo hacia la lámpara de araña que tenían encima para indicar el tamaño del instrumento. Karolina esperaba que el padre de Bianka fuera un poco más pequeño de lo que le indicaba Rena. ¡Cualquier hombre capaz de tocar un instrumento así tendría que ser tan alto como la estatua de la plaza principal!

—Adiós —dijo el Fabricante de Muñecas, saludando con la mano a Rena y Jozef.

—¡Buena suerte! —dijo Karolina.

El asiento del Fabricante de Muñecas no estaba por encima del escenario, de modo que Karolina no pudo ver a Jozef tocando. Pero oyó su violín tan claramente como si estuviera sentada a su lado. Era como si él también lanzara un hechizo, porque aquella música tan rica era de las que arrancaban lágrimas con una mano invisible, ahuyentando cualquier pesadilla. ¡Ojalá pudiera embotellar la música como una poción! Eso no salvaría a su país, pero les llevaría alegría a las muñecas.

Karolina estaba a punto de decírselo al Fabricante de Muñecas cuando levantó la vista… y vio que los ojos le brillaban con las lágrimas. Pero supo al instante que esas lágrimas no eran de pena, sino de felicidad. Libre de la pesada sombra de la desazón, el Fabricante de Muñecas parecía más fuerte y jovial, tal como Karolina se imaginaba que sería antes de que la guerra se hubiera cobrado su alto precio.

El concierto fue el primero de muchos encuentros. Rena se presentó en la tienda todas las veces que pudo aquel verano, arrastrando consigo a su padre. Jozef llevaba bien la devoción de su hija por Karolina y por la tienda; Karolina nunca le oyó quejarse de las visitas.

El Fabricante de Muñecas y él charlaban durante horas sobre arte y música, mientras Rena jugaba con los otros juguetes, la Princesa Wanda y Karolina. Los dos hombres hablaban de Chopin y de Lutosławski, y del recién fallecido Szymanowski.

—Somos artistas en un mundo de artistas —dijo Jozef una tarde. Había traído su violín para tocarles algo, y aunque Karolina disfrutaba con los discos del Fabricante de Muñecas, no había nada comparable a la emoción de la música en directo.

—Creo que tiene razón. Quizá un día veamos tu obra en el Museo Czartoryski, junto a *La dama del armiño* —le dijo el Fabricante de Muñecas a Rena.

La pequeña enseguida se mostró de acuerdo.

—Un día quiero pintar todos mis lugares favoritos de Cracovia —dijo—. Como el río Vístula y los grandes árboles de la casa de los vivos: ahí es donde está enterrada Mamá.

Karolina nunca había pensado en los cementerios como en casas —el Fabricante de Muñecas nunca se acercaba al lugar donde estaban enterrados sus padres—, pero le gustaba la idea de que los fallecidos pudieran encontrar alivio a su dolor. Pensó que sería agradable tener un lugar donde pudieran encontrar la paz las cenizas de las muñecas quemadas por las ratas, un lugar bajo las ramas de los manzanos y el cielo azul.

Aunque el calor de aquel verano era implacable, las cuatro sillas de la habitación del Fabricante de Muñecas, sobre la tienda, siempre estaban ocupadas a la hora del té. Cuando estaban juntos, parecía posible que Rena se convirtiera de mayor en una gran artista, y que la felicidad que compartían Karolina, el Fabricante de Muñecas y los Trzmiel no acabara nunca.

Pero a Karolina aquellos deseos le hacían sentir casi desleal. Sabía que en otro mundo, al otro lado de las estrellas, su gente estaba sufriendo, y juró hacer algo más por ayudarles. Ahora que el Fabricante de Muñecas había encontrado la amistad y la paz en su propia vida, seguramente juntos podrían llevar la paz también a su país.

10

Los brujos

El primero de septiembre, la radio del Fabricante de Muñecas anunció que el ejército de Hitler había invadido Polonia. Gran Bretaña y Francia, países de los que Karolina solo sabía por los libros, respondieron declarándole la guerra a Alemania. Y poco después la Unión Soviética también atacó Polonia, dejando el país dividido en dos.

Ninguna de aquellas noticias eran del todo inesperadas; Karolina sabía que el Fabricante de Muñecas las temía desde hacía tiempo.

Durante días, Karolina y el Fabricante de Muñecas oyeron los aviones de la Luftwaffe rugiendo sobre los tejados de Cracovia, mientras ellos se agazapaban en la tienda. El Fabricante de Muñecas rezaba. Iba pasando las cuentas rosa de su rosario entre los dedos, como si fueran puntadas mágicas de Karolina, capaces de conceder deseos. Cuando veía que sus oraciones no tenían respuesta, el Fabricante de Muñecas se ponía a caminar adelante y atrás y a escuchar la radio, que había ocupado el lugar de las muñecas a medio acabar sobre la mesa. Los locutores proporcionaban concisos informes sobre movimientos de tropas y bajas, y la incertidumbre era cada vez mayor, a medida que los alemanes se acercaban a la reluciente ciudad.

El Fabricante de Muñecas se pasó la mano por la pierna de madera. ¿Pensaría en el campo de batalla y en los años horribles que había pasado combatiendo? Karolina solo podía imaginárselo. Las líneas del rostro de su amigo eran más profundas que nunca, unos surcos en los que se instalaban las sombras, cada vez más largas.

—Ni siquiera tengo mi pistola para defendernos —dijo—. La vendí cuando regresé de la última guerra, no quería volver a verla.

El mando de la radio era grande y pesado, y Karolina tuvo que empujar varias veces para apagarlo. No podía soportar seguir oyendo aquellas noticias desoladoras.

—Mientras los alemanes no lleguen a Cracovia, no tienes que hacer nada —dijo.

—Pero llegarán.

Karolina no podía discutir aquello, ni siquiera cuando el panadero —con quien siempre estaba en desacuerdo por principio— expresó la misma idea, a la mañana siguiente.

—Apenas llega comida a la ciudad —dijo Dombrowski—. A mí solo me quedan unas hogazas, y no tengo harina para hacer más.

Pero a pesar de su agitación le dio al Fabricante de Muñecas una hogaza de pan y no le cobró ni un *zloty* por ella.

—Si los alemanes nos matan al llegar a Cracovia, ¿de qué servirá el dinero? —dijo.

El panadero, como muchas personas del mundo humano, parecía estar lleno de contradicciones. Solía ser maleducado con el Fabricante de Muñecas, pero a veces era capaz de mostrarse amable.

Dombrowski se fue antes de que el Fabricante de Muñecas pudiera darle las gracias por el pan, caminando pesadamente hacia su panadería, cerrada, para reunirse con sus revoltosos hijos. Karolina habría deseado que salieran a la calle a recibir a su padre; echaba de menos ver a cualquier niño. El Fabricante de Muñecas había mantenido la tienda cerrada toda la semana, y desde entonces no habían visto a Rena.

¿Estaría bien Rena? Karolina recordaba con toda claridad lo

que era encontrarse atrapada entre los afilados dientes de la historia sin poder escapar a ningún sitio.

A mediados de septiembre los miembros del gobierno polaco huyeron a París. Por la radio les dijeron a sus compatriotas que solo desde el exterior de Polonia podían esperar formar un ejército que pudiera recuperar el país.

—El gobierno polaco volverá, ¿verdad? —preguntó Karolina—. Y hará que se vayan los alemanes.

Las palabras del periódico le bailaban ante los ojos. No quería leerlas, y mucho menos creérselas.

—No lo sé —dijo el Fabricante de Muñecas, agarrando el papel con tanta fuerza que la tinta le manchó los dedos, dándole más un aspecto de poeta bohemio que de tendero.

Karolina esperó un momento, a la espera de que bajara el periódico.

—¿Y ahora qué hacemos? —preguntó.

—Seguimos adelante, supongo —dijo el Fabricante de Muñecas. Le acercó la mano por encima de la mesa y Karolina le abrazó todos los dedos que pudo rodear con los brazos. En el interior de su pecho, su corazón de cristal tembló—. Quizá los alemanes nos dejen en paz. Al fin y al cabo han ganado. Han derrotado al ejército polaco. No tienen motivo para seguir atormentándonos.

—Quizá —dijo Karolina, tocándose la mejilla. Le resultaba difícil creer en la compasión de un ejército que había invadido otro país. Se imaginó que los alemanes no tardarían en meter a sus propios hombres en el Gobierno, igual que habían hecho las ratas.

La sombra de la Wehrmacht, el ejército alemán, no tardó en extenderse sobre Cracovia. Pero la ciudad luminosa no fue objeto de duros bombardeos como otros lugares de Polonia. Los soldados enemigos no tenían motivo para bombardear una ciudad sin un ejército que la defendiera, tal como señaló el propio alcalde cuando fue al encuentro de los alemanes y les rogó que entraran en Cracovia pacíficamente. Ellos accedieron, aunque el alcalde desapareció misteriosamente poco después.

No era raro que llegaran a la Tierra de las Muñecas cosas perdidas de otros mundos —las llaves de casa, los pétalos de flores, o incluso los calcetines desparejados—. Pero era poco probable que el alcalde de Cracovia apareciera cerca de casa de Karolina, por perdido que estuviera. Una persona era una cosa muy diferente a un botón o un poema sin acabar que hubiera terminado separándose de su dueño.

Karolina y el Fabricante de Muñecas observaron la llegada de los soldados invasores vestidos con sus uniformes verdes y negros desde el escaparate de la tienda. Con aquellas calaveras con dientes y huesos cruzados en las gorras a Karolina le costaba aún más creer la promesa que le habían hecho los alemanes al alcalde. Si los invasores no iban a causar ningún daño a Cracovia, ¿por qué habían adoptado aquel signo tan funesto?

—Los alemanes permitieron que Polonia fuera independiente tras la Gran Guerra, y ahora la quieren recuperar —murmuró el Fabricante de Muñecas mientras Karolina y él salían a comprar, unos días más tarde. No le apetecía nada salir, pero solo le quedaba el pan que Dombrowski le había traído y un repollo. Morirse de hambre no le serviría para plantar cara a los alemanes, y los lunes siempre iban al mercado.

Como si quisieran burlarse del Fabricante de Muñecas, un grupo de soldados alemanes se pasearon por la entrada de la Lonja de los Paños, pasándose un cigarrillo unos a otros mientras se reían, sin duda de su buena suerte. No solo habían sobrevivido a muchas batallas, sino que las habían ganado.

Karolina, que iba en el cesto del Fabricante de Muñecas, se sujetó con fuerza al lado del cuerpo.

—No tienen ningún derecho a estar aquí —susurró—. Tienen su propio país. Deberían irse.

—Eso no funciona así —respondió el Fabricante de Muñecas, en voz baja—. Suele ser el motivo por el que van a la guerra los seres humanos.

—Yo creo que la Tierra de las Muñecas es el mejor lugar del mundo, mejor aún que Cracovia —dijo Karolina—, pero eso no significa que vaya a invadir vuestra ciudad.

—Nosotros no somos muy listos —dijo él. Luego se quedó en silencio, intranquilo, mientras se acercaba a los soldados alemanes, pero estos estaban tan enfrascados en su propia conversación que apenas le miraron siquiera.

—No debería haberte sacado de casa con estos por aquí —le dijo una vez dejaron atrás a los alemanes—. Tenemos que ir con cuidado.

—¿Para qué iban a llevarse a una muñeca? Sería una tontería. En Alemania tendrán suficientes muñecas para sus hijos e hijas —dijo Karolina, pero se agarró al asa de la cesta de mimbre del Fabricante de Muñecas aún más fuerte para no caerse. No quería que ningún alemán la apartara de su amigo.

—Tú eres una muñeca muy especial. Eso lo verían hasta los alemanes —dijo él. El estómago le rugió al acercarse a los puestos. Karolina percibió el olor que inundaba la plaza, a pan fresco, quesos, mermeladas y carne. Karolina le hincó un dedo en el vientre.

—Ya te decía que tenías que salir a comprar comida. No puedes vivir solo de repollo en vinagre, a menos que quieras avinagrarte tú también.

Karolina esperaba que el Fabricante de Muñecas se riera de la broma, pero estaba demasiado concentrado observando a los dueños de los pequeños puestos.

—No hay mucho —murmuró.

—¿No hay mucho? —preguntó Karolina—. ¿Mucho qué?

—Mucha comida, ni ropa. Hay mucho menos de lo habitual —dijo él en voz baja—. Dombrowski tenía razón: las cosas no llegan a la ciudad.

—O sí llegan, pero los alemanes las roban y se las quedan —sugirió Karolina, con un tono que seguramente le habría hecho poner una mueca de disgusto, si hubiera sido una niña de verdad—. ¿Es que no tienen suficiente?

—¿Por qué se van a molestar en enviar comida desde Alemania cuando nos la pueden quitar a nosotros? —dijo él. Se arqueó un poco; parecía más agotado que enfadado. Karolina estaba convencida de que si se lo permitía, se volvería a la tienda, asqueado.

—Bueno, pues adelante —dijo—. Tienes que hacerte con algo de comida, antes de que no quede.

Ir de compras nunca había sido una gran aventura, ni siquiera para Karolina, con su infinita curiosidad por aquel nuevo mundo. Pero aquella excursión fue peor de lo normal. Ninguno de los comerciantes bromeaba ni sonreía. Algunos miraban a los alemanes que rondaban por la plaza. Otros se negaban a reconocer su presencia. ¿Acaso pensaban que podrían expulsar a los invasores actuando como si fueran invisibles?

El Fabricante de Muñecas estaba regresando hacia la tienda con su mísera compra cuando se encontró nada menos que con Jozef Trzmiel. El padre de Rena parecía tan fatigado como él mismo. Su chaqueta y sus pantalones, siempre tan cuidados, estaban muy arrugados. Era como si estuviera demasiado agotado como para mantener la compostura.

El Fabricante de Muñecas se llevó la mano al sombrero.

—¡Jozef! ¡Buenos días! ¿Cómo está usted? —dijo, dando un tono mucho más alegre a su voz de lo que le resultaba natural.

Jozef siempre saludaba al Fabricante de Muñecas con un apretón de manos. Pero esta vez se limitó a asentir.

—Estoy... bien —dijo—. Hambriento. Como todo el mundo.

Echó un vistazo al manojo de zanahorias de la cesta y le dio la vuelta. Estaban tan oscuras y tristes como el repollo que acababa de comprar el Fabricante de Muñecas.

—Me alegro mucho de verle —dijo el Fabricante de Muñecas. Luego bajó la voz—. Me ha puesto enfermo ver a los alemanes en la ciudad. Karolina y yo estábamos preocupados por usted y Rena —añadió, señalando a la muñeca, que asintió decididamente.

Jozef sonrió por fin.

—Me alegro de oírle decir eso. Pensé que quizá... —Suspiró—. Cyryl, pensé que dado que su padre era alemán, usted estaría contento con esta situación. Y ahora mismo la situación es preocupante para Rena y para mí. La mayoría de los alemanes odian a los judíos. Se dicen cosas… ya debe de haberlo oído. E incluso aquí, en Polonia, a menudo se nos culpa cuando algo va mal.

—Por favor, no se disculpe. Yo habría pensado lo mismo —dijo el Fabricante de Muñecas—. Pero si Karolina o yo podemos ayudarles de algún modo… Rena es una niña maravillosa. Y los dos han sido extremadamente amables con nosotros.

Karolina casi podía sentir las otras confesiones que iban acumulándose en su pecho, en particular lo feliz que le había hecho la amistad con Rena y Jozef. Pero él tragó saliva y contuvo aquellas palabras.

—Todo esto es sobrecogedor. Yo… Cyryl, me han hecho dejar la orquesta —dijo Jozef.

El Fabricante de Muñecas dio un paso atrás.

—¿Qué?

—¿Por qué? —dijo Karolina. El rostro de Jozef adoptó un gesto frío y terrible.

—Según el nuevo gobierno, no se puede permitir que los judíos participen en manifestaciones artísticas o musicales. Según el nuevo gobierno, no se puede permitir que los judíos hagan casi nada… más que trabajar en sus fábricas.

Karolina apretó los puños y vio que el Fabricante de Muñecas hacía lo mismo.

—No tienen ningún derecho —dijo él, con tanta rabia que cada palabra y sílaba sonaban como una llamarada crepitante.

—Sin embargo ahí están, gobernándonos —dijo Jozef—. Rena dice que son todos brujos. Al principio yo me reía, pero ahora… ¿Quién sabe? Parece que se les da bien hacer desaparecer a la gente, como por arte de magia.

Antes de que el Fabricante de Muñecas pudiera preguntar qué quería decir exactamente Jozef, este se disculpó:

—Lo siento. No debería descargar todas estas cosas sobre ustedes. He encontrado otro trabajo: un amigo me ha conseguido un puesto de carpintero en una empresa alemana, de

75

modo que al menos así Rena y yo podremos quedarnos en Cracovia. Aún recuerdo lo suficiente del oficio de mi padre para hacer un trabajo correcto... aunque no le aconsejaría a nadie que me contratara para nada importante.

Se quedó esperando a que reaccionaran a la broma, pero no había nada de divertido en sus ojos vacíos.

Robarle a un hombre su música era una crueldad.

—No nos molesta —le aseguró el Fabricante de Muñecas.

—Gracias —dijo Jozef, que miraba distraídamente por encima del hombro de su amigo. Tanto él como Karolina siguieron la trayectoria de su mirada.

No les costó distinguir a Rena con su abrigo azul claro, incluso entre tanta gente. Llevaba a la Princesa Wanda entre los brazos como si fuera un bebé. La muñeca tenía los ojos entrecerrados, como si no le impresionara en absoluto el terrible ambiente de la ciudad.

—Los alemanes van a cerrar el colegio de Rena —dijo Jozef en voz baja—. Y a los niños judíos ya no se les permite asistir a los colegios de los gentiles. Espero poder encontrar a alguien que le enseñe en casa, pero... —Se pellizcó el puente de la nariz—. A Rena le encanta el colegio. Va a ponerse muy triste cuando se lo diga.

—Yo no soy profesor —dijo el Fabricante de Muñecas—, pero tengo bastantes libros, y no se me dan mal las matemáticas. Quizá pudiera ayudarla con los estudios mientras usted trabaja.

—Pero usted tiene la tienda —dijo Jozef.

—Hay muchos ratos en que no entra nadie —respondió Karolina. No quería que Rena perdiera el colegio, que tan importante era para ella, pero tenía que admitir que le gustaba la idea de que su amiga acudiera a la tienda todos los días de la semana.

—Karolina tiene razón —confirmó el Fabricante de Muñecas—. No afectaría en nada a mi rutina, Jozef. Si tengo algún cliente, podría pintar. Eso la distraería de... —Señaló con un gesto de la cabeza a los soldados alemanes. «Los brujos», como los había llamado Rena—. De todo esto.

Jozef se pasó una mano por los rizos que el sombrero no conseguía esconder y pensó en ello.

—Solo si no le causa molestia —dijo.

—Ninguna molestia —contestó el Fabricante de Muñecas.

En aquel momento Rena dejó de mirar las manzanas que la tenían distraída y, al ver a su padre, se coló por entre las amas de casa y los hombres ceñudos y fue a su encuentro. Abrazó a Jozef y luego miró al Fabricante de Muñecas. Normalmente le habría abrazado también a él, pero esta vez se quedó junto a su padre.

—Todo va bien —le dijo Jozef—. Aquí nadie está contento con lo que pasa. A Cyryl y a Karolina no les gusta más de lo que nos gusta a nosotros. ¿No es cierto, Cyryl?

—Por supuesto —dijo el Fabricante de Muñecas, respondiendo por él y por Karolina—. Eso nadie lo cambiará.

Rena se separó de Jozef y le dio un rápido abrazo al Fabricante de Muñecas.

—Me alegro —murmuró por entre los botones de su abrigo. Luego se apartó.

El Fabricante de Muñecas hizo girar el bastón en la mano, mostrando su agitación.

—Yo… Jozef, si quiere seguir hablando, podríamos dar un paseo por el parque. Allí habrá menos gente, podríamos oírnos mejor en un… lugar más tranquilo.

Jozef echó un vistazo a los soldados, que estaban inspeccionando el contenido del cesto de una anciana.

—Sí —dijo—, estaría bien.

11

Los lakanica del fin del Mundo

*L*os cuatro atravesaron la plaza principal y se dirigieron a la Puerta Florian, abierta como una boca en pleno bostezo. Para evitar el tranvía que se acercaba dieron una carrerita. Una vez en el parque Planty no vieron más alemanes.

—¿Qué hizo exactamente Florian? —preguntó Jozef, estirando el cuello hacia arriba para ver el emblema del santo en la puerta. En el bajorrelieve, una multitud llevaba en volandas a un hombre con una bandera roja en el pecho—. Siempre me lo he preguntado, pero nunca he podido averiguarlo.

—Fue un soldado romano que se negó a hacer daño a los cristianos en las tierras conquistadas —le explicó el Fabricante de Muñecas, señalando a Florian con su bastón—. Los otros romanos le ahogaron por ello. Creo que se supone que esa nube se lo llevó al cielo tras su muerte.

Rena levantó la visa para ver al tal Florian y frunció el ceño.

—Esa historia tiene un final triste —observó.

El Fabricante de Muñecas arrugó la nariz.

—Desde luego no es la historia más feliz del mundo —concedió.

—Ahora la historia de Florian parece de lo más actual —dijo Jozef—. O quizá no sea más que una coincidencia. No somos el primer pueblo conquistado por un ejército extranjero, ni seremos el último. —Se agachó junto a su hija y le colocó un mechón rebelde tras la oreja—. Me gustaría hablar a solas con el señor Brzezick unos minutos. Ve a jugar con Wanda; enseguida estaremos contigo.

—Llévate a Karolina —propuso el Fabricante de Muñecas, sacándola de la cesta—. Así no estarás sola.

—No tardaréis, ¿verdad? —le preguntó Rena a su padre.

—No —dijo él, acariciándole la cabeza. No será más de un cuarto de hora.

Aquello pareció calmar a Rena. Tomó a Karolina de manos del Fabricante de Muñecas y echó a andar por el camino.

Mientras caminaban por el parque, Karolina le preguntó:

—¿Por qué llamas «brujos» a los alemanes?

Rena abrazó con fuerza a Karolina y a Wanda, y bajó la vista al camino de tierra.

—Mamá tenía un libro de cuentos de hadas que solía leerme. Me gustaban casi todos, pero los brujos me daban mucho miedo. Hacían que la gente actuara de un modo diferente, como hace ahora mi amiga Bianka. Me ha dicho que ya no juega conmigo porque soy judía. Y los alemanes han hecho que Zivia desaparezca, igual que hacían los brujos del libro de Mamá.

Rena ya le había hablado alguna vez de Bianka, la hija del violonchelista. Pero Karolina no reconoció el otro nombre.

—¿Zivia? ¿Quién es?

—La anciana que me cuidaba a veces, si los conciertos de Papá acababan tarde. Pero vinieron los alemanes y se la llevaron —le explicó Rena—. No sabemos por qué.

Rena dio patadas a las hojas que tenía delante; había tantas que le cubrían hasta los tobillos, como olas de color ámbar.

Karolina se sentiría fatal si los alemanes hacían desaparecer a alguien, aunque fuera el gruñón de Dombrowski. Recordaba cuántas muñecas se habían llevado las ratas… y no había vuelto a ver a ninguna de ellas.

Aunque quizá no ocurriera lo mismo en el mundo humano.

—Cuando los alemanes pierdan la guerra, volverá —dijo Karolina, intentando consolar a Rena—. Si es una anciana, no tendrán ningún motivo para hacerle daño.

—Pero ¿y si nadie derrota a los alemanes? —preguntó Rena.

—Yo creo que lo harán —dijo Karolina—. Francia y Gran Bretaña ya le han declarado la guerra, y aquí en Polonia hay montones de personas heroicas. ¡Como el Fabricante de Muñecas!

—¿El señor Brzezick?

—¿No lo sabías? Antes era soldado. Luchó por Polonia. —Karolina se dio con el puño en el pecho, haciendo tintinear el corazón en su interior—. Incluso ganó medallas. Aunque las guarda en una caja.

—Pero solo tiene una pierna. Ahora no podría luchar —dijo Rena—. ¿No puede usar su magia?

—Su magia no funciona así —admitió Karolina tras una pausa. Odiaba decepcionar a Rena—. Pero no te preocupes. No dejará que se te lleven los brujos.

Parte de la tensión desapareció del rostro de Rena y en sus labios apareció una sonrisa, la primera que veía Karolina en todo el día.

—Quizá tengas razón —dijo—. Los alemanes perderán, y entonces Papá podrá volver a tocar el violín. Y volveremos a vivir bien.

—Los adultos se ocuparán —añadió Karolina. Las ratas eran más de su tamaño que los alemanes y habían destrozado su casa en unos minutos con sus asquerosos dientes y garras. No tenía ninguna esperanza de poder ahuyentar a las ratas ni a los brujos ella sola.

Cuanto más pensaba en las ratas, peor se sentía. No soportaba pensar en lo que estaba sucediendo en su país. Pero ahora que los alemanes habían llegado a Cracovia, Karolina sabía que no era el momento adecuado para pedirle al Fabricante de Muñecas que le ayudara a poner fin a su guerra.

—¿A qué jugamos? —dijo Karolina, pasando a un tema mucho más agradable.

Rena no respondió; se había parado en medio del camino. Normalmente, Karolina le habría aconsejado que se echara a un lado o al otro, para evitar que un ciclista u otro niño se le echara encima. Pero la única persona que tenían cerca era una mujer sentada en un banco, y Rena se había quedado inmóvil por un buen motivo. Con la punta del zapato había rozado una manzana. Su piel tenía un color amarillo y brillante que parecía muy apropiado para el otoño.

—¡Justo estaba buscando una manzana así! —dijo Rena, agachándose a recoger la fruta—. Muy pronto será nuestro Año Nuevo, y nuestra tradición manda comer una manzana dulce para que el año también sea dulce. Pero todas las que he visto en el mercado eran marrones y feas. Esta es mucho mejor.

—No sabía que el Año Nuevo fuera en otoño —observó Karolina—. El calendario de la tienda no lo indica.

—Oh, es una fiesta judía que celebramos Papá y yo. Es diferente al del señor Brzezick.

—Ya veo —dijo Karolina. Levantó la vista, en busca del árbol del que habría caído la manzana. Era temporada de manzanas, pero todos los árboles que tenían alrededor eran alisos, como el que habían usado para tallar el cuerpo de Karolina. Solo daban hojas verdes y candelillas, no frutos—. No había visto nunca una manzana así —le dijo a Rena—. ¿Tú sí?

—Yo siempre he comido manzanas verdes —dijo Rena—. Pero nunca amarillas.

—Es una manzana dorada —dijo una voz muy leve—. De verdad.

La única que podía haber hablado era la mujer del banco. Tenía el cabello tan pelirrojo que parecía que hubiera absorbido todos los colores del otoño, y que sus rizos fueran de hojas y pajitas. Pero no fue su pelo lo que le sorprendió a Karolina; fue su olor. Incluso de lejos, la mujer olía a tierra mojada y a verano, aromas que Karolina no asociaba ni siquiera con los

81

granjeros que venían del campo a vender sus artículos. Se dio cuenta de que la mujer no era humana.

—¿Me está hablando a mí? —dijo Rena, poniéndose derecha.

—Estaba hablándoos a ti y a tu amiga —dijo la mujer pelirroja, señalando con su dedo a Karolina. Su sonrisa era tan leve como las nubes que flotaban sobre sus cabezas—. No hace falta que guardes silencio, muñequita. Estás viva; percibo tu latido.

—¿Usted es como yo? —preguntó Karolina—. ¿Es mágica?

—En cierto modo —dijo la mujer—. Detecto en ti rastros de otro mundo, pero yo soy de un lugar mucho más ordinario —dijo—. Procedo de un prado del sur; era su protectora.

—¡Oh! Es una lakanica —le dijo Karolina a Rena.

—¿Una lakanica?

—El Fabricante de Muñecas me dijo que eran espíritus buenos que reinan sobre los campos. Encuentran a las personas que se pierden y los devuelven a sus casas —explicó Karolina—. Los lakanicas son un poco tímidos. No suelen dejar que los humanos les vean. Pero eso les pasa a todas las criaturas mágicas.

—Ya veo —dijo Rena, que no parecía en absoluto sobresaltada por el encuentro con el espíritu; era casi como si se lo esperara. ¿Por qué no, después de haber conocido al Fabricante de Muñecas y a Karolina?

—Karolina y yo no habíamos visto nunca una manzana así —le dijo Rena al espíritu de los prados, acercándose—. ¿Es especial?

—Es muy especial. Es la mejor de las manzanas, y la más rara de todas —dijo la lakanica—. Un pájaro de fuego de un país lejano llevó una semilla mágica hasta mi prado y la plantó en el centro, con la esperanza de compartir la magia de su mundo con los humanos. De ella nació un bonito árbol, y cuando el sol lo bañó con su luz, aparecieron manzanas doradas en las ramas. Eran tan estupendas que con un bocado una persona podía saciarse durante un día entero.

—Ha dicho que las manzanas eran estupendas —señaló Rena—. ¿Qué les pasó?

—Los alemanes atravesaron mi prado con sus tanques y lo quemaron todo, desde las flores silvestres a la hierba —dijo la lakanica, agitando los dedos sobre el regazo, como si aún recordara la sensación de las llamas—. Uno de ellos disparó al pájaro de fuego con su rifle. Y sin la protección del pájaro, el árbol de las manzanas doradas se puso mustio y murió. Solo pude salvar una manzana, la que tienes en la mano.

—Ya sabía yo que eran brujos —dijo Rena—. Solo un brujo dispararía a un pájaro mágico.

—¿Va a vivir en el parque, ahora que su prado ha desaparecido? —preguntó Karolina. Los parterres de hierba entre los árboles y el camino no eran campos propiamente dichos. A una lakanica no le bastaría con un espacio tan pequeño.

—Sí —dijo el espíritu—. Echo de menos mi prado, pero ahora son los alemanes y su magia los que dominan esta parte del mundo. Yo no puedo hacer nada para detenerlos.

—¿Su magia? ¿Significa eso que también hay magos alemanes? —dijo Karolina—. Yo estoy aquí por acción de un mago. Pero él no se considera muy buen mago.

—Sí, sí que los hay. Pero yo no iría en su busca. Los alemanes solo se aceptan a sí mismos. Tú y yo y el mago del que hablas les pareceríamos seres diabólicos. Cosas polacas.

Lo que decía el espíritu del prado tenía sentido. Si había habido pájaros de fuego en Polonia, pensó Karolina, también debía de haber criaturas parecidas ocultas en la cercana Alemania.

La idea le resultaba desconcertante, así que se dejó caer en brazos de Rena. Quería abrazar a la niña, pero si lo hacía Rena sabría que tenía miedo. Y entonces quizá ella también lo tendría. Y eso no lo quería.

—El mago que conocemos Karolina y yo es medio alemán —dijo Rena.

—Entonces debería ir aún con más cuidado —les advirtió la lakanica—. Cualquier mago alemán podría reclamar a vuestro amigo para su bando y obligarle a servir a Alemania.

Rena hizo rodar la manzana dorada en la palma de la mano.

—El señor Brzezick no ayudaría a los alemanes, ¿verdad? —le preguntó a Karolina.

—No —dijo ella, apretando el pulgar de Rena; sus minúsculos deditos apenas conseguían rodearlo—. Él odia lo que están haciendo. Es polaco como tú y nunca ayudaría a los brujos a hacer daño a la gente.

Entonces le preguntó a la lakanica:

—¿Cómo podemos saber el Fabricante de Muñecas y yo quién es el otro mago?

El espíritu del prado cogió la mano de madera de Karolina con la suya. Era como la bruma que flotaba sobre los ríos antes del amanecer.

—La mayoría de los magos huelen a tinta y a luz de estrellas. El mundo se curva a su alrededor.

Karolina nunca había pensado en el Fabricante de Muñecas en aquellos términos; él olía como el fuego en la chimenea al final de un día de invierno. Pero supuso que habría muchos tipos diferentes de magos, y que algunos de ellos serían más fríos que su amigo.

Rena echó la mirada atrás.

—Vienen Papá y el señor Brzezick —le dijo a la lakanica—. Por favor, no le hable a Papá del mago alemán. Podría asustarse y no me dejaría ver más a Karolina y al señor Brzezick si piensa que va a venir a por ellos un brujo.

—No lo haré.

—Gracias —dijo Rena—. Espero que encuentre un hogar seguro en el parque. Aquí tiene su manzana.

Le tendió la fruta a la lakanica, pero el espíritu cerró la mano sin cogerla.

—Deberías quedártela tú —dijo—. Guárdala… y come de ella para recuperar fuerzas. Las necesitarás.

La lakanica siguió en el banco lo que dura un latido. Pero luego se levantó el viento y se la llevó; su cuerpo pálido se difuminó hasta que Karolina apenas pudo distinguir el intenso color rojo de su cabello. Lo único que dejó tras de sí fue la advertencia sobre el mago alemán.

Rena echó a correr hacia su padre, y Karolina observó que el Fabricante de Muñecas se quedaba algo atrás. Parecía como si hubiera envejecido muchos años en los últimos quince minutos. Karolina no quería aumentar la preocupación que veía en las arrugas que le rodeaban los ojos y la boca hablándole de los alemanes. ¿Qué podía hacer el Fabricante de Muñecas? Nada.

12

El Rey de las Ratas

*L*as ratas habían arrinconado a todas las muñecas en los escalones de palacio, y habían devorado todo lo que había de valor. No quedaba ni un solo farol de azúcar para guiar a los cansados viajeros, y los caminos estaban tan agrietados e irregulares como los dientes de las ratas.

Pero las muñecas se concentraron en silencio; no querían arriesgarse a despertar la ira de las invasoras. Venían de todos los rincones del reino, siguiendo el vuelo de las ágiles luciérnagas que las guiaban, y Karolina estaba entre ellas. Susurraban, temerosas, mientras se acercaban al palacio de marfil. No había estrellas fugaces lanzándose hacia la Tierra para observarla. ¿Qué había que ver, salvo las ruinas? Hasta el cielo había cambiado; las nubes, rojas como las amapolas, se movían perezosamente, deshilachándose, y el aire estaba cargado de humo.

Una vez reunidas todas las muñecas, desde las bailarinas de papel a los soldados de madera o las rollizas niñas de porcelana, el Rey de las Ratas apareció en el balcón que debían ocupar el rey y la reina. La presencia del señor de las ratas era como una burla a los grandes monarcas. La curva de su barriga brillaba con las docenas de medallas que se había colgado del chaleco. La corona le quedaba tan apretada que le pellizcaba las orejas, juntándoselas.

Karolina se llevó una mano a la mejilla. Cada vez que veía una de las ratas, sentía un dolor lacerante en la grieta del rostro, como si fuera el pinchazo de un espino.

—Soy vuestro nuevo señor y soberano. Ahora las ratas reinamos sobre la Tierra de las Muñecas —dijo el Rey de las Ratas—. Obedeceréis nuestras nuevas leyes. Os inclinaréis ante nosotros cuando nos veáis. Nos serviréis. Y si os pedimos cualquier cosa, nos la daréis.

—¿Dónde están el rey y la reina? —gritó uno de los soldados de madera—. ¿Qué les habéis hecho?

Karolina se esperaba que el Rey de las Ratas enfureciera y vociferara al oír nombrar a los otros monarcas, pero se limitó a sonreír, mostrando todos sus dientes de color amarillo marfil. La cola se le levantó, como una serpiente encantada por una mano fantasma.

—¿Veis lo rojo que está el cielo esta noche? —preguntó a la multitud, apoyándose en la barandilla del balcón, que crujió ante aquel peso inesperado—. ¿Oléis el humo? Vuestros reyes han quedado reducidos a cenizas, igual que os pasará a vosotros si no aprendéis a estar en vuestro sitio.

13

Nombres robados

*E*n octubre de 1939 los alemanes crearon una nueva ley terrible, que les permitía robar nombres.

Polonia ahora formaba parte del *Generalne Gubernatorstwo*, el Gobierno General, y Cracovia era su capital. La plaza principal ahora se llamaba Adolf Hitler Platz, y hasta tenía un nuevo cartel. Sus letras, de un negro profundo, eran como las zarzas que rodean el jardín ponzoñoso de una bruja.

Karolina odiaba el nuevo cartel, y odiaba los nuevos nombres. No eran polacos, sino alemanes. Karolina sabía que aquel era un camino que ya había recorrido... y sabía adónde llevaba.

Los alemanes también parecían decididos a cambiarle el nombre al Fabricante de Muñecas. Cada vez llegaba más correo para Herr Birkholz. ¿Quién era Herr Birkholz? Sin duda no su amigo, el señor Brzezick. Herr Birkholz era un hombre que los invasores consideraban de los suyos.

El Fabricante de Muñecas prendió fuego a la primera carta que recibió con su nombre alemán sin leerla siquiera. La llama de la vela le dejó quemaduras en las yemas de los dedos que le duraron tres días. La segunda vez se molestó en abrir la carta, y la leyó con una rabia creciente. Cuando terminó la tiró a un lado.

—Quieren que me registre —dijo.

—Registrarte, ¿para qué? —preguntó Karolina, que estaba trabajando en la mesa, cosiendo.

—Como *Volksdeutsche*, como alemán —dijo el Fabricante de Muñecas—. Hay una lista en la que quieren que me apunte porque mi padre era alemán. Recibiría más cupones de comida si lo hiciera. Muchos de los *Volksdeutsche* en realidad están contentos de que los alemanes estén aquí. Pero si creen que pueden comprarme con raciones de más, se equivocan —añadió, apretando los labios.

La segunda carta siguió el camino de la primera, y el Fabricante de Muñecas tiró las cenizas por la ventana.

Cuando un soldado alemán se dirigió a él en el idioma de su padre siguió fingiendo ignorancia, y lo miró con la misma distancia con que lo miraría cualquier otro ciudadano de Cracovia. Además, mantuvo su amistad con los Trzmiel.

Karolina le insistió a su amigo un par de veces para que intentara hacer magia, pero las páginas de sus libros se resistían a cobrar vida. El Fabricante de Muñecas debía de tener demasiada tristeza en el corazón como para traer la mínima ilusión al mundo.

—Nunca he sido un buen mago, Karolina. Lo siento —se disculpó, meneando la cabeza con gesto de derrota.

El otoño dio paso al invierno. Cada mañana, cuando Jozef salía a construir estantes, mesas y armarios para los alemanes, Rena iba a la tienda con sus libros envueltos en una bufanda y un suéter. Allí el Fabricante de Muñecas le enseñaba a hacer divisiones y multiplicaciones entre un cliente y otro. Karolina observaba desde lo alto, mientras Rena estudiaba la historia de Polonia y del pueblo judío, desde sus triunfos a sus grandes debacles.

Pero el día que Rena llegó con un brazal con una estrella azul se negó a mirar el libro de historia polaca. Lo cerró con tanta prisa que pilló el borde de la falda de Karolina entre las páginas.

—Lo siento —dijo Rena, levantando la cubierta lo suficiente como para que Karolina pudiera liberarse.

—No pasa nada —dijo esta, alisándose la falda, que se había desgarrado un poco por el borde. Pero no pasaba nada: eso siempre podía remendarlo—. ¿Por qué no acabas ese capítulo?

Rena apartó el libro de un manotazo.

—No voy a leer más ese libro. No dice la verdad. Dice que el rey Jan Olbracht fue un gran rey, pero hizo que todos los judíos abandonaran sus casas y se trasladaran a Kazimierz porque la gente mintió y prendió fuego a su iglesia. No es cierto. Y ahora los alemanes están haciendo lo mismo. —Miró su brazal—. No conocen a ningún judío, pero se inventan mentiras, dicen que queremos hacerles daño a ellos y a Polonia. Ahora tenemos que llevar estas estrellas en la ropa para que se nos vea bien. Todo el mundo nos mirará de otro modo.

—Yo pensaba que quizá esa estrella fuera como el collar que a veces te pones —dijo Karolina—. También tiene seis puntas, ¿no?

Rena meneó la cabeza.

—Mi collar lleva la estrella judía, la Magen David. Era de Mamá. Esta estrella es diferente. Estamos obligados a llevarla. Si no la llevamos, los alemanes nos harán algo malo. No es eso lo que ha dicho Papá, pero parecía asustado. Lo veo muy preocupado. Está tan cansado que ya no quiere ni tocar el violín.

Rena cruzó los brazos sobre la mesa y apoyó la cabeza encima con un gran suspiro.

Karolina habría querido tranquilizarla, pero prometerle que todo se arreglaría sería mentir. No sabía lo que podía ocurrir.

—Lo siento —dijo—. Sé lo que se siente cuando alguien convierte tu casa en un lugar horrible. Cuando las ratas nos invadieron, fue terrible.

—Pues alguien debió de rescatarte de las ratas —dijo Rena—. O no estarías aquí.

—Fue un viento bondadoso, que me trajo aquí, con el Fabricante de Muñecas.

—Ojalá un viento bondadoso pudiera llevarnos a mí, a Papá y a todos nuestros amigos lejos de los alemanes —dijo Rena—. Quizá podríais venir también el señor Brzezick y tú.

Podríamos vivir en el país mágico del pájaro de fuego y comer manzanas doradas todo el día.

Karolina sabía que cosería aquel deseo en el siguiente vestido que hiciera... Pero ¿quién podía conceder un deseo así?

La nieve se fundió y llegó la primavera, y Karolina seguía leyendo el libro de historia polaca de Rena, aunque para entonces ya sabía que no podía creerse todo lo que decía. Pensó que quizá encontrara el secreto para derrotar a sus enemigos entre aquellas páginas, pero no veía ningún patrón que se repitiera en las victorias polacas. Daba la impresión de que la suerte influía mucho en quién ganaba las guerras, pero ella no podía confiar en la suerte para salvar la Tierra de las Muñecas... ni para salvar a Polonia. No parecía que su país, ni el país en que vivía ahora, pudieran confiar mucho en la suerte.

—Los soldados y los generales siempre hablan de planes y estrategias, pero no parece que nadie tenga claro realmente cómo se ganan las guerras —le dijo Karolina al Fabricante de Muñecas.

—Depende en gran parte de la suerte —respondió él.

—¿Cómo combatisteis vuestra guerra? —le preguntó Karolina. Si no hubiera estudiado hasta la última página los libros de Rena, no le habría hecho aquella pregunta. El Fabricante de Muñecas no era de esos que disfrutan contando historias sobre sus días de gloria en el ejército.

—Intentando sobrevivir un día, y luego el siguiente... y protegiendo el corazón de las bombas y de la metralla —contestó el Fabricante de Muñecas, en voz baja—. Es el corazón el que te permite seguir adelante una vez se acaba la guerra.

Karolina se sentó y suspiró.

—Yo preferiría vencer, no solo seguir con vida.

—En la última guerra, primero quería ser como el príncipe Krakus, y poner fin a la guerra personalmente, aunque sabía que no podía —confesó él—. Pero el hecho de que no pudiera ayudar a todo el mundo no quería decir que no pudiera ayudar a alguien.

—¿Qué quieres decir?

—Perdí la pierna salvando la vida de otro hombre —dijo el Fabricante de Muñecas—. No me arrepiento. Era un amigo, y no quería perderlo. Vale la pena ayudar, aunque solo sea a una persona, Karolina. Y tú puedes ayudar a Rena siendo su amiga, para que no viva asustada ni se sienta sola, como tú y yo hemos estado en el pasado.

¿Sería cierto aquello? Con toda la oscuridad que les rodeaba, ayudar a una niña le parecía muy poco. Pero Karolina no quería que Rena se sintiera nunca como ella antes de llegar a Cracovia.

—Ojalá conociera alguna manera de que pudiéramos ayudar más —dijo el Fabricante de Muñecas con tristeza. La luz incidió en las lentes de sus gafas al menear la cabeza, proyectando arcoíris por las paredes de la tienda.

Karolina recordó lo que les había dicho Jozef el día que habían celebrado el cumpleaños de Rena: que el Fabricante de Muñecas quizá no entendiera el alcance real de su magia, pero que debía de tener un motivo. ¿Lo tendría también la llegada de Karolina a Cracovia?

¿La necesitaría el Fabricante de Muñecas tanto como ella lo necesitaba a él?

14

El hombre que surgió de una historia

La ocupación prosiguió, y daba la impresión de que los alemanes habían traído consigo no solo unas leyes brutales, sino también el mal tiempo. El viento, cruel e implacable, dio paso a un verano insoportable. Allá donde miraba, Karolina veía a vecinos que se enfrentaban airados ante la mínima ofensa, y trabajadores con los rostros bañados en sudor bajo el sol que abrasaba la ciudad.

Południca, la Dama del Mediodía, se paseaba entre ellos con su vestido de novia de un blanco luminoso, provocando que hombres y mujeres se desmayaran de agotamiento al tocarlos. Los humanos no la veían, pero para Karolina era tan real como el propio calor. Era como una hermana malvada de la lakanica, que había dejado los campos para asolar la ciudad.

El interior de la tienda, en cambio, era oscuro, fresco y agradable. Y fue un cálido día de agosto de 1940 cuando Rena hizo un nuevo amigo: un ratón gris que huía del calor. El ratón había salido de su escondrijo en la pared siguiendo el olor del pan y la mantequilla que el Fabricante de Muñecas había untado encima. La mantequilla podía parecer un lujo excesivo, pero el Fabricante de Muñecas le había dado dos rebanadas de pan a Rena para almorzar. Quizás él se fuera a la cama con el estómago vacío, pero al menos Rena no. Ahora los Trzmiel y sus vecinos judíos recibían la ración más reducida posible de comida, y desde la llegada de los alemanes a Cracovia estaban más pálidos que el polvo.

Rena se disponía a llevarse la rebanada de pan a la boca cuando vio por la comisura del ojo al ratón, que agitaba el morro rosado.

—¡Oh! ¿Él también vive aquí? —preguntó, señalándolo.

El Fabricante de Muñecas levantó la vista del elefante de juguete al que estaba ensamblando una pata.

—No que yo sepa. Es la primera vez que lo veo. Debe de ser un recién llegado.

—¿Puedo darle de comer? —preguntó Rena.

—Si le das de comer, no se irá nunca —dijo Karolina, frunciendo el ceño—. No dejes de comer por él.

—Pero parece un ratoncito bueno. ¿No crees, Karolina?

Karolina no podía fingir que le inspirara ternura un ratón. Se parecía demasiado a una rata, aunque al menos el ratón no era más grande que ella.

—Es una criatura horrible —dijo.

—Karolina no les tiene un cariño especial a los roedores —dijo el Fabricante de Muñecas—. Puedes darle una miga si quieres, Rena, pero no quiero que traiga más amigos. Mordisquearían los caballitos de madera y los vestidos de las muñecas, y tendría que volver a hacerlo todo.

Rena asintió y se dejó caer de su taburete. Cogió con dos dedos una de las migas de pan que habían caído al suelo y se acercó al ratón. Karolina pensó que el animalillo se asustaría con el *tap, tap, tap* de sus zapatitos rojos, pero no se movió, hasta que Rena le puso la miga delante.

—Ahí tienes, Mysz. Tú y yo tenemos exactamente el mismo almuerzo.

—¿Mysz? —dijo Karolina—. ¿Vas a llamarlo Mysz?

—Bueno, es un ratón, ¿no? —dijo Rena, observando a Mysz, que hacía girar la miga entre las patitas—. Sería tonto ponerle un nombre de persona.

—Supongo —respondió Karolina. Ella tenía nombre de

persona, pero lo cierto es que tenía un aspecto mucho más humano que Mysz.

—Creo que darle de comer es un gesto bonito por tu parte, Rena. Yo… —El Fabricante de Muñecas no acabó la frase; un estruendo en el exterior de la tienda se la cortó. Los estantes vibraron, y unas cuantas muñecas y animales de peluche se cayeron al suelo. Los caballitos de madera se balancearon, como si se encabritaran y quisieran huir del lugar de donde procedía el ruido. Y Mysz volvió a su agujero como un rayo, llevándose su almuerzo consigo.

—¿Qué ha sido eso? —gritó Karolina.

—Nada bueno —dijo el Fabricante de Muñecas. Agarró el bastón, que estaba apoyado en la mesa, y cruzó la estancia cojeando, recogiendo los juguetes caídos a medida que avanzaba. Había tantos por el suelo que cuando llegó al escaparate no le cabían entre los brazos.

—Oh, Dios mío —murmuró.

—¿Qué pasa? ¿Qué ves? —dijo Karolina.

Pero el Fabricante de Muñecas no respondió. Colocó los juguetes como pudo en el estante más cercano y salió, dejando que la puerta se cerrara de un portazo tras él.

—¿Señor Brzezick? —dijo Rena, saltando al suelo y corriendo tras él.

—¡No me dejéis aquí! —exclamó Karolina, agitando los brazos para recordarle a Rena que no podía bajar de la mesa. La pequeña dio media vuelta y agarró a Karolina, se la puso contra el pecho y siguió al Fabricante de Muñecas a la calle.

Al principio Karolina no tenía ni idea de lo que había causado aquel alboroto. Lo único raro que vio fue una multitud concentrada en el punto donde se alzaba la estatua del poeta Adam Mickiewicz. Solo que la estatua había desaparecido.

Pero no había desaparecido por arte de magia: la habían derribado por la fuerza. El señor Mickiewicz yacía sobre los adoquines, con la cabeza y una mano separadas del cuerpo. Había unas cuantas cuerdas tiradas por el suelo, alrededor de la base del antes majestuoso monumento. Los soldados alemanes admiraban su obra.

El Fabricante de Muñecas cruzó la plaza, tan absorto ante la imagen de la estatua caída que no se dio cuenta de la presencia de Rena y Karolina. Agarraba el bastón con la mano tensa y miraba sin expresión en el rostro, como si él también fuera una estatua.

Un soldado alemán sonriente le dio una patada a la mano del señor Mickiewicz, pasándosela al compañero que tenía más cerca. Era como si aquello les pareciera un juego divertido, como el cambiar los nombres a la gente. El Fabricante de Muñecas contuvo un bufido.

—Bárbaros —murmuró. Una anciana que tenía al lado asintió, mostrando su acuerdo, y apretó los dientes mientras se giraba hacia la estatua caída. Pero aunque fuera una escena terrible, Karolina no podía dejar de pensar que aquel juego le recordaba a los niños que jugaban al fútbol en la plaza, tiempo atrás.

«Todos estos soldados son chavales —pensó, mirando sus rostros lampiños—. ¿Cómo pueden ser tan crueles un puñado de niños?»

Solo uno de los alemanes, un oficial —a juzgar por las insignias en el cuello— había decidido no participar en aquel juego recién inventado. Parecía unos años mayor que los otros brujos y era alto y delgado, tenía la piel pálida como el alabastro y los ojos del mismo azul penetrante que Karolina. Pero eso era lo único que tenían en común. Karolina se quedó mirando cómo gritaba a la multitud, ordenándoles:

—*Wracajcie do swoich domów!* ¡Volved a vuestras casas!

Hablaba un polaco muy justito, y muchos de los presentes se miraron extrañados, haciendo un esfuerzo por comprender lo que decía.

—¡Todos a casa! —repitió—. Esto no es asunto vuestro. ¡Volved a casa, o seréis arrestados!

Agitó la mano y por fin la gente pareció entenderlo. Se dispersaron, murmurando y maldiciendo a aquel tipo tan brusco y a sus soldados.

Rena miró al Fabricante de Muñecas, que seguía apretando con fuerza el bastón, y luego los fragmentos de Adam Mickiewicz dispersos por el suelo. Se agachó, cogió varios trozos y se los mostró al Fabricante de Muñecas:

—No se ha perdido toda la estatua, señor Brzezick. ¿Lo ve?

—¡Rena! —dijo él, girándose—. ¿Qué haces? No deberías estar aquí fuera. Hay demasiado… —No encontraba palabras para describir la extraña violencia que se había apoderado de la plaza.

—Le he visto muy contrariado, y Karolina y yo queríamos ver qué pasaba —dijo Rena ajustándole a Karolina el gorro rojo, que se le había torcido y le tapaba un ojo.

—Lo siento —dijo el Fabricante de Muñecas, acercándose a Rena y rodeándola con un brazo—. Debería haberos dicho dónde iba. Pero estoy bien. No tenéis por qué preocuparos.

Estaba temblando ligeramente, aunque hacía un día abrasador.

Karolina volvió a mirar hacia la plaza. Esperaba que los brujos se fueran a otro sitio, pero parecían decididos a quedarse cerca de la juguetería. Incluso de lejos, los veía reír a carcajadas.

Al parecer el Fabricante de Muñecas también había visto al grupo de brujos.

—¿Por qué no entramos un momento en la iglesia? —le dijo a Rena, señalando hacia la basílica de Santa María con la punta del bastón.

A Karolina le gustó la idea. Si se llevaba a Rena a la tienda otra vez, cabía la posibilidad de que los alemanes vieran la estrella azul en el brazal de la niña. Y si lo hacían, le dirían cosas terribles, y quizá hasta le hicieran algo malo.

—¿No le molestará a nadie que entre yo? —dijo Rena—. ¿Y a papá no le importará?

—No tendrás ningún problema —respondió el Fabricante de Muñecas—. Y no vamos a rezar.

Se apoyó en el hombro de Rena con más fuerza mientras recorrían el último tramo de la plaza. Los pies le resbalaron sobre los adoquines varias veces, pero no perdió el equilibrio. Aun así, Karolina se sintió aliviada cuando llegaron a la iglesia.

Una vez dentro, el Fabricante de Muñecas relajó por fin la

97

mano que sujetaba el bastón; las articulaciones de los dedos emitieron un crujido.

—Yo no creo que los huesos deban sonar así —observó Karolina.

—Es que estos días estoy un poco tenso —dijo él—. Eso es todo.

—A papá ahora las manos le hacen ese mismo ruido —señaló Rena—. Él también dice que no pasa nada.

La sonrisa que esbozó el Fabricante de Muñecas le recordó a Karolina el gesto inseguro de las muñecas-bebé de la tienda, que siempre parecían estar a punto de echarse a llorar. Pero el Fabricante de Muñecas no lloró; se giró hacia el joven sacerdote que celebraba la misa junto al altar. Este había levantado las manos como si fuera a trepar hacia el cielo, junto a los santos dorados del retablo. Karolina admiró los detalles de los tres paneles de madera, que se elevaban incluso sobre las cabezas de los hombres más altos.

El Fabricante de Muñecas sumergió tres dedos en la pila de agua junto a la puerta y se persignó.

—En el nombre del Padre, del Hijo y del Espíritu Santo —murmuró en tono de oración—. Amén.

—¿Se parece al lugar al que vas tú a rezar? —le susurró Karolina a Rena.

—No mucho —dijo Rena, levantando la vista. El techo formaba una cúpula azul y dorada sobre sus cabezas, imitando un cielo de verano—. En nuestra sinagoga no hay muchas pinturas en las paredes. Pero sí mucha luz y muchos cantos. Aunque ya no podemos rezar ni celebrar nada allí. Los alemanes la cerraron. Papá dice que ahora guardan dentro sus armas.

Resultaba paradójico que los brujos hubieran convertido un lugar de paz y contemplación en un santuario de guerra. A Karolina aquello le producía una sensación aún más amarga.

—Siento que hayas tenido que ver lo que ha ocurrido ahí fuera —le dijo el Fabricante de Muñecas a Rena—. Si hubiera sabido que iban a destruir la estatua…

—Eso es lo que yo no entiendo; ¡pero si no era más que una estatua! ¿Por qué le tenían todo ese odio? —dijo Karolina—.

La gente no puede usar las estatuas y los poemas para luchar.

—Adam Mickiewicz siempre nos ha dado esperanza a los polacos. Sus poemas nos impulsaron a rebelarnos y a luchar; lo han hecho durante el último siglo. Por eso los alemanes quieren eliminar cualquier rastro de él. Puedes destruir a una persona, Karolina, pero destruir su historia es mucho más difícil. Nadie se pierde realmente del todo mientras exista su historia.

Karolina pensó en aquello y decidió que tenía razón. Ella conservaba en su interior la historia de todos los que había conocido en la Tierra de las Muñecas, aunque ya no pudieran contarla ellos mismos. Quizás incluso llevara las historias secretas de la madre del Fabricante de Muñecas.

—¿Qué sucederá con los trozos de la estatua del señor Mickiewicz? —preguntó Rena.

—Cuando los alemanes se vayan, reconstruiremos la estatua —dijo el Fabricante de Muñecas—. Tenemos que hacerlo. Mickiewicz nos pertenece a nosotros, no a ellos.

—A ellos nunca —dijo Karolina—. Pero tendríamos que guardar silencio: los demás están rezando.

De pronto se dio cuenta de que no era cierto del todo: las dos personas agazapadas en la esquina más cercana —un hombre y un niño de la edad de Rena— no parecían tener demasiado interés en el sermón del cura. El hombre estaba escribiendo a toda prisa en un cuadernito con tapas de cuero que sostenía junto al pecho. Tenía el cabello del color de las cerezas que tanto le gustaban al Fabricante de Muñecas. Y cuando levantó la vista de su cuaderno, Karolina vio que tenía los ojos plateados y redondos como monedas.

Contuvo una exclamación, pero el Fabricante de Muñecas no se dio cuenta. Un coro había empezado a cantar los himnos del día, y sus voces se expandieron hasta llenar hasta el último hueco de la iglesia. Su amigo había cerrado los ojos para disfrutar de la música y —posiblemente, pensó Karolina— para olvidar el sonido de la estatua al caer.

Pero Rena sí vio que Karolina se había fijado en el chico que susurraba y el hombre de ojos plateados.

—¿Dawid? —dijo.

99

—¿Quién? —dijo Karolina.

—Ese niño es Dawid. Vive en la planta baja, con su madre y su hermanita. Solíamos volver juntos del colegio cuando había clase.

Karolina recordó vagamente a Dawid de la primera vez que se habían visto en casa de los Trzmiel. Pero el niño risueño que había entrado corriendo en el salón detrás de Rena no se parecía en nada al Dawid que veía ahora. Estaba muy rígido, como si sus propios pensamientos le pesaran demasiado.

Karolina estaba tan concentrada pensando en el recuerdo que tenía de Dawid que se sobresaltó al ver que Rena se le acercaba.

—Hola, Dawid —le dijo, en voz baja.

El chico se giró dando un respingo, con los ojos desorbitados del miedo. Pero el miedo desapareció en cuanto vio a Rena.

—Oh —dijo—. Hola, Rena.

—¿Qué haces aquí? —le preguntó ella.

El niño la miró y luego miró al hombre de ojos plateados, como pidiendo permiso. El hombre asintió.

—Solo estaba… comprando unas medicinas. Mamá se ha quedado sin cupones de racionamiento, y mi hermana está enferma. Así que he venido aquí.

—Espero que Danuta se mejore. Pero ¿por qué compras medicinas en una iglesia? —preguntó Rena. Karolina también se lo había preguntado.

Dawid se encogió de hombros.

—Porque los alemanes no quieren que tengamos comida ni medicinas, y este es el único lugar al que no creen que iremos. La gente viene aquí con cosas que necesitamos, y nosotros se las compramos —respondió.

—Es raro —dijo Rena.

Dawid no tuvo ocasión de responder. El Fabricante de Muñecas se había acercado y ya estaba pidiendo disculpas.

—Perdonen si hemos interrumpido alguna… transacción. Por favor, no nos hagan caso —le susurró al hombre de ojos plateados. Daba la impresión de que sabía lo que sucedía, aunque no hubiera oído la explicación de Dawid.

—Y yo que pensaba que los magos eran listos y reconocían la magia al verla —dijo el hombre, metiéndose el cuaderno en el bolsillo con un bufido. Luego se dirigió a Dawid—: Lo tuyo lo tendré mañana. Y no te preocupes por el dinero.

—Gracias, señor —dijo Dawid, agachando la cabeza y retirándose hacia las puertas, pero no sin antes dedicarle una sonrisa a Rena—. Adiós —añadió, y se fue corriendo antes de que Rena pudiera despedirse. Karolina pensó que sería algo habitual en él.

El Fabricante de Muñecas, mientras tanto, por fin había conseguido encontrar una respuesta a la acusación del extraño:

—¿Mago? No se de qué esta hablando.

Pero el hombre de ojos plateados no cedió.

—Usted es el único mago de Cracovia. O quizá de toda Polonia —dijo. Levantó una fina mano blanca y colocó dos dedos bajo la barbilla del Fabricante de Muñecas, haciéndole alzar el rostro.

—Me ha tomado por otra persona —se defendió el Fabricante de Muñecas, y dio un paso atrás.

El hombre de ojos plateados metió las manos en los bolsillos de su abrigo. Era de una tela brillante, que recordaba más la piel de un animal que el terciopelo.

—Oigo el latido del corazón de la muñeca que lleva la niña en la mano, así que no finjamos ser lo que no somos.

La lakanica también había podido oír el corazón de cristal de Karolina.

—¿Y quién es usted? —le espetó Karolina. Quizá no debía haber hablado, pero ¿de qué servía fingir ser un juguete normal y corriente cuando Cracovia parecía estar llena de magia?

—Podrías decir que soy una historia —dijo el hombre de ojos plateados.

—¿Una historia? —preguntó Rena—. ¿Qué tipo de historia?

—De esas que conoce todo el mundo —respondió él, inclinándose hacia ella—. De esas que has oído muchas veces. Antes era un forajido que vivía en los campos, pero ahora ya no les robo a los barones y margraves codiciosos, sino a los alemanes.

El Fabricante de Muñecas contuvo la risa.

—No esperará que me crea que es usted Juraj Jánošík. Un personaje como Robin Hood, que roba a los ricos para dar a los pobres… un cuento de hadas.

—¿Juraj Jánošík? He leído algo de él en uno de los libros que me dio —dijo Rena—. Pero no sabía que vivía fuera del libro.

—Y no lo hace —dijo el Fabricante de Muñecas—. Quizás existiera alguien así hace mucho tiempo, pero llevaría muerto más de doscientos años.

—No —dijo Jánošík—. Ahí es donde se equivoca. Soy un hombre de verdad, que murió y se convirtió en una historia. Cuanta más gente cuenta la historia, más vida cobra. ¡Y que lo diga usted…! ¿Alguna vez había oído hablar de algo más tonto que una muñeca viva?

—¡Karolina no es tonta! —exclamó Rena—. Es mi amiga.

—¡Sí! —dijo Karolina—. No es culpa mía que sea mucho más pequeña que todas las personas de este mundo.

Jánošík chascó la lengua. No parecía avergonzarse de su mala educación. Era un mito; sin duda para él Rena y Karolina eran muy pequeñas.

—Mis disculpas. Solo intentaba explicárselo a vuestro amigo —dijo—. Estamos todos juntos en esto, y él desperdicia su talento. Ahí fuera hay una guerra, por si no se ha dado cuenta.

—Eso ya lo sé —dijo el Fabricante de Muñecas, con un gruñido en cada sílaba, como si hablara el idioma de los lobos y no el de los hombres—. Hago lo que puedo.

—Tendrá que hacer mucho más cuando todo esto acabe —dijo Jánošík.

—¿Es que ha estado espiándonos? —dijo Karolina, desde los brazos de Rena. Si hubiera tenido el tamaño del Fabricante de Muñecas, se habría lanzado sobre Jánošík como un halcón.

—Tu amigo es un mago, y la mayoría de las personas son criaturas mágicas —dijo Jánošík—. Por supuesto, la gente le presta atención a él… y a lo que hace. —Movió sus largos dedos por el aire, recorriendo la silueta del Fabricante de Muñecas. Quizás en otro tiempo hubiera sido humano, pensó Karolina, pero ahora tenía la carne blanca como el papel y su historia se había convertido en leyenda.

—¿Y cómo cree que puedo ayudar? ¿Uniéndome a la resistencia y boicoteando a los alemanes? Hace mucho tiempo que me prometí a mí mismo que no haría daño a ningún otro hombre —dijo el Fabricante de Muñecas. El bastón se le escapó de la mano, y tuvo que cogerlo al vuelo para que no repiqueteara contra el suelo de mármol.

—Hay otras maneras de luchar —dijo Jánošík—. Míreme a mí. Yo no estoy enfrentándome a nadie con los puños ni con un cuchillo.

El Fabricante de Muñecas echó una mirada nerviosa a Jánošík, y luego a Rena.

—¿Y qué sugiere que haga?

—Usted tiene la magia —dijo Jánošík—. Úsela. Yo hago trucos de prestidigitación todos los días. ¿Cómo si no iba a evitar que me pillaran los alemanes? —Los ojos le brillaban, como si esperara que los brujos fueran a por él para poder esquivarlos y burlarse de ellos.

—Usted cree que puedo controlar lo que hago. Pero no puedo.

—Pero es un mago de verdad —dijo Rena, agarrándole del abrigo y dándole un buen tirón—. Hemos conocido a otra persona que me ha dicho que lo era. ¿Verdad, Karolina?

—Es cierto —dijo Karolina. Sabía que debía habérselo dicho antes al Fabricante de Muñecas, pero ¿de qué habría servido? No la habría escuchado. No tenía tiempo para hacer caso de los susurros de un espíritu de los prados.

—¿Y quién es esa otra persona que cree que soy mago? —preguntó él, mirando a Karolina y a Rena con un gesto de desaprobación. Karolina pensó que se merecía aquella mirada.

—Es un espíritu de los prados que huyó de los alemanes —dijo—. Rena y yo hablamos con ella el día que estabas en el parque con Jozef.

—¿Lo ve? —dijo Jánošík, dándole una palmada en el hombro—. La muñeca tiene razón: usted es un mago. ¡Incluso podría dar vida a la estatua del señor Mickiewicz si lo intentara!

—Los alemanes han derribado la estatua de Mickiewicz —dijo el Fabricante de Muñecas, con tristeza—. ¿O es que no ha estado ahí fuera?

—Jugaban al fútbol con sus trozos —añadió Karolina, que sin darse cuenta había adoptado el mismo tono melancólico que su amigo.

—Volverá —dijo Jánošík.

—Eso es lo que ha dicho el Fabricante de Muñecas —recordó Rena con una gran sonrisa. Jánošík se metió la mano en el bolsillo, y Karolina pensó que iba a sacar el cuadernito en el que había estado escribiendo al entrar ellos a la iglesia. Pero el objeto que sacó era un saquito de tela del tamaño de su puño.

—Es azúcar —dijo él, metiéndolo en el bolsillo del Fabricante de Muñecas—. Quizá mañana Rena y usted puedan comer algo más que pan.

—Yo… Gracias.

—No pierda la bondad. Ni la fuerza —dijo Jánošík. Luego se dirigió a Karolina—: No le dejes. Quédate con él todo el tiempo que puedas. Es importante que estés con él.

¿De qué estaba hablando? ¿Otra advertencia críptica, como la que le había dado el espíritu de los prados?

—Por supuesto que lo haré —dijo Karolina—. Y también le cuidaré. Es lo que siempre hago.

—Todo lo que puedas —insistió el ladrón.

—Todo lo que pueda —repitió Karolina. La sensación de que acababa de hacer una promesa solemne la hizo tambalearse un poco, como los caballos-balancín de la tienda.

Pero Karolina sabía que era una promesa que no necesitaba hacer.

Al atardecer, después de que Rena se hubiera ido de la tienda, el Fabricante de Muñecas se quedó sentado un buen rato. Encendió una vela, la puso sobre su mesa y Karolina se sentó cerca, sumergiéndose en la luz.

Cuando él habló por fin, dijo algo que Karolina no esperaba oír:

—Voy a registrarme como *Volksdeutsche* —dijo—. No quiero que me consideren alemán, y no necesito las raciones extra, pero ambos conocemos a personas que sí las necesitan.

—Es cierto —dijo Karolina—. Pero...

El Fabricante de Muñecas suspiró.

—Si alguien se entera, castigarían a los Trzmiel. Muy severamente. Más aún que a mí.

—Entonces que no te pillen —dijo Karolina. Giró la cabeza hacia la iglesia, el único edificio de la plaza en cuyas numerosas ventanas aún se veía luz—. Sé listo, como Jánošík.

—A Jánošík lo colgaron, ¿sabes? —dijo él, pensativo—. Al final lo pillaron y lo colgaron. Sin embargo, de algún modo, sobrevivió.

—Somos mágicos. Eso significa que se nos da bien sobrevivir —dijo Karolina, que tenía la sensación de estar consolándose a sí misma, además de al Fabricante de Muñecas. Sabía que, apuntándose a la lista, este estaría sacrificando su verdadero nombre ante los alemanes. Pero también sabía que era mucho más listo que ellos; la comida valía más que un nombre. La música, el arte, las risas... todas esas cosas surgían de una barriga llena.

¿Y quién mejor que Jozef y Rena para recibir aquellos regalos?

105

15

Los brujos y el ratón

$\mathcal{M}$arzanna, la Dama del Invierno, no tuvo piedad en los meses finales de 1940 y principios de 1941. No le importó que el pueblo de Polonia dispusiera de mucho menos carbón y leña que nunca. Hizo que aparecieran flores de escarcha en todas las ventanas y esparció tanta nieve sobre Cracovia que al Fabricante de Muñecas le llegaba a la rodilla. La Dama del Invierno hizo caso omiso, riéndose mientras los vecinos de la ciudad sacrificaban sus sillas y mesas y sus relojes antiguos, quemándolos para calentarse.

Hasta en el apartamento del Fabricante de Muñecas hacía frío; todas las provisiones suplementarias de aceite de cocina, velas y carbón que había recibido se las había dado a los Trzmiel. Pero los otros tenderos no lo sabían, y echaban miradas furiosas a la insignia con la esvástica —el símbolo de la Alemania nazi— que llevaba en la solapa cada vez que salía a comprar cosas con sus numerosos cupones de racionamiento.

—¡Traidor codicioso! —murmuraban.

Karolina se enorgullecía de él al ver cómo soportaba aquellos comentarios. Sabía que su amigo no abandonaría a Rena y a Jozef, pensara lo que pensase la gente. No siempre podía predecir qué haría, pero entendía perfectamente su corazón; sentía como si tuviera un mapa de sus sentimientos en el interior del suyo propio. Porque no solo había que orientarse por las calles adoquinadas de Cracovia y por las carreteras. La gente también podía ser como un laberinto.

El Fabricante de Muñecas salía a comprar una vez por semana, igual que hacía antes de la guerra. No quería dejar a Karolina y a Rena solas en la juguetería, en silencio, así que ellas iban con él. Pero aquello presentaba otro problema: Rena, con su estrella azul en el brazal, no podía entrar en muchas de las tiendas.

—Los judíos solo pueden entrar de tres a cuatro de la tarde —le dijo Dombrowski al Fabricante de Muñecas al verlos llegar—. El resto del día no pueden entrar. Eso es lo que me han dicho los alemanes.

—Rena no va a comprar nada —respondió el Fabricante de Muñecas, con una sonrisa tan ajada como las páginas de sus queridos libros—. Solo me acompaña. Es una niña; no puedo dejarla sola en la tienda mientras salgo a comprar.

Dombrowski se inclinó por encima del mostrador, dejando marcas con los codos sobre la fina capa de harina que lo cubría.

—Aunque sea una niña es judía. Tiene suerte de seguir en Cracovia —dijo—. Vas a meternos en un lío a los dos, Cyryl.

Karolina estaba convencida de que en otro tiempo, antes de entablar amistad con los Trzmiel, el Fabricante de Muñecas no habría podido soportar la larga mirada de amonestación que le lanzó el panadero. Pero ahora sí podía:

—Nadie va a meterse en ningún lío.

—No pasa nada, señor Brzezick —dijo Rena, retrocediendo hacia la puerta—. Puedo esperar fuera hasta que acabe. No me ocurrirá nada. No estoy sola. —Levantó a Karolina, que dejó caer la cabeza hacia delante en lo que esperaba que el Fabricante de Muñecas entendiera como un gesto de asentimiento. La niña dio media vuelta y salió a la calle, con el olor de pan recién hecho siguiéndola como una estela.

No había mucha gente en el lugar. Un grupo de jóvenes discutía agitadamente en la desembocadura de una callejuela junto a la panadería, con un periódico entre las manos. Al otro lado de la calle, una mujer con un tocado verde acunaba a un bebé entre sus brazos.

Rena sacó la lengua para atrapar uno de los copos de nieve que caían flotando del denso velo de nubes. Cuando vio que Karolina la observaba, dijo:

—La nieve en realidad no sabe a nada, pero me gusta atraparla.

—En la Tierra de las Muñecas la nieve era dulce —recordó Karolina con nostalgia. No quería que Rena se pusiera melancólica, pero de vez en cuando le venía a la mente una imagen definida de su hogar, y cuando eso ocurría necesitaba compartirla con alguien. Si lo hacía, se convertía en algo más que un recuerdo. Era casi real.

Rena pateó el suelo, intentando quitarse el frío.

—La nieve dulce sería deliciosa. Podríamos hacer rosquillas con ella, y meter jalea de rosa dentro. —Ahora ella también tenía un tono nostálgico en la voz—. ¿En la Tierra de las Muñecas todo estaba hecho de dulces?

—No todo —precisó Karolina—. No habría sido práctico. Las flores de azúcar eran bonitas, pero yo no habría intentado construir una casa con ellas.

Rena atrapó otro copo de nieve con la lengua.

—Pero la Tierra de las Muñecas me parece un lugar demasiado mágico como para que fuera práctico.

—¿Y quién dice que no pueda ser ambas cosas a la vez? —dijo Karolina—. A mí me gusta pensar que soy una muñeca práctica, aunque viniera a Cracovia con ayuda de la magia.

—Eso es cierto —dijo Rena, girándose hacia la tienda, donde vio que el Fabricante de Muñecas acababa de pagar a Dombrowski—. El señor Brzezick no es muy práctico, ¿verdad?

Karolina se preguntó cuánto tiempo llevaría pensando aquello Rena.

—¿Qué te hace pensar eso?

—Nos está dando comida a Papá y a mí —dijo Rena, bajando la voz hasta convertirla en un murmullo—. Y se supone que no debe hacerlo.

—Es su comida —replicó Karolina—. Puede hacer lo que quiera con ella. Y lo que desea es daros una parte a ti y a Jozef.

—Pero yo no quiero que se meta en problemas —dijo Rena.

Karolina estaba a punto de decirle a Rena que no se preocupara, pero las interrumpió la llegada del Fabricante de Muñecas, que se ajustó la bufanda alrededor del cuello y dijo:

—Aquí empieza a hacer bastante frío. ¿Volvemos a la tienda?

Le tendió la mano a Rena, aunque Karolina se quedó sin saber si esta se la había cogido. El sonido de un silbato atravesó el aire como el graznido de un cuervo, haciendo que Rena diera un respingo. A aquel ruido desgarrador le siguió el del motor de un camión gris que llegó con media docena de soldados de la Wehrmacht en el remolque. Los soldados saltaron al suelo en cuanto el motor se detuvo.

—¡Todos los que estáis en la calle, poneos en fila! —gritó uno de los brujos—. ¡Rápido! ¡Ya!

Por un momento todo el mundo se quedó inmóvil, demasiado sobrecogidos como para reaccionar. No obstante, otro pitido les obligó a ponerse en marcha. La mujer con el bebé pasó corriendo por delante de los brujos y llegó junto al grupo de jóvenes, murmurándole algo a su bebé, que no paraba de llorar. El Fabricante de Muñecas agarró la mano de Rena y enseguida se puso en línea con los demás.

El último alemán que bajó del camión era el mismo oficial que había amenazado a la multitud después de que sus hombres hubieran derribado la estatua de Adam Mickiewicz aquel terrible día de verano. Karolina habría reconocido aquellos ojos penetrantes en cualquier lugar. Se ajustó la gorra gris mientras se acercaba, dando una carrerita, a los asustados polacos. La insignia con una calavera que lucía les miraba maliciosamente.

Karolina no entendía que nadie pudiera llevar un símbolo así con tanto orgullo.

—Abrid las bolsas y vaciad los bolsillos. ¡Ya! —les gritó el brujo a la gente que estaba en fila.

—¿Por qué? —gritó la mujer—. Yo solo estaba volviendo a casa. ¡No he hecho nada malo!

El brujo se pasó los dedos por el cuello del uniforme. La tela crujió, dando la impresión de que los dos rayos bordados fueran a salir disparados y a caer sobre la mujer.

—Eso lo decidiré yo. Y la próxima vez que me hables, llámame Hauptsturmführer Brandt —dijo.

Tenía una voz tan cortante como el sonido de las garras de las ratas, lo cual a Karolina le pareció de lo más apropiado. Las ratas y los hombres pálidos con sonrisas feas parecían poseer la misma terrible habilidad: la de conseguir que todo el mundo hiciera lo que ellos querían usando palabras duras y amenazas.

Los polacos hicieron lo que les había ordenado el capitán de los brujos. El Fabricante de Muñecas dejó su cesta y su bastón en la nieve y vació los bolsillos de su abrigo. Rena se pasó a Karolina de una mano a la otra para hacer lo propio.

Karolina deseó que la estrella del brazal de Rena pudiera desaparecer tras las nubes igual que hacían las estrellas en la Tierra de las Muñecas cuando tenían miedo. Era la única que lo llevaba, y eso la hacía destacar más aún. El Fabricante de Muñecas parecía estar pensando lo mismo. Le pasó la mano sobre el hombro y estiró la mano para cubrirle el brazal.

—No va a pasarle nada a nadie —le dijo en voz baja—. Tú no digas nada.

Rena asintió, pero Karolina notó que estaba temblando. No podía apartar la vista del capitán de los brujos, que iba avanzando junto a la línea, mirando en las cestas y agarrando a la gente por el abrigo a medida que pasaba.

Era una imagen odiosa.

Brandt se paró frente a un joven flacucho con el cabello casi tan pelirrojo como el del Fabricante de Muñecas. El capitán de los brujos lo agarró del brazo, poniendo en evidencia el reloj de oro que llevaba en la huesuda muñeca.

—¿De dónde has sacado este reloj? —le preguntó Brandt.

El joven apartó la mano.

—Era de mi padre.

—¿Y cómo pudo comprarse tu padre un reloj tan caro?

El joven irguió el cuerpo y levantó la cabeza.

—Tenía un buen trabajo. Era profesor de matemáticas en la universidad.

Karolina se alegró de que Brandt no hubiera decidido sonreír en aquel momento. Si lo hubiera hecho, estaba convencida de que los dientes que habría puesto al descubierto serían largos y afilados.

—Todo el mundo sabe que los polacos son demasiado tontos como para ser profesores —dijo el brujo, socarrón—. Eres un mentiroso y un ladrón.

El joven, que cada vez parecía más un niño, tragó saliva.

—Mi padre lo tuvo muchos años. Era profesor. Yo…

Brandt ladeó la cabeza en dirección a los soldados que tenía detrás, que se acercaron y sacaron al joven de la fila sin contemplaciones.

—Subidlo al camión —dijo Brandt.

—No lo robé —repitió el joven, que dejaba profundos surcos en la nieve con los pies al revolverse en vano para intentar zafarse de los brujos—. ¡Juro que no lo he robado!

Pero Brandt ya no le escuchaba. Volvía a pasear la mirada por la gente de la fila. A Karolina le pareció que se paraba un momento más de lo necesario mirando al Fabricante de Muñecas. Luego dijo por fin:

—Aquí ya hemos acabado. ¡Vamos!

Los brujos cargaron en el camión al joven, que aún protestaba, y subieron tras él. El vehículo arrancó otra vez y siguió por la calle, dando botes sobre los adoquines hasta desaparecer tras la esquina.

Karolina no pensaba que Brandt hubiera acabado su ronda. Las ratas, por lo que ella recordaba, nunca se contentaban con atormentar a una sola muñeca.

Querían atormentarlas a todas.

El grupo se dispersó lentamente, como si quisieran convencerse de que el último cuarto de hora había sido una pesadilla de la que muy pronto se despertarían. ¿Cómo podían vivir en un mundo en que un joven podía ser arrestado por llevar un reloj de oro?

El Fabricante de Muñecas se agachó y recogió su bastón y el cesto con la compra. Karolina vio que, oculto bajo la visera de la gorra, su gesto pasaba de la furia a la pena más profunda.

—¿Adónde se llevan a ese hombre? —preguntó Karolina.

—No lo sé —dijo él. Fue entonces cuando Karolina entendió que su amigo sabía exactamente adónde se habían llevado los brujos al chico, y que no era un lugar agradable. Al Fabricante de Muñecas nunca se le había dado bien mentir; la voz le temblaba cada vez que tenía que articular algo que no fuera la verdad… como en aquel momento.

Rena no habló hasta que llegaron al final de la calle.

—Yo no creo que robara el reloj.

—No —dijo el Fabricante de Muñecas, con tristeza—. Yo tampoco lo creo.

Con aquella terrible verdad flotando en el aire, los tres regresaron a la tienda. Pero el resto de la tarde ninguno de ellos dijo gran cosa.

La decisión del Fabricante de Muñecas de registrarse como parte del *Volk* alemán tuvo un desagradable efecto secundario: los meses siguientes, la tienda empezó a recibir visitantes alemanes. Pero tener nuevos clientes no le daba ninguna alegría al Fabricante de Muñecas. Estos eran alemanes de verdad, mujeres y niños que llegaban con sus padres, maridos y hermanos. El risueño brujo de la oficina de registro había informado al Fabricante de Muñecas que Cracovia iba a convertirse en un centro de la cultura alemana, y la llegada inesperada de todos aquellos extranjeros así parecía indicarlo.

Los primeros visitantes no deseados llegaron a la tienda a mediodía, cuando el Fabricante de Muñecas había dejado su almuerzo de lado para trabajar en un nuevo juguete, y Rena había hecho salir a Mysz de su agujero para jugar. La recién llegada no parecía diferente a cualquier otra polaca. Tenía el cabello de color trigueño, recogido en un moño apretado que dejaba a la vista sus ojos pálidos y su cara rosada. Pero no se dirigió al Fabricante de Muñecas en polaco; le habló en alemán.

Al oírlo, Karolina sintió de pronto el instinto de saltar de la mesa del Fabricante de Muñecas y bufar como un gato. Incluso el propio Fabricante de Muñecas se puso visiblemente tenso al oír a la mujer:

—Perdone, ¿es usted Herr Birkholz?

Un niño que parecía de la edad de Rena observaba desde detrás, con el cabello oculto casi en su totalidad bajo una gorra negra. Tenía una galleta en una mano, y el azúcar pegado a los labios como el barniz que usaba el Fabricante de Muñecas para pintar los caballitos-balancín.

—Sí, soy yo. ¿En qué puedo ayudarla? —respondió. Fue tan educado con la mujer-bruja como lo habría sido con cualquier otro cliente. Pero había pasado del polaco al alemán, y solo aquello ya parecía afectar a su actitud. Estaba más erguido, y sus palabras eran más marcadas.

—Estoy buscando un regalo de cumpleaños para la hija de una amiga, que cumple tres años —dijo la mujer, aparentemente aliviada al ver que ambos hablaban el mismo idioma. ¿Sería oficial su marido, o tal vez uno de los muchos hombres de negocios alemanes que habían llegado a la ciudad para poner en marcha fábricas de cacharros y uniformes para el ejército?

Poco importaba por qué estaba allí la mujer. Ella y su hijo no serían invasores propiamente dichos, como los soldados, pero eso no hacía que fueran bienvenidos en Cracovia, ni en la tienda del Fabricante de Muñecas.

—¡Mira! —gritó el niño, y apartó de un empujón a su madre. Fue corriendo al estante de los muñecos de peluche—. ¡Mira, mamá, animales!

El niño le dio un tirón a la cola del león, como si así esperara despertarlo. Karolina puso una mueca de hastío. «Rena nunca habría tratado así un juguete», pensó.

—Sí, ya lo veo —dijo la mujer, con una sonrisa tensa. A Karolina aquella expresión le hacía dudar de si la mujer le tendría siquiera cariño al maleducado de su hijo. Se giró hacia el Fabricante de Muñecas—. ¿Tiene algo para una niña más pequeña?

—Tengo unos cuantos juguetes de trapo —dijo él—. O caballos-balancín, si cree que pueden gustarle.

La mujer asintió, satisfecha.

—Me aconsejaron que viniera aquí. Hay otras tiendas, pero sus muñecos son un poco... primitivos para una niñita alemana como Dios manda —dijo—. Supongo que deben de gustarles a los lugareños. Pero desde luego esa no es clientela para usted.

El Fabricante de Muñecas siguió con lo que tenía entre manos, tallando con movimientos bruscos. La muñeca que quería hacer con aquel trozo de madera en particular sería una reina guerrera, producto de su rabia y del deseo de ver a los brujos fuera de allí.

Karolina, como muñeca, sabía hasta sus secretos más íntimos.

—Los lugareños han sido clientes míos desde hace casi veinte años —dijo él, sin más—. Y seguirán siéndolo en el futuro, espero.

—Ya veo —respondió la mujer, poniéndose tan roja como las cintas del cabello de Karolina. Era difícil no darse cuenta del reconocimiento tácito de culpa de aquella bruja. Había sido maleducada, y merecía sentirse avergonzada por su comportamiento.

Pero el Fabricante de Muñecas no podía pasarlo por alto como Karolina sabía que le habría gustado. Cuanto antes encontrara una muñeca aquella bruja, antes se iría. El Fabricante de Muñecas dejó el cuchillo con un suspiro y fue a ayudarla.

Mientras tanto, el hijo de la bruja toqueteaba los animales, después de haberse metido la galleta en la boca para tener libres ambas manos. Hizo entrechocar un juguete con otro, representando lo que en su mente seguramente sería una gran batalla.

—¡Grrr, grrr! —dijo el chico, haciendo caer al león sobre un oso hormiguero, que lanzó contra la pared.

Karolina se dejó caer, echando la cabeza hacia delante para

poder ver a los invasores a través de la cortina que formaban sus mechones. ¡Ojalá el Fabricante de Muñecas pudiera echarlos atrás!

Pero Rena no parecía molesta por el comportamiento del niño. Le sonrió y le preguntó en un alemán poco fluido:

—¿Te gustan los animales?

El chico la miró por encima del hombro.

—Supongo.

—Mi ratón acaba de aprender un nuevo truco —dijo Rena—. ¡Ahora baila! ¿Te gustaría verlo?

—¿Tu ratón? —dijo él, intrigado, dejando caer el león al suelo y acercándose a grandes zancadas hasta donde estaba Rena. Pero cuando vio a Mysz a su lado dio un paso atrás—. Pensaba que hablabas de un ratón de juguete, no de uno de verdad. ¿Por qué juegas con él? ¿No sabes que son sucios?

—Mysz no es sucio. Se lava mucho —dijo Rena, acariciándole una de sus rosadas orejas—. ¿Lo ves? También es suave.

—Los ratones son alimañas —respondió el niño brujo con frialdad. A Karolina le parecía un minúsculo general rubicundo, dando órdenes—. Eso es lo que dice mi tío. Son tan malos como las cucarachas o los piojos. Propagan enfermedades y roban comida.

Entonces se fijó en el brazal de Rena y soltó una risita.

—Pero supongo que tú también eres una alimaña.

—Yo no soy una alimaña —se defendió Rena—. Soy una niña.

Lo dijo con decisión, pero Karolina sabía que el comentario del niño debía de haberle dolido.

—No, eres judía —insistió el niño. Su sonrisa se volvió más grande, cruzándole todo el rostro, retorcida y afilada como un alambre de espino—. Así que no eres mejor que tu asqueroso ratón. Ninguno de los dos tenéis derecho a estar aquí. ¡Idos!

Y dejó caer el pie sobre Mysz. Rena chilló. Karolina también habría querido hacerlo. El niño brujo levantó el pie y Rena se lanzó frente a Mysz, para protegerlo en caso de que el niño decidiera pisotearlo por segunda vez. Pero el daño ya estaba hecho: la bota del niño había aplastado las patas traseras de Mysz y su suave rabo rosa.

Karolina tuvo que hacer acopio de toda su fuerza de voluntad para quedarse quieta y mantener silencio.

El Fabricante de Muñecas, que le estaba enseñando a la señora bruja una muñeca-bebé, la dejó de nuevo en su cuna.

—¿Qué ha pasado? —dijo. Pero nada más hacer la pregunta bajó la mirada y vio a Mysz... y las lágrimas de Rena.

—No era más que un ratón —dijo el niño brujo encogiéndose de hombros—. ¿Y cómo puede ser uno de nosotros cuando tiene judíos y ratones en su tienda? ¿No se supone que tenemos que librarnos de esas cosas?

El Fabricante de Muñecas se quedó pálido como la nieve, pero era la rabia lo que le había borrado el color de las mejillas. Alargó la mano y sujetó al niño, apartándolo de Rena y de su amiguito herido.

—¿Cómo te atreves? —le gruñó.

—¡Quítele las manos de encima a mi hijo! —gritó la bruja.

Por un momento Karolina pensó que el Fabricante de Muñecas le daría una bofetada al niño en lugar de obedecer la orden de la bruja. Nunca había podido establecer una conexión entre su amigo y el uniforme de soldado que tenía guardado en lo más hondo de su armario. Pero ahora Karolina se dio cuenta de que podía ser agresivo si quería. Quizá tuviera que hacer un gran esfuerzo para mostrarse tan amable en su día a día.

¿Sería lo mismo que le pasaba a Fritz, el otro soldado en la vida de Karolina? Quizá sí.

—Su hijo es cruel —dijo el Fabricante de Muñecas—. Pero también es un niño. Hace lo que hacen los adultos a su alrededor, así que si se comporta así la culpa es suya, Frau. Salga de mi tienda y no vuelva.

Soltó la camisa del pequeño brujo, y el niño volvió corriendo junto a su madre.

—Por eso no debe preocuparse —dijo la mujer levantando la nariz, como si el Fabricante de Muñecas hubiera hecho algo para ofenderla—. Y le prometo que esto le va a costar perder clientela... o algo más.

La bruja agarró a su hijo de la mano y salió de la tienda tirando de él.

Ya sin brujos a la vista, Karolina podía hablar otra vez.

—¡Rena! —susurró, asomándose al borde de la mesa. No le preguntó si estaba bien; habría sido una tontería.

El Fabricante de Muñecas intentó ocultar su rabia lo mejor que pudo, pero Karolina vio en sus ojos los rescoldos de su ira que aún brillaban con fuerza.

—Lo siento mucho —dijo él, agachándose junto a Rena y extendiendo una mano para apoyarla en su hombro. Pero Rena no buscaba consuelo. Seguía con la mirada fija en Mysz, que se había hecho un ovillo. Era como si el ratón intentara recoger las piezas rotas de su cuerpo.

—Usted arregla juguetes constantemente. ¡Por favor, señor Brzezick, tiene que poder arreglar a Mysz! —dijo Rena. Las lágrimas hacían que sus ojos brillaran como dos joyas, aunque su brillo se debiera al dolor—. ¡Por favor!

—Rena, Mysz está vivo. Los juguetes no. Ojalá pudiera ayudarle… Nada me gustaría más. Pero no puedo.

Karolina se acercó a la mesa de trabajo y se apoyó en el hombro del Fabricante de Muñecas.

—Tú me hiciste un cuerpo para que pudiera venir a vivir contigo —le susurró al oído—. Eso fue magia, ¿no? Podrías hacer lo mismo con el ratón, para que pudiera seguir viviendo con Rena.

—Eso no fue magia realmente —replicó él—. Fue un accidente.

—Lo hiciste porque querías que sucediera —dijo Karolina, pasando por alto el tono cortante de su amigo: tenía miedo y estaba triste, y esos sentimientos hacen que la gente y las muñecas se muestren bruscos—. Eso es lo que hace la magia: hace que las cosas ocurran porque quieres que sean de verdad.

Esperó a que respondiera algo, pero el único sonido procedente del Fabricante de Muñecas fue el de un sollozo contenido al ver cómo se hinchaba y se deshinchaba el pecho del pobre Mysz. Muy pronto sería demasiado tarde para ayudar al amiguito de Rena.

¿Se quedaría ahí inmóvil, sin hacer nada?

El Fabricante de Muñecas apartó las manos de Rena del cuerpo de Mysz y se las puso sobre el regazo. Ella levantó la mirada y le rogó una vez más:

—Por favor, ayúdele.

—Haré lo que pueda —dijo él, y le dio un beso en la frente.

No podía cambiar las letras angulosas que habían sustituido el nombre de la plaza, poniéndole el de Adolf Hitler Platz, ni expulsar a los alemanes, ni recuperar a sus amigos perdidos en la última guerra.

Pero quizá si pudiera curar a un ratoncito.

El Fabricante de Muñecas colocó las manos sobre Mysz, con cuidado de no tocarle las patitas heridas, y cerró los ojos. Daba la impresión de que su dolor caía sobre todos ellos como la lluvia, y Karolina sabía que aquel dolor procedía de algo mucho más grande que el destino del pobre ratón. Era la tristeza por las cosas terribles que estaban ocurriendo en el mundo en que tenían que vivir.

Karolina estaba a punto de decirle algo para consolarle, pero en aquel mismo momento la textura del aire que los rodeaba cambió. Levantó la cabeza. El olor que percibió era como el del viento bondadoso, tan dulce como el de las rosas que le había arrebatado el invierno.

Aquel momento pasó, y el mundo pareció volver a su estado triste y gris. El Fabricante de Muñecas levantó las manos, aunque Karolina habría deseado que no lo hiciera. No quería ver otra vez al ratón herido, ni oír el llanto de Rena al ver que no podía hacer nada por él.

—¿Qué diantres…? —dijo el Fabricante de Muñecas, pálido como la cera.

Mysz tenía las patas sanas y enteras, y agitaba felizmente el rabo, levantando las patitas delanteras. Correteó en círculos como cuando hacía aquel truco para Rena, maravillado ante su propia recuperación.

—¡Lo ha conseguido! ¡Lo ha curado, señor Brzezick! —dijo Rena.

—¡Hurra! —gritó Karolina, dando saltos, con la falda hinchada por el aire. No pensaba que pudiera alegrarse tanto con la recuperación de un primo tan cercano de las terribles ratas. Sin embargo estaba encantada.

Pero la celebración duró poco. Cuando Rena fue a levantar a Mysz, este levantó su cabecita gris y le dijo al Fabricante de Muñecas:

—Gracias.

Fue entonces cuando Karolina se dio cuenta de que Mysz no se había curado.

Había cambiado.

El pelo gris de Mysz se había convertido en terciopelo gris que hacía ondas por todo su cuerpo. Sus ojos eran dos botones negros que brillaban de alegría, y sus bigotes se habían transformado en cordoncitos blancos que oscilaban arriba y abajo al moverse.

El Fabricante de Muñecas se quedó boquiabierto.

—Oh. Oh, no. Eso no tenía que pasar.

—¿Mysz? —dijo Rena.

Mysz le hizo una reverencia, extendiendo una patita hacia delante:

—¿Lady Rena? —dijo él con la voz rica y profunda de un caballero, no con el tono estridente que esperaba oír Karolina en un animal tan pequeño. ¿No sería que Mysz era desde el principio un duque o un príncipe que protegía a su pueblo de los gatos y las ratoneras puestas por los otros tenderos de la plaza principal? Por el modo en que actuaba, a Karolina le pareció que muy bien podría ser eso.

—Pero… ¿cómo es posible? —El Fabricante de Muñecas se miró las manos, como si estas pudieran revelarle los secretos de su acto mágico—. Yo solo quería curar a Mysz. No quería convertirlo en un juguete, y mucho menos que hablara.

—Cuando le hizo un cuerpo a Karolina, ella pudo hablar —dijo Rena—. Ahora Mysz es un juguete, así que debe de ser por eso por lo que puede hablarnos.

Era una interpretación infantil de la magia, y para Karolina eso hacía que la lógica de Rena adquiriera valor. Además, Mysz no había necesitado que el Fabricante de Muñecas le pusiera

119

un corazón dentro; ya antes de su milagrosa transformación poseía el suyo propio. Aun así, Karolina observaba con preocupación al ratón de juguete que saltaba sobre la mano extendida de Rena. Con sus blandas orejas rosadas y su sonrisa hecha de puntadas de hilo, Mysz no se parecía en nada a las ratas de la Tierra de las Muñecas. Pero una cosa era que fuera un ratón domesticado; otra muy diferente era que pudiera ir por ahí, hablar y quizá blandir una espada.

—Tiene toda la razón —dijo Mysz—. Antes no podía hablar con ninguno de vosotros: no habláis la lengua de los ratones. Pero los juguetes siempre hablan el lenguaje de sus dueños.

—Siento haber permitido que el niño te hiciera daño —dijo Rena.

—¡No fue culpa tuya, Lady Rena! —respondió Mysz, frotándole la mejilla con el morro—. No podías saberlo. Siempre me has tratado bien. ¡Me diste pan cuando todos los demás me echaban de sus casas y lanzaban a los gatos tras de mí! —Se giró y se dirigió al Fabricante de Muñecas—. Y no puedo decirle cuan agradecido le estoy, señor. ¿Cómo podré compensarle?

—Yo… No es nada.

—¿Qué quieres decir? —preguntó Karolina—. ¡Eres un ratón de juguete? ¿Cómo vas a ayudarle?

—Aún no lo sé —dijo Mysz, mesándose los bigotes—. Pero quizás un día pueda.

—Si cuidas de Rena, consideraré saldada la deuda —dijo el Fabricante de Muñecas con una sonrisa.

—¿De verdad me puedo llevar a Mysz a casa? —preguntó Rena. La idea de tener al ratoncito a su lado la dejó radiante; resultaba increíble que hubiera estado a punto de la desolación solo diez minutos antes.

¿Pero no había demostrado la vida que podían cambiar muchas cosas en muy poco tiempo?

—Creo que sería lo mejor —dijo el Fabricante de Muñecas—. Él siempre ha sido tu mascota.

—¿Se lo puedo enseñar a Dawid? —dijo Rena—. En la iglesia estaba hablando con Jánošík. Debe de saber algo de magia.

Aquella era una pregunta más complicada, pero el Fabricante de Muñecas no se lo pensó mucho.

—Sí. Puedes enseñárselo a Dawid —dijo, más despreocupado de lo que se habría mostrado Karolina.

Rena abrazó a Mysz, y los ojos de botón del ratoncito brillaron junto al cuello de la niña. Al menos algo había salido bien, pensó Karolina.

16

Bailarinas y muros

*L*os días en que Rena acababa pronto los deberes, se dedicaba a una nueva tarea: fabricarse una colección de muñecas de papel.

Era difícil encontrar buenos cuadernos de dibujo en invierno, cuando no había de nada, pero el Fabricante de Muñecas le dio papel de recibos. Era un papel fino y barato, pero a Rena no le importó.

—El único papel que hay en mi casa son las partituras y los libros de Papá. Y yo eso no quiero recortarlo —les dijo a Karolina y a Mysz, situados a uno y otro lado.

Aunque no lo dijera, Karolina estaba contenta de no tener que estar demasiado cerca del ratón de juguete, especialmente después de que el Fabricante de Muñecas hubiera subido al piso de arriba a buscar un nuevo libro para Rena.

Pero se olvidó por un momento de sus dudas sobre Mysz y observó cómo Rena guiaba las grandes tijeras plateadas del Fabricante de Muñecas por el papel amarillo. Poco a poco fue apareciendo la silueta de un hombre, y Karolina sonrió. Nunca se cansaba de observar a los artistas que creaban cosas de la nada.

—¿En tu país había muñecas de papel, Karolina? —preguntó Rena.

—Unas cuantas —dijo ella—. Las que más recuerdo son las bailarinas de papel. Eran las mejores danzarinas de la Tierra de las Muñecas, y a todo el mundo le encantaba verlas.

Karolina quería describírselas a Rena, pero sabía que no había palabras que pudieran describir su arte. Las bailarinas se movían como semillas de un diente de león arrastradas por el viento. Ninguna muñeca interrumpía con una risa o un comentario cuando bailaban las muñecas de papel; todas caían prendadas de su interpretación.

Karolina esperaba que las muñecas de papel de Rena no sufrieran el mismo fin que las bailarinas. Por lo que ella sabía, al ser más inflamables que el resto de muñecas, no había sobrevivido ninguna.

Mysz se puso a corretear sobre el montón de muñecas que Rena ya había acabado. Con la cola le dio a un hombrecillo de papel que llevaba la camisa manchada de azul y rojo.

—Este me suena —observó.

—Es el señor Mikhel, el pintor que vive enfrente. Me enseñó un truco para dibujar mejor las manos —dijo Rena.

Aunque no conocía al señor Mikhel, Karolina sintió no poca admiración por el artista. Sabía que las manos eran lo más difícil de dibujar.

Rena señaló con las tijeras en dirección a otra muñeca de papel, una niña con zapatos rojos y dos trenzas que le colgaban a la espalda como nubes oscuras.

—Esa es Helen. Iba bailando a todas partes, en lugar de caminar. ¡Así!

La pequeña dejó las tijeras y se dejó caer al suelo desde el taburete del Fabricante de Muñecas. Se puso a dar vueltas por la estancia, moviendo los brazos arriba y abajo como si fueran alas. Cuando se detuvo, se quedó mirando a Mysz y Karolina algo avergonzada.

—Helen bailaba mucho mejor que yo —dijo—. Y sus padres hacían ropa, como tú, Karolina.

—La próxima vez que vayas a su tienda deberías llevarnos —propuso Karolina—. A lo mejor puedo aprender algo de ellos.

123

—Y a mí me gustaría ver bailar a Helen —dijo Mysz—. Los ratones solíamos celebrar bailes en la plaza principal en pleno verano, y festivales de flores. Era la única vez que los gatos nos dejaban en paz.

Pero Rena no respondió a sus peticiones, ni le preguntó a Mysz sobre aquel pequeño capítulo de su historia que les había revelado.

—No puedo llevaros —dijo Rena, en voz baja—. Ya no están. No están.

Eran solo dos palabras, pero parecían bastar para hacer desaparecer a sastres, bailarinas y artistas. Karolina se imaginó que si le pedía al Fabricante de Muñecas que las escribiera, sus letras tendrían el mismo aspecto feo y retorcido que las de los nuevos carteles de la plaza principal.

Mysz volvió junto a Rena y le preguntó:

—¿Por qué haces muñecas de papel de las personas que conoces, Lady Rena?

—Me dio la idea la Pequeña Cracovia —dijo ella—. El señor Brzezick hizo muñecos de todos los habitantes del barrio, así que yo he querido hacer lo mismo. Estoy haciendo un Kazimierz de papel.

Mysz giró sobre sí mismo y silbó unas cuantas notas. Karolina supuso que habría aprendido a silbar de Jozef; nunca había visto a ningún roedor que supiera hacer música.

—Vas a tardar mucho tiempo —señaló Mysz—. Kazimierz es aún más grande que la plaza principal, y la plaza principal es muy grande. Antes podía tardar todo un día en cruzarla, cuando era un ratón normal.

—No me importa que me lleve mucho tiempo —dijo Rena—. Me gusta hacerlo. Me ayuda a recordar cómo era todo cuando Cracovia era un lugar mejor.

A Karolina le costaba recordar que Cracovia hubiera sido un lugar agradable antes de que la luminosa ciudad se hubiera visto asolada por la guerra y el dolor. Pero luego recordó que la Tierra de las Muñecas era su hogar, a pesar del horror que habían traído consigo las ratas. ¿Tan diferentes eran sus sentimientos de los de Rena?

Karolina cogió las muñecas de papel del señor Mikhel y de Helen. Las sombras que proyectaban en la pared de la tienda oscilaban, como si ellas también estuvieran vivas y desearan recrear la Cracovia de antes con la misma ilusión que la propia Rena.

—En mi Kazimierz, puede ser verano siempre —añadió Rena—. Los brujos aún no han llegado, así que podemos ser felices todos juntos. También puedo hacer una muñeca de mamá. En el Kazimierz de papel ella puede estar viva, igual que el príncipe y el dragón en la Pequeña Cracovia.

Mysz miró a Karolina, que se encontró con aquellos ojos negros de botón delante y, por primera vez, supo que tenía algo en común con él. Karolina casi podía ver cómo se extendía entre los dos la idea que compartían, uniéndolos como una hebra de hilo rojo. Tanto ella como el ratón sabían que el sueño de Rena era precioso, pero que no era más que eso: un sueño. Y era un sueño que podía extenderse y florecer mientras Lady Marzanna y su ejército de escarcha pintaban el mundo de blanco. Al igual que los alemanes, el invierno parecía decidido a quedarse un buen tiempo en Cracovia.

Rena pasó un dedo por la cabecita de Mysz y le preguntó:

—¿Tú no echas de menos a tus amigos? ¿A esos con los que antes bailabas?

—Sí —admitió—. Pero los ratones sabemos que podemos pasar mucho tiempo sin vernos unos a otros. Para nosotros el mundo es un lugar peligroso. Cada palabra que intercambia un ratón con otro es un regalo.

¿Cada conversación entre amigos era un tesoro? Al hablar con Marie o con Pierrot Karolina nunca había pensado que esa conversación podía ser la última. Se había dejado demasiadas palabras y demasiadas historias para otro día, suponiendo —equivocadamente— que tendría todo el tiempo del mundo para estar con sus amigos.

Ese era un error que no quería cometer de nuevo. Quería oír todo lo que tuviera que decirle Rena.

125

—Cuéntanos más cosas sobre la gente del Kazimierz de papel.

Rena accedió de buen grado.

Una tarde, cuando el hielo y la nieve empezaban a fundirse, Jozef entró en la tienda apesadumbrado por una carga terrible: una carga que había llegado en forma de carta.

El padre de Rena atravesó el umbral, sacudiéndose la nieve que se le había acumulado sobre los hombros. Rena saltó del taburete en el que estaba leyendo, dejando a Mysz sobre la mesa, junto a Karolina. Normalmente Jozef cogía a su hija en brazos y jugaba con ella tirándola hacia arriba y agarrándola al vuelo, como si fuera un copo de nieve flotando en el aire. Pero esta vez solo la abrazó con fuerza contra el pecho mucho, mucho rato.

Karolina supo que algo iba mal.

Rena también notó que su padre estaba preocupado.

—Pareces triste, oapá.

—Tengo… noticias —dijo Jozef, soltándola por fin.

El Fabricante de Muñecas se acercó para recoger a Karolina.

—Nosotros podemos ir arriba.

—No, no. Creo que deben oír esto —dijo Jozef, llevando a Rena hacia la parte trasera de la tienda. La niña recogió a Mysz, y este enroscó el rabo alrededor de uno de sus dedos, como si intentara agarrarlo.

Karolina vio por un momento la llaga que se le estaba formando a Jozef en la parte izquierda de la palma de la mano al cerrar las manos sobre la superficie de la mesa de trabajo del Fabricante de Muñecas. Probablemente sería una de las muchas que tenía. Jozef esperó un momento más, haciendo acopio de valor, y luego dijo:

—Rena, tenemos que mudarnos.

—¿Qué? —dijo Rena—. ¿Por qué?

—He recibido una carta —respondió él. Metió la mano en el bolsillo del abrigo y sacó la carta en cuestión. El sello en el lado derecho tenía impreso el rostro de Adolf Hitler en azul, igual que las cartas que requerían al Fabricante de Muñecas que reconociera su origen alemán—. Los alemanes quieren que todos los judíos que aún hay en Cracovia se trasladen al barrio de Podgórze, al otro lado del río.

—¿Y lo acaban de anunciar hoy? ¿Sin previo aviso? —preguntó el Fabricante de Muñecas. Parecía estar sin aliento, como si alguien le hubiera dado un puñetazo en el pecho.

—Hace unos días un amigo me dijo que pasaría —dijo Jozef—. Se le da bien descubrir las cosas que los alemanes no quieren que sepamos de momento. Esperaba que esta vez se equivocara. —Sonrió con tristeza—. Los alemanes dicen que los polacos cristianos están furiosos con nosotros y que es mejor que nos traslademos por nuestra propia seguridad. Y quién sabe qué les dirán a los polacos cristianos.

—A mí me parece que de quien más necesitáis protección es de los alemanes —dijo Mysz.

¿Realmente suponían un peligro para Rena y Jozef los cristianos de Cracovia? Las únicas opiniones que había oído Karolina, aparte de las del Fabricante de Muñecas, eran las del panadero (que hablaba mal prácticamente de todo el mundo) y las de los periódicos (cuyas páginas parecían llorar con las noticias que llevaban). Pero fuera o no mentira lo que decían los alemanes, la ley era la ley, y Jozef tenía que prepararse para mudarse.

—No me parece en absoluto justo —dijo Karolina—. Cracovia también es vuestra ciudad.

Rena, por su parte, parecía hacer esfuerzos para entender lo que le había dicho su padre. Karolina sabía lo confusa y triste que debía de estar la pequeña. Cuando las ratas la habían echado de su casa, Karolina había sentido un torrente de emociones confusas y solapadas. La rabia se fundía con la tristeza, y la tristeza con la impotencia.

—¿Tenemos que dejar nuestro apartamento? —le preguntó Rena a Jozef.

La sonrisa de Jozef se volvió más amarga que el té negro que bebía el Fabricante de Muñecas.

127

—Ojalá no tuviéramos que irnos, Rena, pero no tenemos elección. Y una vez nos traslademos, no podremos salir del barrio judío sin permiso. Están construyendo un muro alrededor.

—Yo… puedo ayudaros con la mudanza —dijo el Fabricante de Muñecas. Karolina se preguntó si intentaba distraer a los Trzmiel para que no pensaran en su pérdida, o si intentaba no pensar en un futuro sin ellos. En su opinión eran ambas cosas.

—Tú has hecho más que suficiente, Cyryl —dijo Jozef—. Un hombre con el que trabajo tiene un carro. Me ha dicho que puede llevar parte de nuestros muebles y nuestra ropa. Quizá vayamos a Podgórze y luego nos vuelvan a trasladar… no lo sé. Los alemanes ya están sacando a toda la gente que pueden de Cracovia, desplazándolos a zonas rurales.

—¿Y allí qué hacen?

—Trabajarán la tierra para el ejército alemán, quizá. No lo sé. —Jozef se rascó la barbilla, intentando pensar en alguna otra posibilidad—. ¿Tú qué crees, Rena? Si viviéramos en el campo podríamos plantar manzanos y zanahorias y tener caballos propios.

Rena, que jugueteaba con el rabo de Mysz, levantó la vista.

—Me gustaría tener un caballo —dijo tímidamente—. Pero espero que sea tan bonito como los que hace el señor Brzezick.

Quizá los prados y los campos dorados, como los que antes habitaban los pobres lakanica, le sentaran mejor a Rena que las calles de Cracovia. «Y desde luego —pensó Karolina a regañadientes—, a Mysz le encantarían.»

—Si estáis seguros de que no podemos hacer nada… —dijo el Fabricante de Muñecas.

—Nos las arreglaremos.

Jozef le tendió la mano al Fabricante de Muñecas y se la sujetó un momento, como intentando transmitir con aquel gesto todo lo que no podía decir en voz alta.

El Fabricante de Muñecas, que había perdido a sus padres tanto tiempo atrás, perdía ahora la única familia que había tenido nunca… y ellos también los estaban perdiendo a él y a

Karolina. Un muro podía alejar la amistad y el amor más que nada en el mundo, pensó Karolina.

Esperaba que el muro no fuera más que algo temporal, pero no se lo parecía. La crueldad de las ratas no había hecho más que aumentar. Disfrutaban con ello. ¿Y si a aquellos brujos alemanes les pasaba lo mismo?

El otro mago

*L*a mañana que los judíos de Cracovia empaquetaron sus vidas para irse a vivir al otro lado del río daba la impresión de que se anunciaba la primavera, en un extraño contraste a la triste actividad de la ciudad.

Karolina esperaba que las calles estuvieran vacías salvo por los que se trasladaban; aún no era mediodía, y la mayoría de la gente tendría que estar en el trabajo. Pero daba la impresión de que todos habían dejado de lado su quehacer para observar el destierro. Las aceras estaban llenas de gente, como si esperaran asistir a un espectáculo, y el Fabricante de Muñecas tuvo que esquivarlos para avanzar. Los comentarios de aquellos extraños eran más sonoros que el fragor del río Vístula. Y lo peor era que la mayoría no eran alemanes: eran polacos.

—Pensaba que Jozef no quería que le ayudáramos con la mudanza —dijo Karolina.

—Y no quiere —respondió el Fabricante de Muñecas—. Pero tenemos que despedirnos de él, de Rena y de Mysz. Quizá... pase mucho tiempo antes de que volvamos a verlos —añadió, y apartó la mirada, como si el brillo del sol pudiera enmascarar el dolor que le tiraba de las comisuras de la boca hacia abajo.

—A Rena y a Jozef les daré tantos abrazos como quieran —decidió Karolina—. Pero no voy a abrazar al ratón.

Un grupo de niños crueles había empezado a tirar guijarros, nieve fundida y puñados de barro a los judíos de la calle, carcajeándose como cuervos en un hilo eléctrico cada vez que hacían diana. Al igual que los alemanes que acechaban por las calles, muchos polacos parecían contentos al ver que los judíos de Cracovia se iban. Algunas de aquellas personas se apoderarían de las casas y de las posesiones de las familias judías que habían tenido que marcharse.

Karolina intentó imaginarse al Fabricante de Muñecas o a Jozef tirando piedras, pero no pudo. Ellos eran artistas; las cosas que hacían nunca eran dañinas. El Fabricante de Muñecas echó una mirada a los gamberros y se les acercó con el bastón en alto.

—Ya basta. Dejad de atormentarlos y que se vayan de una vez.

—No son más que judíos —respondió un niño de pecas, encogiéndose de hombros—. No deberían haber vivido nunca en Cracovia.

Pero la discusión acabó cuando el Fabricante de Muñecas frunció los ojos. El chico se puso todo rojo y murmuró a sus amigos:

—Vámonos.

—Menudos mocosos —dijo Karolina, mientras los niños se retiraban.

—Solo repiten lo que les dicen sus padres sobre Jozef y Rena y su pueblo —dijo él.

—Bueno, pues quizá deberían empezar a pensar por sí mismos —respondió Karolina, menos condescendiente.

Cuando Karolina vio el carro cargado frente al edificio de los Trzmiel, se sorprendió. Los objetos que pensaba que Jozef valoraría por encima de todo lo demás no eran los que él había decidido llevarse. No se llevaba la plata ni las cazuelas finas: todo aquello ya lo había vendido. No se llevaba su di-

131

ploma de la Academia de Música de Cracovia: a los brujos alemanes no les importaba lo bien que pudiera tocar el violín. No se llevaba su reloj; eso, al igual que la plata y las cazuelas, lo había vendido.

Lo que Jozef Trzmiel había hecho era vaciar el apartamento de todas las fotografías, como uno quitaría todas las hojas a un árbol. Había cogido los candelabros y las tazas descascarilladas que tanto le gustaban a su difunta esposa y los había envuelto con los abrigos de invierno. Había llenado el interior de la casa de muñecas de Rena con ropa que había plegado en cuadraditos pequeños. Había llenado los bolsillos de libros, y el rectángulo de metal con el que había chocado el Fabricante de Muñecas el día que había ido a entregar la casa de muñecas —la *mezuzá*, que contenía una oración sagrada— en un guante, para que no se cayera.

Había empaquetado todos sus recuerdos lo mejor que había podido.

Rena se subió al carro y se sentó sobre una de las sillas atadas a él. Alargó la mano y acarició a Mysz, que asomaba por el cuello de su chaqueta. Él agitó los bigotes, descontento, pero se le acurrucó bien cerca.

Los Trzmiel no se merecían aquello, pero tenían las leyes de los alemanes en contra. El Fabricante de Muñecas levantó la mano para saludar, y aquel gesto brusco llamó la atención de Jozef. Cruzaron una mirada, y Karolina pensó que Jozef le devolvería el saludo a su amigo. Ella en su lugar no habría podido contenerse; Karolina sabía que necesitaría el consuelo de un amigo.

Pero Jozef pasó una mano sobre el hombro de Rena, haciéndole mirar en dirección contraria, y meneó la cabeza tristemente en un claro gesto al Fabricante de Muñecas.

¿Escucharía él el ruego silencioso de Jozef de que no se les acercara? Karolina no lo creía. Efectivamente, un momento después el Fabricante de Muñecas se puso a cruzar la calle.

Si nunca había sido especialmente grácil, entre toda aquella gente tirando de carros, carretillas e incluso carricoches cargados de cosas se movía aún con mayor torpeza.

No llegó lejos. Un soldado alemán que estaba por allí para asegurarse de que los exiliados no se desviaran del camino fue directamente a su encuentro.

—¿Dónde crees que vas?

Karolina, en el bolsillo, se quedó inmóvil.

—Quería despedirme de alguien.

—¿Eres judío? —preguntó el soldado.

—No —dijo él—. Pero necesito cruzar la calle.

—Enséñame los papeles —dijo el alemán, extendiendo la mano.

El Fabricante de Muñecas intentó mirar por encima del hombro del soldado, y en dirección al carro, en el que estaban cargando las últimas cosas de los Trzmiel.

—Por favor, necesito…

El alemán le apoyó las manos en el pecho y lo echó atrás de un empujón. Karolina estuvo a punto de soltar un grito de sorpresa. ¿Cómo se atrevía? Pero por lo que parecía el soldado creía tener todo el derecho de dar los empujones que quisiera al Fabricante de Muñecas.

—He dicho que me des los papeles —dijo, y esta vez puso la mano sobre la correa del rifle que tenía colgado del hombro.

El Fabricante de Muñecas no podía discutir, así que metió la mano en el bolsillo en que no estaba Karolina y sacó el pasaporte, que estaba algo doblado por la cantidad de veces que se había sentado encima. El soldado se lo arrancó de las manos y lo abrió.

—¿Es usted un *Volksdeutscher*?

—Sí —dijo el Fabricante de Muñecas, aunque con los dientes apretados. El soldado le estaba haciendo perder unos segundos preciosos, y admitir que compartía el mínimo vínculo con aquel bruto sin duda le dejaba un amargo sabor de boca.

El soldado cerró el pasaporte y se lo metió en el bolsillo al Fabricante de Muñecas.

—Señor, váyase a casa. Esto no es asunto suyo. Si es listo, se mantendrá alejado de todo ello —dijo. No parecía enfadado, sino exasperado, como un adulto advirtiendo a un niño pequeño de un peligro que debería resultar evidente.

133

Ni Karolina ni el Fabricante de Muñecas querían irse. Pero ¿qué alternativa tenían? No podían discutir con un soldado que poseía un arma y la autoridad para usarla. El Fabricante de Muñecas volvió al lado de la calle del que habían venido, girándose justo a tiempo para ver pasar a los Trzmiel.

Karolina agitó el brazo para saludar a Rena con tanta energía que pensó que quizá se le desprendiera la mano de la muñeca. Por suerte, no fue así. El Fabricante de Muñecas también saludó con la mano, aunque de un modo mucho más discreto.

Rena los vio y respondió a sus gestos de despedida con una tímida sonrisa melancólica. No apartó la vista de Karolina y el Fabricante de Muñecas hasta que el carro giró la esquina y desapareció de la vista.

—¿Por qué no nos ha dejado despedirnos Jozef? —dijo Karolina—. ¡Si no hubiéramos venido Rena podría pensar que no nos importaba!

La expresión que se instaló en el rostro del Fabricante de Muñecas Karolina ya la había visto antes en la Tierra de las Muñecas; era la expresión del que conoce la terrible realidad.

—Despedirse siempre es difícil —dijo el Fabricante de Muñecas—. Especialmente en tiempos de guerra.

Karolina recordó a Fritz y a Marie.

—Es cierto.

Karolina y el Fabricante de Muñecas regresaron a la tienda y se encontraron al señor Dombrowski fumando la colilla de un cigarrillo a la puerta de la panadería y hojeando un periódico que parecía ser de días atrás. Karolina esperaba que el panadero se acabara el cigarrillo y volviera a entrar sin comentar los eventos del día, pero a aquel hombre nunca se le pasaba nada por la cabeza que no acabara diciendo.

—¿Así pues ya se han ido esos amigos tuyos? —preguntó, mientras el Fabricante de Muñecas sacaba la llave del bolsillo—. ¿Los judíos?

—Todos los judíos se han ido —dijo él.

—Probablemente sea lo mejor, Cyryl —dijo Dombrowski—. No era natural lo reservados que eran, como si se creyeran mejores que los demás. Bueno, ahora ya pueden ser lo reservados que quieran.

Su risa se convirtió en tos, y se apresuró a dar otra calada a su cigarrillo.

El Fabricante de Muñecas prácticamente clavó la llave en la cerradura de la tienda.

—Los Trzmiel son buena gente —dijo.

—Quizá para ti. Pero ¿cuándo han hecho algo los judíos por el resto de nosotros? —dijo Dombrowski. Tiró la colilla a los adoquines y la pisó con el tacón de su bota manchada de harina—. La verdad es que era raro que te hicieras amigo de ellos.

—¿Cómo puedes disfrutar con la miseria y la humillación de una gente a la que no conoces? —le preguntó el Fabricante de Muñecas—. Son personas, personas que han vivido toda su vida en Cracovia. No está bien que les digan cómo y dónde deben vivir. ¿No lo ves?

—Todos los judíos son iguales —dijo Dombrowski, pasando páginas de su periódico—. Quizá ahora los alemanes nos dejen en paz a los demás. En realidad a quienes odian es a los judíos. ¿Lo ves? No traen más que problemas.

El panadero le mostró una página, señalándole con un dedo la advertencia impresa con grandes letras en la parte superior:

CUALQUIER POLACO QUE SEA DESCUBIERTO AYUDANDO A JUDÍOS
A SALIR DEL BARRIO JUDÍO O ESTABLECIENDO CUALQUIER OTRO
CONTACTO CON ELLOS SERÁ SENTENCIADO.

Karolina sintió que al Fabricante de Muñecas se le encogía el corazón.

—Lo que hagas tú es asunto tuyo —añadió el panadero—, pero si vienen a por ti porque eras amigo de esos judíos, mi familia y yo no sabemos nada. ¿Entendido?

El Fabricante de Muñecas no respondió. Entró en la tienda hecho una furia y cerró la puerta de un portazo.

—¿Por qué actúa así? —preguntó Karolina—. Habéis vivido en la misma ciudad los dos. No lo entiendo.

—Para bien o para mal, yo no pienso como los demás —dijo él en voz baja—. Y hay gente que ni es capaz de pensar.

El insistente tic-tac del reloj de pie de la esquina llenó el silencio unos minutos. Karolina fue quien lo rompió. Su rabia se iba diluyendo, convirtiéndose simplemente en un recuerdo terrible. Casi deseaba poder llorar, como el Fabricante de Muñecas; seguramente sería mucho mejor que acabar gritándole a quien no se lo merecía.

—Lo siento —dijo Karolina—. No quiero ser pesada pero... ¿Por qué sigue pasando? ¿Por qué hay criaturas horrendas que se creen con derecho a quitarles la casa a la gente?

Karolina se agarró una de las trenzas y se la retorció con la mano.

—Yo también estoy disgustado —dijo el Fabricante de Muñecas—. De verdad, Karolina. Nadie tenía derecho a quitarte la casa, ni tampoco a los Trzmiel. Yo...

La campanilla de la puerta sonó, señalando la llegada de un cliente y poniendo fin a su conversación. Pero al Fabricante de Muñecas se le quedó el saludo en los labios cuando vio quién entraba en la tienda: el oficial alemán que había arrestado a aquel joven del reloj de oro el invierno pasado, el Hauptsturmführer Brandt.

Podía haber venido por mil razones, y ninguna de ellas sería buena.

¿Y si los alemanes habían descubierto lo que hacía el Fabricante de Muñecas con las raciones que le sobraban? ¿Y si lo habían visto saludando a Jozef?

—¿En qué puedo ayudarle? —preguntó el Fabricante de Muñecas en alemán con una voz fuerte y sólida como la madera con la que había tallado el cuerpo de Karolina. Ahora ya tenía práctica en el trato con los brujos, y se notaba.

—¿Es usted Herr Birkholz? ¿El dueño de esta tienda? —preguntó Brandt, cerrando la puerta tras él. Se quitó la gorra y se la puso bajo el brazo, escondiendo la calavera sonriente. Quizá también quisiera ocultar sus intenciones.

—Sí, soy yo —dijo el Fabricante de Muñecas—. ¿Qué necesita?

Volvió a meterse a Karolina en el bolsillo y colocó el bastón junto al taburete. Necesitaba el bastón, igual que todas sus otras herramientas... pero Karolina comprendió que no quería mostrarse vulnerable frente al brujo. Al menos los pantalones le ocultaban la pierna de madera.

—He recibido una queja de mi hermana, Herr Birkholz —dijo Brandt—. Me ha dicho que le dio una bofetada a mi sobrino.

—¿Su hermana? —dijo él. En un primer momento no recordó a la terrible bruja y a su hijo, igual de terrible, pero Karolina los recordaba perfectamente. Ella le dio un codazo, que pareció refrescarle la memoria—. ¡Oh! Sí, fue hace mucho tiempo. Yo...

Pero el capitán de los brujos no parecía prestarle atención. Estaba distraído con la maqueta de Cracovia.

Situado allí, sobre la maqueta, Brandt podía haber sido un ogro que quisiera machacar a las minúsculas figuritas polacas para quitarles el pan.

—Este es un trabajo impresionante —observó—. Los detalles son increíbles.

—Gracias —dijo el Fabricante de Muñecas. Aquellos halagos no se los esperaba, pero se recuperó de su sorpresa enseguida—. En cuanto al asunto de su hermana y su hijo... yo no le pegué. Les pedí al niño y a su madre que salieran de la tienda. El niño hizo daño a la mascota de la hija de un amigo —dijo, e irguió aún más el cuerpo—. No quería asustar al niño, pero tenía que decirle que no está bien hacer daño a los animales.

—Ah —dijo Brandt—. Ya veo. Parece ser que mi querida hermana olvidó contarme muchos detalles importantes. Pero en el futuro procure no asustar a los niños. Al fin y al cabo, supongo que son sus clientes más importantes.

A pesar de la seriedad de la conversación, el capitán brujo sonreía. Karolina no sabía cómo tomárselo.

—Yo antes también tallaba. Me enseñó mi padre. Cuando

dejé la casa familiar, tenía regimientos enteros de soldados de juguete en mi habitación. Para mí eran muy especiales, pero mi habilidad no es comparable con la suya, desde luego —añadió Brandt, pasando la punta del dedo por lo alto del Salón de los Paños en miniatura—. Soy Erich Brandt, por cierto. Es un placer conocerle.

El Fabricante de Muñecas, que no tenía más remedio que ser educado, cruzó la tienda para estrecharle la mano al capitán brujo.

—Bueno, bueno —dijo Brandt, al ver a Karolina en el bolsillo—. Esta pequeña también es una maravilla ¿Puedo verla?

El Fabricante de Muñecas no podía oponerse. Con la mano algo temblorosa, le entregó a Karolina.

—Por favor, trátela con cuidado —dijo—. Es una muñeca muy especial.

—Eso ya lo veo —dijo Brandt. Karolina hizo un esfuerzo para no ponerse rígida al contacto de su mano, y para no mirarle a los ojos mientras él la ponía a la luz para observarla mejor—. ¿Tiene nombre?

—No —dijo el Fabricante de Muñecas. ¿Por qué había mentido? ¿Tenía miedo de que Brandt le arrebatara a Karolina si le contaba al capitán brujo algo sobre ella?

Pero en las manos de Brandt Karolina sintió una sensación que le recorría sus pequeñas extremidades de madera. Aquel hombre la sostenía igual que el Fabricante de Muñecas, como si fuera consciente de que tenía el corazón de cristal y de los sueños que este contenía, como si supiera que estaba viva. ¿Cómo podía ser?

Recordando las palabras de la lakanica, Karolina inspiró con la máxima delicadeza posible. Percibió el olor a cuero y a jabón en las manos de Brandt, pero más allá el olor penetrante a pólvora. También notaba el aroma de las estrellas, antiguas y dulces, que ya había olido antes, cuando el viento bondadoso la había llevado hasta Cracovia.

¿Sería Brandt el mago alemán que buscaba al Fabricante de Muñecas? Si lo era, el amigo de Karolina corría un grave peligro.

—Debería ponerle nombre —dijo Brandt, devolviéndole a Karolina. Por un momento le rozó las puntas de los dedos con las suyas, y Karolina vio que a Brandt se le iluminaban los ojos con el contacto—. O deje que sea ella quien le diga cómo se llama.

—No es más que un juguete —se apresuró a responder el Fabricante de Muñecas. Pero a diferencia del resto de mentiras que decía a los brujos, esta sonó hueca y ensayada.

Brandt sonrió. La curva de su boca le recordó a Karolina a su sobrino, el pequeño brujo, cuando había empezado su jueguecito de guerra con los animales de peluche. Era rosada y joven, y llena de maldad.

—Claro que es un juguete —dijo Brandt, con suavidad—. Pero todo lo que hay en esta tienda… parece lleno de vida, ¿no?

El Fabricante de Muñecas sujetó a Karolina con más fuerza. Si hubieran estado solos, ella habría soltado un chillido de protesta. Pero mantuvo silencio, sin atreverse siquiera a mirar a Brandt a través de sus pobladas pestañas.

—La verdad es que trabajo muy duro para que así sea. Si algún día le apetece comprar alguno de mis juguetes, la tienda abre todos los días.

—Gracias, Herr Birkholz. Quizá un día necesite uno —dijo Brandt, dejando aflorar de nuevo ese tono infantil. En la tienda no parecía muy seguro… y daba la impresión de que no sabía expresar los pensamientos que se iban acumulando en su mente, como nubes de tormenta—. Espero que nos veamos pronto. Hasta entonces, vaya con cuidado. Sería una pena que le ocurriera algo a alguien con el talento que tiene usted.

Con aquellas palabras crípticas, abrió la puerta y se fue de la tienda.

—Gracias a san Estanislao por que se haya ido —dijo el Fabricante de Muñecas, observando a través del escaparate cómo atravesaba la plaza a paso ligero—. ¡Pensaba que venía a arrestarme, Karolina! Es miembro de las *Schutzstaffel*, las SS. Son, con mucho, los peores alemanes que hay en Cracovia.

—No es solo un miembro de las SS. Es mago —dijo Karolina sin dudarlo—. Sabía que estaba viva.

—Quizá solo haya querido hacer un juego de palabras —dijo el Fabricante de Muñecas—. No parecía un mago.

—Bueno, tú tampoco —dijo Karolina—. Pero eso no hace que no lo seas. —Cruzó los brazos frente al pecho, intentando encontrar el modo de convencer al Fabricante de Muñecas que tenía razón sobre Brandt—. ¿Recuerdas cómo huele todo cuando abres la ventana de noche, en pleno verano? ¿Y la sensación de cuando el mundo aguanta la respiración?

—Sí —dijo él—. Pero ¿qué tiene que ver con Brandt?

—Cuando tienes cerca a un mago se sienten esas cosas —dijo Karolina—. Es como si el mundo se inclinara ante su presencia, porque se sacuden de los hombros el polvo de estrellas y las gotas de lluvia de otro mundo. Eso es lo que sentí cuando estaba en las manos de Brandt, y lo que siento cuando me coges tú.

El Fabricante de Muñecas parecía divertido.

—Me cuesta imaginármelo. Pero aun así creo que estás equivocada con respecto a Brandt. No puedo imaginármelo haciendo magia. ¿Tú sí?

Karolina se imaginaba perfectamente a Brandt haciendo magia negra. En cuanto al Fabricante de Muñecas, a veces podía ser tan tozudo como ella.

—Espero que tengas razón y yo no —dijo. Luego, entre dientes, añadió—: por una vez.

—Todo irá bien —dijo él.

Karolina se cogió una de las trenzas y se puso a retorcerla, nada convencida. Cuando la soltó, se habían desprendido una gran cantidad de hebras, que se le habían quedado en el puño. Aquella imagen le recordó una historia que le había contado el Fabricante de Muñecas sobre un hombre que bien pudo haber sido un brujo. Podía tejer paja convirtiéndola en tela de oro… y había pedido un hijo a cambio de su fabuloso don.

¿Qué quería Brandt de ellos? El brujo no había anunciado su visita, pero ahora la posibilidad de que se repitiera era una amenaza que se cernía sobre ellos, como el muro que los separaba de Jozef y Rena.

18

El bosque oscuro

*A*l igual que a muchas otras muñecas, las ratas pusieron a Karolina a trabajar. La encerraron tras los muros de piedra de un horrible edificio que habían construido. Y día tras día cosía para ellas, ante la atenta mirada de un guardia.

Karolina hizo chaquetas para las ratas generales, que habían comido tantas flores de azúcar que ya no podían abrocharse los botones. Bordó vestidos de seda para que los jóvenes tenientes rata pudieran enviárselos a sus novias, al otro lado del mar. Cosió brillantes y zafiros en los trajes de la nueva nobleza de las ratas.

Las ratas nunca le agradecían sus bellas creaciones, ni se disculpaban por el esfuerzo que aquello suponía para sus delicados dedos. Tampoco es que lo esperara. Ellos consideraban que tenían derecho a darle órdenes, y eso no iba a cambiar. Para ellos no era más que una prisionera.

Karolina trabajaba en silencio, pero tenía la impresión de que su rabia sería más que evidente. Clavaba la aguja en la tela como si fuera una espada con la que atacaba a un monstruo. Y con cada puntada que hacía, intentaba maldecir a las ratas.

Esperaba que las galletas de jengibre les pudrieran los dientes y que las farolas de caña de azúcar les dieran dolor de barriga. Esperaba que los tenientes rata echaran tanto de menos a sus novias que volvieran a embarcarse para estar a su lado, y que las ratas generales perdieran todas sus batallas.

Pero la magia no funcionaba así. Karolina no podía usarla para hacer daño a las ratas, de modo que todos los deseos que formulaba eran en vano.

La rata guardia no le dirigía la palabra, y en su silencio la rabia crecía cada vez más, como una zarza. La sala en la que trabajaba tenía un ventanuco en lo alto, pero lo único que veía Karolina era la silueta de los oscuros bosques a lo lejos, y a las muñecas que se llevaban más allá de la prisión, entre llantos, hasta las piras en las que las quemaban. Pero ella no podía hacer nada por ellas en sus momentos finales; no le quedaban palabras de bendición ni de coraje que ofrecerles.

Cuando el sol se ponía, el guardia de Karolina se retiraba a dormir con las otras ratas, y ella podía hacerse un ovillo entre los rollos de seda y los gruesos arcones de brillantes y ópalos. Era quizá la cárcel más espectacular de la Tierra de las Muñecas, pero eso no cambiaba el hecho de que Karolina estuviera allí retenida en contra de su voluntad.

La ventana la tentaba cada noche, aunque vista desde el suelo era difícil calcular si sería lo suficientemente grande como para escapar. Cabía la posibilidad de que trepara todo aquel trecho de pared para luego darse cuenta de que seguía atrapada. Y si las ratas la pillaban intentando escapar, no dudarían en quemarla.

¿Adónde iría si conseguía escapar?

El único lugar que se le ocurría a Karolina era el bosque oscuro, y se sabía que aquel bosque se tragaba a cualquiera que pusiera el pie en él. Los bosques, lo sabía muy bien, eran casi tan voraces como los invasores. Pero quizá los árboles fueran más amables que las ratas, de modo que Karolina decidió huir. No quería dar otra puntada para las ratas, aunque le costara muy caro.

No se merecían la belleza que creaba.

Karolina amontonó los baúles de piedras preciosas, uno sobre otro, y escaló aquella torre improvisada muy despacio, para evitar hacer demasiado ruido. Cuando llegó a lo más alto buscó con los dedos la repisa de la ventana y se subió encima. Era una ventana estrecha, demasiado pequeña para permitir el paso de aquellas ratas que no hacían más que atracarse de comida.

Pero tenía el tamaño perfecto para una muñeca.

Un grupo de soldados rata pasaron junto a la ventana, marchando al unísono, y Karolina se encogió. ¡Estaba tan cerca! Ahora no podían descubrirla. Las ratas se detuvieron un momento, que a ella le pareció eterno, y luego siguieron. Karolina esperó hasta que las perdió de vista en la penumbra de aquella noche sin estrellas, y luego bajó por la pared exterior. Cayó al suelo y soltó un gruñido apagado.

Con un movimiento ágil Karolina se agarró el borde de la falda y fue corriendo hacia el bosque oscuro. Cada vez que impactaba con el pie en el suelo el sonido le parecía tan intenso como el de un tambor. Pero Karolina no miró atrás para ver si su guardia u otras ratas salían a perseguirla.

Tenía que seguir corriendo.

El bosque iba haciéndose cada vez mayor ante sus ojos, como una boca abierta, sombría y sin duda llena de dientes. A Karolina no le importaba; llegó hasta él, rogándole en silencio que la engullera.

Cuando rozó con los dedos el primer árbol negro, Karolina supo que sus súplicas habían sido escuchadas. Si seguía corriendo, pensó, las ratas nunca podrían atraparla.

143

19

El violinista y la mariposa

*E*l ejército alemán parecía tan imparable como lo habían sido las ratas para Karolina.

El Fabricante de Muñecas y ella escuchaban la radio cada día, consternados al oír cómo iban cayendo un país tras otro ante Hitler y su terrible visión de un imperio milenario. La primavera y el verano fueron cediendo su puesto como los soldados de la guardia, y Alemania incluso se volvió contra su aliado, la Unión Soviética, como un cuchillo en la mano de su dueño, e inició la marcha hacia Moscú.

El periódico que leyó el Fabricante de Muñecas intentaba justificar la reciente invasión, declarando que el pueblo alemán necesitaba más territorio y que debía tomarlo por la fuerza. Pero Karolina no se creía una palabra. Con sus fuerzas armadas, Hitler se había convertido en el gobernante —o el Führer— de casi todos los países de Europa, desde Dinamarca a Grecia, en menos de dos años. No era posible que nadie necesitara todo aquel territorio.

Con el paso del tiempo fueron llegando cada vez más rumores de cosas terribles, aunque esas noticias no aparecían impresas en el periódico. Eran rumores de que estaban enviando a los judíos de Polonia y de la Unión Soviética a bosques oscuros... y de que no volvían a saber de ellos.

Karolina sabía perfectamente lo fácil que era que una persona —o una muñeca— se perdiera entre las sombras de los árboles, pero tanto ella como el Fabricante de Muñecas intentaron no hacer caso a los rumores. Hacer que desaparecieran unas cuantas personas era una cosa: hacer que todo el pueblo de Rena y Jozef desapareciera para siempre parecía algo imposible, incluso para los corazones negros de los brujos.

Pero Karolina se vio obligada a recordar que ya había ocurrido antes.

Sin la presencia de Rena y Mysz en la tienda, el invierno de 1941 a 1942 les pareció aún más frío que el anterior. A pesar de las raciones extra del Fabricante de Muñecas, no disponían de mucho alimento ni de suficiente leña. El amigo de Karolina iba caminando por la tienda intentando mantenerse caliente, cada vez más inquieto a medida que avanzaba la guerra. Cambiaba de proyecto tan a menudo que su mesa de trabajo quedó cubierta de trabajos a medias, con caballitos-balancín sin acabar e incluso el esqueleto de otra casa de muñecas.

A Karolina le parecía que aquella casa de muñecas no estaba tan lograda como la que había hecho para Rena, pero se guardó su opinión para sí. El Fabricante de Muñecas tampoco se la había pedido; su amigo cada vez hablaba menos con ella. Aunque en realidad hablaba cada vez menos con todo el mundo, así que no podía tomárselo como algo demasiado personal. Incluso se había olvidado de su promesa de hacer magia. ¿Pero cómo iba a hacerlo, si no paraba de moverse, como si le doliera cada vez que tomaba aire?

El Fabricante de Muñecas se acercó muchas veces a escondidas hasta las puertas del gueto, con un paquete de comida oculto y una nota, esperando poder hacérselo llegar a los Trzmiel. La entrada tenía la forma de las lápidas del cementerio donde yacía la madre de Rena. Karolina no podía entender que nadie odiara a nadie tanto como para hacerles vivir en un lugar rodeado de lápidas.

El Fabricante de Muñecas nunca consiguió hacer llegar sus regalos a Jozef y Rena; en la entrada había demasiados alemanes montando guardia. Era como si un gran mar separara a

Rena del resto del mundo, un mar que ni la cesta del Fabricante de Muñecas ni sus cartas podían cruzar.

Karolina no dejaba de pensar en la conversación que habían tenido antes de que la oscuridad hubiera invadido su mente. Si Rena —y el propio Fabricante de Muñecas— la necesitaban más de lo que era necesaria en la Tierra de las Muñecas, ¿por qué no podía ayudarles? Era una injusticia, encontrarse con tantos obstáculos y tantos fracasos.

—Quizá Jánošík podría pasarle una nota a Rena y Jozef —dijo Karolina la noche después de un nuevo intento fallido de contactar con los Trzmiel. Había sido el duodécimo cumpleaños de Rena, y la tarjeta que le había comprado el Fabricante de Muñecas permanecía sobre la mesa, sin abrir—. Probablemente se le dé bien colarse en los sitios.

El Fabricante de Muñecas dejó de buscar canales en la radio; en cualquier caso todas las noticias procedían de Alemania. Los locutores empezaban a mostrarse algo menos seguros de la supuestamente inevitable victoria ante la Unión Soviética. Pero ¿quién sabía lo que estaba ocurriendo realmente?

—Se lo pediría, pero solo lo he visto un momento —respondió. Le dio un sorbo a su té, que se había quedado frío ya hacía un rato, y tosió al tragarlo—. Hay momentos en que me pregunto si realmente hablé con él.

—Claro que hablamos con él, ese verano en la iglesia. Rena, tú y yo —insistió Karolina. Cogió un terrón de azúcar del platillo floreado del centro de la mesa y se lo metió en el té. Ahora que los Trzmiel ya no estaban, no había nadie más que pudiera usar el azúcar; podía tomarla él mismo—. Fue de verdad.

El Fabricante de Muñecas se llevó la taza a los labios. No le dio las gracias por haberle echado el azúcar, o quizá ni se diera cuenta.

—Sí, supongo. Pero su magia no parece servir de mucho frente a los alemanes. Ni la mía, por supuesto.

—Pero le salvaste la vida a Mysz después de que el niño le hiciera daño —dijo Karolina—. Y a Rena la hiciste muy feliz. Eso fue importante.

—Quizá —dijo él, aunque no parecía que la creyera.

Poco a poco el Fabricante de Muñecas volvía a ser el que era antes de la llegada de Karolina, aquel hombre con pesadillas que lo perseguían incluso despierto.

Karolina iba a seguir insistiendo cuando bajó la mirada y al fijarse en la taza de té… vio una grieta incipiente en su mejilla. La señal era casi imperceptible en aquel reflejo tan imperfecto, el espectro de la cicatriz que tenía en la Tierra de las Muñecas. Pero estaba ahí; era innegable.

Por un momento el miedo le nubló la vista. ¿Por qué había reaparecido la grieta? Intentó decirse a sí misma que el Fabricante de Muñecas la notaría enseguida y la repararía. Pero al mirarle le acechó la duda.

¿Qué le pasaría —y qué les pasaría a todos sus seres queridos— si el Fabricante de Muñecas dejaba de creer en su magia? Era el único que podía salvarlos. Karolina no quería pensar que necesitaran realmente que los salvaran, pero era imposible olvidar los fantasmagóricos murmullos, las estatuas rotas y el odio en los ojos del pequeño niño brujo.

El mundo se dirigía a la oscuridad total, y Karolina se veía arrastrada con él. Y sabía que aquella oscuridad no podía traerle más que desgracias terribles.

147

La gran tristeza y el miedo que imperaban en Cracovia no impedían que la vida siguiera. El Fabricante de Muñecas tenía que salir igualmente a comprar comida cada semana, y Karolina se metía en su cesto para acompañarle en su salida semanal.

En 1943, moverse por Cracovia llevaba más tiempo que antes de la guerra. Cada vez que pasaban junto a un soldado alemán, los polacos tenían que saludarle o agachar la cabeza. Karolina sabía que ninguno de aquellos brujos merecían ser tratados como los gloriosos príncipes de los libros del Fabricante de Muñecas. Pero ¿qué podían hacer? Era la ley.

Aquel día la calle estaba especialmente congestionada; la procesión de personas que iban al trabajo y al mercado se fue volviendo más lenta al llegar a la plaza mayor. Enseguida se hizo evidente el motivo: habían levantando la mitad de la calle para colocar nuevos adoquines, lo que obligaba a los peatones, a los caballos y a los escasos carros que pasaban a disputarse lo poco que quedaba de calle.

Hasta el último de los agotados obreros era judío.

Las estrellas azules de sus brazales se habían vuelto grises con el sol que les caía encima como un martillo. Un puñado de alemanes con impecables uniformes los observaban de cerca, rifle en mano y con una mirada de odio y desprecio en el rostro. Parecían más enfadados que nunca, y Karolina pensó que sabía por qué. Por fin, la marea de la guerra se había vuelto contra Alemania. Pero eso no frenaba su crueldad para con los polacos. De vez en cuando uno de los soldados le gruñía una orden en un polaco mal hablado a un obrero que hubiera osado parar lo suficiente como para secarse la frente. Karolina estaba segura de que muy pocos de aquellos judíos habrían construido carreteras o cavado zanjas antes de la guerra. Pero los alemanes no les habían dejado escoger. La propia Cracovia se había convertido en una cárcel para todos los judíos, y a Karolina se le encogía el corazón solo de pensarlo.

La mayoría pasaban por la calle sin prestar atención a los desdichados obreros, pero el Fabricante de Muñecas se detuvo a observarlos. Escrutó con la vista los rostros de los hombres y de pronto dijo algo terrible:

—Jozef.

Karolina deseó poder borrar aquella palabra. Jozef nunca había sido un hombre grande como el Fabricante de Muñecas, pero ahora estaba flaco como un sauce llorón y tenía los ojos vidriosos del agotamiento. Se movía con rapidez, sin pararse a respirar, mientras cargaba una piedra tras otra desde un carro cercano. A Karolina le recordó los personajes que se movían por la Pequeña Cracovia, condenados a repetir la misma acción una y otra vez.

—No digas que lo conoces —dijo Karolina, tirándole de la camisa—. ¡Os arrestarán a los dos!

El Fabricante de Muñecas no respondió. Se sacó un pañuelo rojo y limpio del bolsillo y dejó que la brisa se lo llevara volando.

Aterrizó a los pies de Jozef.

¿Habría sido el viento bondadoso el que lo había dejado caer en el lugar exacto? Mientras el Fabricante de Muñecas se acercaba a su amigo, con el rostro tan neutro como el de cualquier muñeca, Karolina pensó que esa era la única explicación posible.

Jozef, al igual que él, mantuvo sus emociones enterradas tan profundamente como las piedras que acababa de colocar. Se agachó y recogió el pañuelo, con un gesto gentil pero inexpresivo.

—Gracias —dijo el Fabricante de Muñecas, agachándose y recogiendo lentamente el pañuelo de manos de su amigo—. Jozef…

—Los alemanes se están llevando del gueto a los que no pueden trabajar y los meten en trenes. No sé adónde —dijo Jozef. Su valiente decisión de hablar hacía que las palabras le salieran de la boca como un torrente, como si se las hubiera estado guardando justo para aquel momento—. Nadie vuelve. Por favor, ayúdame a sacar a Rena del gueto antes de que le pase algo terrible. Por favor, tienes…

Ni Karolina ni el Fabricante de Muñecas tuvieron ocasión de reaccionar a la terrible noticia que les había transmitido Jozef. Uno de los alemanes los había visto hablar y se había abalanzado sobre ellos, echando mano de la pistola que llevaba al cinto.

—¿Qué estás haciendo? —le gritó al Fabricante de Muñecas—. ¡No está permitido hablar con los obreros!

—Lo siento —dijo él en alemán. Por una vez, Karolina dio gracias de que su amigo supiera hablar su idioma con tanta fluidez—. Se me ha caído el pañuelo. Este hombre me lo estaba devolviendo. Ya me voy.

El padre de Rena se volvió al carro sin una palabra de despedida. Cogió otra piedra en brazos, como para demostrar que estaba tan interesado en el trabajo como parecían estarlo los alemanes y que aquel hombre pelirrojo que se había colado en la obra no le había distraído.

—Yo me ocupo de esto.

Karolina no había reconocido al soldado que había reprendido a Jozef y al Fabricante de Muñecas y que ahora se retiraba, refunfuñando. Pero sí reconoció al hombre que ocupó su puesto.

Era Erich Brandt, el oficial de las SS que se había presentado en la tienda.

Brandt no le gritó al Fabricante de Muñecas como el otro soldado, sino que le habló de un modo que a Karolina le sorprendió por su tono casi amable. Pero sus motivos, al igual que el temor creciente del Fabricante de Muñecas, permanecían ocultos. Si quería podía hacerle daño, y no le importaría a nadie más que a Karolina.

—Hace tiempo que no nos vemos, Herr Birkholz —dijo Brandt—. ¿Qué hace aquí?

—He salido a comprar comida —dijo él, agitando el cesto y casi haciendo que Karolina se cayera por el borde.

—No veo nada en su cesto —dijo Brandt, acercándose.

—Estaba de camino. De hecho, debería darme prisa. Si no, cuando llegue todas las tiendas se habrán quedado sin comida.

Brandt meneó la cabeza.

—Tiene prisa, y sin embargo ha tenido tiempo de pararse a hablar con un judío. ¿De qué tendrán que hablar?

El Fabricante de Muñecas no respondió.

—Si no me responde, le preguntaré al judío —El capitán brujo se llevó la mano a la pistola—. ¡Tráeme a ese judío! —gritó Brandt a un brujo cercano, señalando a Jozef. Luego se giró hacia el Fabricante de Muñecas, con una mirada gélida—. Ya sabe lo que les pasa a los que ayudan a los judíos.

Si Brandt era el otro mago, podría sentir cierta afinidad con todo lo mágico. ¿Y no era mágica Karolina? Enseguida decidió que lo único que podía hacer para protegerlos a ambos era intentar razonar con él, por mucho que odiara tener que hablar con el brujo.

—El Fabricante de Muñecas no miente —declaró, elevando el tono para asegurarse de que Brandt la oía pese al trabajo de la obra—. Íbamos a comprar. No creo que eso sea ilegal. Déjele en paz.

Las mejillas de Brandt se tiñeron de rojo. Parecía contento de oír aquella voz.

—Lo sabía —dijo con una sonrisa voraz y un brillo de emoción en los ojos—. Sabía que estabas viva.

—¡Karolina! —le regañó el Fabricante de Muñecas. Pero ya era demasiado tarde. Brandt había sospechado desde el principio que Karolina estaba viva, y ahora no podía negarlo.

—¡Parece que sí que tiene nombre! —exclamó Brandt, con un tono decididamente jovial. Karolina no sabía cómo podía estar tan contento con tanto sufrimiento a su alrededor. El capitán brujo cogió al Fabricante de Muñecas por el hombro—. Vamos. Volvamos a su tienda. Tenemos mucho de lo que hablar.

—¿No lo va a detener? —preguntó a Karolina.

—¿Por qué iba a hacerlo? Le ha dicho unas palabras a un judío, eso es todo —dijo Brandt—. Solo quería presionar a Herr Birkholz con la esperanza de que tú te decidieras a manifestarte. Los juguetes normalmente intentan proteger a sus seres queridos de cualquier peligro, real o imaginario, *ja*?

Karolina se sentía aliviada al ver que el Fabricante de Muñecas estaba seguro, pero a la vez estaba muy molesta. Brandt buscaba una prueba de que el Fabricante de Muñecas era un mago… y ella se la había dado.

—¡Me ha engañado! —protestó.

Brandt se encogió de hombros. Alargó la mano hacia ella, y Karolina tuvo que apretar sus pequeños puños para contenerse y no golpearle. No sabía qué castigo se aplicaba por golpear a un oficial alemán, pero imaginaba que sería duro.

—Ha sido desagradable pero necesario —replicó Brandt, acercándole un dedo a la mejilla.

El capitán brujo parecía creer que muchas cosas desagradables eran necesarias.

Pero Karolina sabía que le convenía callar. Esperaba no haber hecho una locura.

Unos minutos más tarde el Fabricante de Muñecas y Brandt entraron en la juguetería. Antes de que se cerrara la puerta, una mariposa que revoloteaba por la plaza principal los siguió y se coló en el interior. Brandt la apartó de un manotazo; no le preocupaba más que los judíos que había estado vigilando.

El Fabricante de Muñecas se apartó de Brandt y se dirigió a su mesa de trabajo con una mueca de dolor. Se sentó en el taburete y soltó un suspiro de alivio, levantándose la pernera del pantalón para colocar mejor la pierna de madera.

—Esa lesión… Disculpe la pregunta, pero ¿cómo ocurrió, Herr Birkholz?

—Luché en Varsovia en la última guerra —dijo él. La sorpresa por el intercambio de palabras entre Brandt y Karolina ya había quedado atrás, y hablaba con un tono suave y ágil como los movimientos de un zorro—. Como ve, no acabó muy bien para mí.

—Entonces luchó con los alemanes —señaló Brandt.

Karolina habría querido que el Fabricante de Muñecas se mostrara algo menos fascinante de cara al brujo.

—Supongo que sí —dijo él—. Pero no he vivido nunca en Alemania. Ni siquiera he estado allí.

—Entonces tendrá que visitarla —dijo Brandt—. Cuando se acabe la guerra.

—Sí. Cuando se acabe la guerra.

Brandt no podía imaginar lo diferente que se imaginaban el final de la guerra el uno y el otro, pensó Karolina.

—Tendría que haberme hablado de su magia cuando nos conocimos. Yo sospechaba que era mago, pero se mostraba tan hermético que pensé que quizá me habría equivocado —dijo Brandt. Cruzó la habitación y se le acercó, haciendo que Karolina se pusiera tensa. Una cosa era que Brandt curioseara por la tienda como en su primera visita, y otra que se moviera por ella como si estuviera en casa—. Karolina es una creación extraordinaria.

—Yo no la creé —precisó el Fabricante de Muñecas—. Tallé su cuerpo, pero no tuve nada que ver en la elaboración de su alma.

—Quizá. Pero vino a usted, ¿no? —dijo, pasando la mano por el borde de la mesa de trabajo—. Es la única otra persona que he conocido capaz de hacer magia. He buscado a otros. He estado en decenas de clubes de magia, de Berlín a Colonia, pero lo único que hacían eran simples trucos de cartas. Y las ilusiones no son magia de verdad.

—¿Qué tipo de magia hace usted? —preguntó Karolina.

—La misma que hizo Birkholz cuando te creó —respondió Brandt, señalando con un gesto de la cabeza primero al Fabricante de Muñecas y luego a ella—. Tallé un soldadito de madera, y luego se puso a hablar.

—¿Y eso cuándo fue? —insistió Karolina, no muy segura de que su interés por las habilidades de Brandt fuera mayor que la repulsa que le provocaba. Era inquietante pensar que no todos los magos eran personas compasivas como su querido amigo.

153

—Hace cuatro años, más o menos. Fue antes de que empezara la guerra. El soldado me dijo que se llamaba Fritz y que había servido a las órdenes de una gran reina que llevaba una corona con flores de piedras preciosas, en la Tierra de las Muñecas.

—¿Fritz? —dijo Karolina, conteniendo una exclamación—. ¿El soldado se llamaba Fritz?

¿Sería de verdad su amigo del bosque, el que había viajado con ella al mundo de los humanos? Siempre se había preguntado dónde lo habría llevado el viento bondadoso, pero la simple idea de que hubiera caído en manos de alguien como Brandt le daba ganas de gritar.

—Sí —dijo Brandt—. Fritz. Es un nombre muy común en mi país, te lo aseguro. Durante un tiempo fue un buen amigo.

—¿Dónde está ahora Fritz? —preguntó el Fabricante de Muñecas.

—No está aquí —respondió, honesto y evasivo a la vez.

Evitaba la mirada directa de ambos, y Karolina se preguntó qué secretos acecharían en su interior, hechos un ovillo como una serpiente—. ¿Así pues Karolina es lo único a lo que ha dado vida? ¿O a lo que ha cambiado de forma?

La mariposa volvió a pasar junto a su cabeza y se posó sobre la mesa. Incluso entre los montones de telas de colores que había dejado allí el Fabricante de Muñecas, sus alas anaranjadas llamaban la atención. Karolina agradeció la distracción que ofrecía la mariposa; le permitía dejar de pensar en Brandt. Empezaba a dejarse llevar, y tenía miedo de lo que pudiera llegar a decir si seguía escuchando a Brandt mucho más.

—¿Cambiar algo de forma? Es una idea interesante —dijo el Fabricante de Muñecas, con un gesto de extrañeza, como si nunca lo hubiera hecho. Cada vez se le daba mejor mentir.

—No es difícil —dijo Brandt. Vio la mariposa tambaleándose sobre la mesa de trabajo y apoyó un dedo sobre la esquina de su ala izquierda, arrastrándola. El ala se rompió por la parte que la unía al torso, con un ruido horrible, como el de la seda al rasgarse. El insecto daba saltitos de un lado al otro, impotente, como si intentara escapar de su nueva situación de indefensión.

—¿Por qué ha hecho eso? —exclamó Karolina—. No le hacía daño a nadie.

—Necesito que esté quieta —dijo Brandt, como si fuera una obviedad—. Mira.

Ahuecó las manos, poniéndolas sobre la mariposa, y cerró los ojos. Una sensación dura se extendió por el aire. A Karolina le pareció que olía a hierro o a lluvia de otoño, dura e implacable. Satisfecho, Brandt apartó las manos.

La criatura herida que había sobre la mesa ya no era una mariposa, sino una enorme araña marrón, con tres de las ocho patas retorcidas e inutilizadas. Karolina soltó un chillido de sorpresa. ¿Sería consciente la mariposa de su nuevo estado?

—Vuelva a cambiarla —dijo el Fabricante de Muñecas, con voz temblorosa—. Aún está viva. ¡Lo siento! Devuélvale su estado anterior.

Karolina pensó en Mysz y en cómo se habría sentido el ratoncito si lo hubieran transformado en algo tan feo y aterrador. ¡El Fabricante de Muñecas nunca habría hecho algo así! Brandt volvió a colocar las manos sobre la araña. Un momento después las apartó, y Karolina observó aliviada que la monstruosa transformación se había invertido: el pequeño insecto había vuelto a ser una mariposa con un ala rota.

—¿Lo ve? Es sencillo —dijo Brandt—. Debería probarlo. me gustaría ver en qué es capaz de transformarla.

—No era necesario hacer eso —dijo el Fabricante de Muñecas, rodeando la mariposa con un brazo protector. Karolina recordó que Rena había intentado proteger a Mysz del mismo modo después de que el sobrino de Brandt lo hubiera pisoteado.

—No hace falta que la convierta en una araña —dijo Brandt, con una risita. Karolina pensó que hablaba con la candidez de un niño—. Puede convertirse prácticamente en cualquier cosa. Incluso podría darle su forma anterior, la que tenía antes de que se le rompiera el ala.

Karolina salió del cesto de un salto y se situó junto al codo del Fabricante de Muñecas. Desde aquella posición apenas veía la mariposa, que seguía haciendo esfuerzos para escapar.

—El ala no se le ha roto sola —puntualizó.

Brandt le echó una mirada hosca pero enseguida volvió a fijar la atención en el Fabricante de Muñecas.

—Adelante —dijo—. Enséñeme su magia.

Imitando los movimientos de Brandt, el Fabricante de Muñecas colocó las manos sobre la mariposa, y cerró los ojos. El aire tembló como cuando había curado a Mysz, y Karolina aguantó la respiración. Le daba pena el estado en que había quedado la mariposa, pero aun así pensó que quizá fuera mejor que la magia del Fabricante de Muñecas fallara. Así Brandt se iría, y perdería el interés en su amigo.

Pero la magia no falló. El Fabricante de Muñecas apartó las manos, y Karolina vio que las dos alas de la mariposa estaban enteras y radiantes. El insecto las agitó tan rápidamente que crearon una tenue estela de color en el aire, como un pincel. Pero ahora sus preciosas alas eran pintadas, y las antenas, antes tan expresivas, se habían convertido en alambres con minúsculas cuentas de cristal en la punta.

Al igual que Mysz, la mariposa se había transformado en un juguete.

Brandt sonrió, encantado.

—Le dije que podía hacerlo.

—Sí —respondió el Fabricante de Muñecas, mucho menos entusiasmado. ¿Se había dado cuenta Brandt de que la mariposa ya no era una mariposa de verdad? Karolina lo dudaba. El brujo veía el mundo como quería él.

—Me alegro de haber encontrado por fin a alguien como yo —le dijo Brandt al Fabricante de Muñecas, apoyándole una mano en el hombro y apretándoselo—. Me temía que, si encontraba realmente otro mago por aquí, fuera polaco. ¿De qué puede servir un mago polaco?

—¿Y a quién le importa de qué país viene la magia? —dijo Karolina—. Fuera de donde fuese el otro mago, tendría mucho en común con él.

—La magia no debe desperdiciarse en gente inferior como los polacos —dijo Brandt, con un gesto de desprecio—. Y mucho menos en los judíos. Ya vi suficiente magia polaca cuando llegué a este lugar. Y no me impresionó nada.

Karolina no pudo evitar responder:

—¿Qué es lo que vio?

—Disparé a un pajarraco rojo en el campo, lejos de Cracovia, pero fue desperdiciar una bala —respondió Brandt—. Pensaba que me concedería un deseo si le perdonaba la vida, como en esas historias de críos, pero lo único que hizo fue ofrecerme una mísera manzana. ¿De qué sirve eso? En Alemania hay caballeros fantasma que cabalgan por los bosques, y un rey que gobierna sobre cada bosque de alisos. Son fuertes, más fuertes que todo lo que hay por aquí.

Karolina sintió un escalofrío y se llevó una mano al pecho. Era Brandt quien había matado al pájaro de fuego del prado de la lakanica. Rena le había descrito a Karolina el sabor de la manzana que el capitán de los brujos había rechazado, cómo le había llenado la boca de dulzura en cuanto le había dado el primer bocado. «Era como comerse el verano», le había dicho, con un suspiro.

Ahora nadie más podría probar aquella maravilla, por culpa de aquel brujo de las SS.

—No debería haber matado al pájaro —dijo Karolina—. No le estaba haciendo nada.

—Tampoco estaba haciendo nada útil —replicó Brandt.

Fue el Fabricante de Muñecas quien puso fin a la discusión.

—Me encantaría seguir charlando, pero desgraciadamente aún tengo que hacer mis compras y muy pronto sonará el toque de queda.

Su sonrisa era como una vela ardiendo en una habitación cada vez más oscura. Karolina no entendía cómo podía sonreír tan convencido, pero observó aliviada que Brandt aceptaba la propuesta.

—Volveré mañana y así podremos seguir hablando —dijo.

Karolina sabía que el Fabricante de Muñecas no tenía ninguna intención de ir al mercado después de lo ocurrido, pero la excusa había funcionado. Brandt salió de la tienda silbando.

—Tú puedes hablar con él todo lo que quieras, pero yo no voy a hacerlo —dijo Karolina, con la mirada fija en el lugar donde antes estaba el oficial. El encuentro con Brandt la había dejado agotada; lo único que quería era acurrucarse con el Fabricante de Muñecas, sentir la melodía rítmica de su corazón cerca y dejarse arrastrar hacia una oscuridad reparadora donde no tuviera que pensar en brujos de la SS, en el terror de Jozef... o en lo que significaría la dolorosa grieta en su rostro para ella y para el Fabricante de Muñecas.

—No puedo negarme a hablar con él —replicó. Se quitó las gafas, como ya si no soportara ver la tienda y la plaza con claridad—. Karolina, Brandt tiene que creer que estamos de su parte. Ahora que sabe que soy mago, nos estará observando. Así que, por desagradable que sea, tengo que ser educado con él... al menos por ahora.

La mariposa revoloteó y se posó en el dedo del Fabricante

de Muñecas. Frotó las patitas una contra la otra, y se oyó el sonido de la madera, que recordaba el susurro de la música del violín de Jozef. Karolina pensó que estaría intentando darle las gracias a su amigo; si no podía hablar con Mysz, quizá la música fuera su alternativa.

El Fabricante de Muñecas mantuvo la mano tan quieta que a Karolina le hizo pensar en las muñecas de cristal de la Tierra de las Muñecas. Los animales y los insectos se sentían atraídos por las cosas frágiles; esas criaturas eran las que mejor sabían tratar todas las cosas y a todas las personas.

—No ha sido tan difícil repararte —le murmuró el Fabricante de Muñecas a la mariposa—. Lástima que no pueda arreglar este mundo del mismo modo.

20

El plan

*E*l Fabricante de Muñecas. La mariposa. Mysz. Juguetes vivientes. La idea le vino de golpe a Karolina, iluminándole la mente y el corazón. Estuvo a punto de ponerse a bailar en la mesa, pero en lugar de eso se echó a reír, y su risa llenó la tienda, asustando a la mariposa, que salió volando en dirección opuesta. Era la inspiración que tanto había anhelado en la Tierra de las Muñecas, cuando esperaba dar con algo que le permitiera combatir a las ratas. Y ahora que le había llegado, en este mundo, Karolina dio media vuelta, imitando la caótica danza de la mariposa con sus delicados pasos.

—Ya sé cómo puedes hacerlo —dijo Karolina—. Ya sé cómo puedes ayudar a los Trzmiel.

El Fabricante de Muñecas se subió las gafas empujándolas con un dedo.

—¿Cómo dices?

—La gente no puede entrar y salir del gueto —dijo Karolina—. Pero ¿y los juguetes? Podrías convertirlos en muñecas: las muñecas pueden meterse en sitios donde no caben los humanos.

Un alma era un alma, perteneciera a una muñeca o a una persona; lo único que hacía falta era el recipiente adecuado para acogerla. Eso el Fabricante de Muñecas debía entenderlo.

—Yo quiero a Rena. De verdad. Y Jozef es uno de mis mejores amigos. Pero...

—¿Te da miedo que te pillen?

—No es eso —dijo él—. Tengo miedo de empeorar aún más las cosas. Las personas son mucho más grandes que Mysz o que la mariposa, y un ratón o una mariposa no creen o desconfían de nada, y por ese mismo motivo no presentaron oposición.

Se llevó el dedo pulgar a los labios y siguió el revoloteo de la mariposa con la mirada, hasta que esta se posó en la caja registradora.

—¿Así que no podrías convertir a Jozef en un muñeco porque es un adulto y dudará de tu magia?

A Karolina le resultaba prácticamente imposible imaginarse a Rena sin su padre, pero el Fabricante de Muñecas tenía razón. Jozef nunca creería en sus habilidades si no veía pruebas. Sin embargo, Rena, como tantos otros niños, aceptaba sin reservas que vivía en un universo lleno de milagros.

—Ni siquiera sé si podría convertir a Rena en una muñeca —dijo el Fabricante de Muñecas, dejándose caer en su taburete.

—Pero tienes que intentarlo —exclamó Karolina, tirándole de la manga con insistencia—. Por favor, di que al menos lo intentarás. Ya has oído lo que ha dicho Jozef de lo que están haciendo los alemanes. No podemos dejar que le pase nada a Rena.

Esperó, dejando que el Fabricante de Muñecas considerara el plan. Karolina se podía imaginar la maquinaria de su cerebro dándole vueltas a la idea una y otra vez.

—Quizá Brandt pudiera ayudarme a entrar en el gueto, siempre que encontrara una excusa plausible que lo justificara —dijo por fin.

Karolina pensó y pensó.

—¿Qué tal la casa de muñecas? —dijo, por fin.

—¿La casa de muñecas de Rena? —preguntó él.

—Nadie se acuerda de que Jozef era violinista. Ahora todos sus documentos de trabajo dicen que es carpintero —dijo Karolina—. ¿No podrías decir que estaba haciéndote la casa, que se la llevó al gueto para acabarla y que ahora quieres recuperarla? Podrías meter dentro a Rena y sacarla. ¡Es tan grande que probablemente podrías meter dentro a una docena de muñecas!

—A una docena de muñecas —repitió el Fabricante de Muñecas, retorciéndose las manos—. O a una docena de niños convertidos en muñecas.

Karolina habría querido ser lo suficientemente grande como para rodear al Fabricante de Muñecas con sus brazos. Se conformó con abrazarle la muñeca con todas sus fuerzas. La grieta de la mejilla le dolió un poco al apretar al Fabricante de Muñecas, pero no hizo caso.

—Sí —dijo Karolina—. ¿Lo ves? Jánošík dijo que podías salvar personas, y ahora puedes hacerlo de vedad.

—Si funciona —dijo él, no muy convencido.

—Funcionará —le aseguró Karolina—. Tiene que funcionar.

La mariposa había vuelto a la mesa de trabajo, y se posó en la mano que le extendió el Fabricante de Muñecas sin pensárselo dos veces.

—Pero luego tendría que convertir de nuevo a los niños en niños, una vez fuera del gueto. No pueden ser muñecos toda la vida. Esa no es la vida que les corresponde.

—Pero todos no cabrían en la tienda. Alguien podría verlos. Y no hay suficiente espacio para todos.

—El padre Karol, de la basílica de Santa María, hace la vista gorda ante la gente que compra y vende comida de estraperlo en su iglesia, y he oído bastantes de sus sermones como para saber que no está de acuerdo con cómo tratan a los judíos. Probablemente podría ayudarnos —dijo el Fabricante de Muñecas—. Eso, si consigo hacerle entender que no he perdido el juicio por completo —añadió, tocándose el lateral de la cabeza y chascando la lengua.

—Si ve que vuelves a convertir a los muñecos en niños, tendrá que convencerse de que tu magia es real —dijo Karolina.

—Antes de plantearme siquiera hablar con el padre Karol, y

antes de meterme en el gueto, veré si soy capaz de convertir este juguete en una mariposa de verdad. No pondré a Rena en peligro hasta estar absolutamente seguro de que puedo ayudarla.

Con el máximo cuidado, cubrió a la mariposa con la otra mano y cerró los ojos con tanta fuerza que casi resultaba doloroso verlo. Karolina se quedó mirando, y su corazón de cristal daba bandazos dentro de su pecho con la magia que sentía a su alrededor. El Fabricante de Muñecas apartó la mano y, en aquel mismo momento, Karolina vio que la mariposa ya no era un juguete, sino la misma criatura pequeña y preciosa que Brandt había estado a punto de destruir.

—Ha funcionado. ¡Ha funcionado de verdad! —dijo el Fabricante de Muñecas, que no sabía muy bien si reírse o llorar de alivio. Karolina sentía exactamente lo mismo.

Habían encontrado un modo de ayudar a sus amigos.

21

El soldado de plata

Día tras día, Karolina se ocultó entre los árboles y los arbustos, encomendándose a los bordados de su propio vestido rasgado y deseando que acabara la guerra. Estaba tan sumida en su desesperanza que casi no oyó los pasos que se acercaban... y al soldado plateado que apareció de pronto.

Karolina apenas pudo contener una exclamación al verlo. Sus pantalones y su espléndida casaca plateada brillaban con luz propia. Era una luz que Karolina habría reconocido en cualquier parte. ¿Cómo no iba a hacerlo? Ella misma había hecho aquel uniforme, aunque eran las estrellas las que habían concedido aquella tela radiante a la reina.

Y la reina, a su vez, se la había concedido a sus soldados más leales. Estos muñecos habían acudido a Karolina uno por uno, pidiéndole que les hiciera uniformes que pudieran lucir al servicio de la reina y de su esposo. Ella no había pasado más de una hora con cada soldado, pero le era imposible olvidar a ninguno de ellos.

Aun así, por muchos deseos que hubiera cosido en la tela, no habían servido para proteger de las ratas a los soldados ni a los soberanos de la Tierra de las Muñecas.

Al pensar en las invasoras, Karolina se llevó una mano al pómulo agrietado. Ya hacía mucho que había dejado de dolerle, pero no había conseguido encontrar a nadie que se lo arreglara.

El soldado la llamó:

—¿Hola?

Ella se agazapó de nuevo junto al árbol, pero él cruzó el claro y se agachó a su lado.

—Te prometo que no te haré daño. No trabajo para las ratas.

—Ya sé que no vas a hacerme daño —dijo Karolina—. Nadie que lleve ese uniforme podría postrarse ante el Rey de las Ratas después de lo que hizo al rey y a la reina legítimos. Pero me has asustado. Hace muchísimo tiempo que no hablo más que con los pájaros, y ellos no responden.

El soldado asintió.

—Siento haberte asustado —dijo él—. Yo servía al rey y a la reina. Les quería mucho. Les echo muchísimo de menos.

—Yo los echo muchísimo de menos a todos —dijo Karolina en voz baja.

—Yo también —dijo el soldado, pero no siguió hablando de las muñecas que se habían perdido en la guerra, ni tampoco lo hizo Karolina. No había palabras para describir la sensación de saber que tantos amigos no volverían a reír o a bailar.

—¿Cuánto tiempo llevas en el bosque? —le preguntó el soldado.

—No lo sé —dijo Karolina, encogiéndose de hombros—. Tengo la impresión de que llevo mucho tiempo huyendo de las ratas. —Y se quitó una mancha de barro de la rodilla.

—Sí, da la impresión de que llevan aquí años —coincidió el soldado—. Creo que me acuerdo de ti. Tú eres la costurera, ¿no? Tú me hiciste el uniforme —añadió, dándose una palmadita en uno de los botones de madreperla de su casaca.

—Sí, fui yo —dijo ella—. Y recuerdo el deseo que pediste. Querías ser valiente.

—No sé si lo soy —dijo el soldado—. Pero eso espero. ¿Cómo te llamas?

—Karolina. ¿Y tú?

—Teniente Fritz. Pero puedes llamarme Fritz. Ni siquiera sé si soy aún teniente, ahora que ya no queda nada de la guardia real.

—Bueno, sí que hay guardia real —dijo Karolina—. Pero son ratas al servicio de ese nuevo rey horrible.

Se hundió un poquito más en el interior del tronco, con la esperanza de que la oscuridad ocultara su temblor. Karolina nunca se había considerado cobarde, pero el Rey de las Ratas la aterraba.

—¿Piensas quedarte en ese tronco, Karolina? —le dijo Fritz.

—Hasta mañana —respondió ella—. Luego me iré a otro sitio. Es lo único que podemos hacer ahora mismo; mantenernos lejos de las ratas.

—¿No te has planteado salir del bosque?

—Yo querría —dijo Karolina—. Pero ¿dónde iría? ¡El bosque es el único sitio que no han invadido las ratas!

—Un amigo mío me habló de un viento bondadoso llamado Dogoda que podía llevarse el alma de una muñeca al lugar donde necesitara estar —dijo Fritz—. El viento vive en lo alto de una montaña de cristal. Yo voy allí, a ver si puede llevarme a un lugar donde descubra el modo de echar a las ratas y poner fin a la guerra.

—Parece una misión peligrosa —dijo Karolina, jugueteando nerviosamente con el extremo de su trenza.

—Podría serlo. Pero tengo que hacer algo, aunque acabe fracasando —dijo Fritz. El soldado le tendió la mano a Karolina—. Sería agradable tener compañía en un viaje como este. Por favor, ven conmigo. Podríamos protegernos el uno al otro.

Karolina vaciló. ¿De verdad habría un modo de salvar la Tierra de las Muñecas? Ella deseaba desesperadamente creer que era posible. Y Fritz parecía muy decidido. Juntos, quizá pudieran hacer realidad el nuevo deseo que había prendido como una cerilla en la oscuridad del bosque.

—De acuerdo —dijo Karolina. Y sin pensárselo más cogió la mano de Fritz, temiéndose que, si esperaba un segundo más, quizá se le ocurriera un motivo para quedarse—. Iré contigo.

165

22

Transformación

El Fabricante de Muñecas habló con Brandt a la mañana siguiente, mientras desayunaban juntos en el café junto a la tienda. Casi todas las otras mesas estaban vacías; ahora solo los alemanes podían ir a los cafés. Los poetas y artistas habían guardado la pluma y el papel hacía tiempo, para protegerse. Muchos de ellos habían sido arrestados por las cosas extraordinarias que hacían. La ocupación alemana aplastaba a cualquiera que intentara resistirse a los invasores.

—¿Quiere entrar en el gueto? —le preguntó Brandt cuando el Fabricante de Muñecas le hubo explicado la historia que habían inventado él y Karolina—. Es una petición poco habitual, pero supongo que no sería demasiado difícil hacerle entrar.

—Se lo agradecería muchísimo —dijo él—. Quiero recuperar esa casa de muñecas a toda costa.

Brandt soltó una risita jactanciosa. No era una risa agradable, y Karolina se hundió aún más en el bolsillo del Fabricante de Muñecas.

—Se toma su arte mucho más en serio de lo que lo hice nunca yo. Admiro su dedicación. —Cogió la minúscula cucharilla plateada de su platillo y la sumergió en el azucarero.

Karolina pensó que lo peor de Brandt era su deseo de estar cerca del Fabricante de Muñecas, y que su magia le hacía parecer hambriento. Lo que le daba miedo es que, con el tiempo, el brujo se convirtiera realmente en un brujo de cuento de hadas, y que engullera al Fabricante de Muñecas. La cantidad de azúcar que estaba poniendo Brandt en el té de su amigo le hizo pensar a Karolina que quizá el alemán quisiera engordarlo precisamente para comérselo después.

—Entonces ¿me ayudará? —preguntó el Fabricante de Muñecas.

—Sí —dijo Brandt—. Puedo arreglarlo. Al fin y al cabo, estamos hablando solo de una casa de muñecas. No me importa hacerle un favor. Usted y yo… estoy convencido de que vamos a ser buenos amigos. Prácticamente ha sido cosa del destino que nos encontráramos.

Le dio con el puño en el brazo, en un gesto amistoso, como si fueran colegiales. Si Karolina no hubiera tenido claro el odio negro y corrosivo que llenaba todos los pensamientos y las acciones de Brandt, se habría sentido culpable por estar engañándole.

—Sí —dijo el Fabricante de Muñecas—. Parece el destino, ¿no?

A partir de aquel momento el Fabricante de Muñecas salió a dar un paseo cada día, con la esperanza de ver a Jozef entre los obreros que ponían los adoquines de la nueva calle. El cuarto día vio premiado su esfuerzo. Esta vez se quitó el sombrero y dejó que el viento lo arrastrara hasta Jozef.

—Vamos a sacar a Rena —dijo el Fabricante de Muñecas, en el momento en que recogía el sombrero de manos de su amigo, que parecía tan demacrado y agotado como un anciano—. Y si puedes convencer a alguno de tus amigos para que me dejen sacar a sus hijos del gueto, llévalos a tu piso el jueves por la tarde. Puedo llevarme a una docena.

Jozef asintió casi imperceptiblemente.

Pero las palabras del Fabricante de Muñecas hicieron que sus ojos se iluminaran de esperanza, y Karolina se alegró al verlo.

Y

Brandt se presentó el jueves por la tarde con un elegante coche negro, tan brillante que parecía de espejo; debía de haberlo escogido para impresionar al Fabricante de Muñecas. Poco podía imaginarse que ningún coche, por espléndido que fuera, podría cambiar la opinión que tenía de él.

—Gracias de nuevo por su ayuda. Se lo agradezco —dijo el Fabricante de Muñecas mientras atravesaban la ciudad.

—Me habría gustado que me hubiera dejado sacar la casa de muñecas a mí o a alguno de mis hombres. El gueto está hecho un asco. No es necesario que usted vea cómo viven estos judíos. Es un lugar miserable.

Karolina apoyó las manos en la cadera. Había optado por un vestido rosa para conjurar el amor y la suerte, pero ahora lamentaba no haber escogido un color más agresivo. ¿Cómo podía intimidar lo más mínimo con un vestido rosa?

—No debería culparlos a ellos: no son ellos los que decidieron dejar sus casas e irse a vivir allí —dijo, muy seca.

El Fabricante de Muñecas apoyó una mano sobre la cabeza de Karolina.

—Perdone a Karolina; no es eso lo que quiere decir. En cuanto a la casa de muñecas, necesito hablar con el carpintero en persona —le dijo a Brandt—. Ha pasado más de un año desde que se la encargué, y no quiero esperar más.

—Es usted un hombre sabio. ¡Quién sabe cuánto tiempo más habrá judíos en Cracovia!

El coche se detuvo frente a las horribles puertas del gueto, en forma de lápida, y Brandt salió, seguido por el Fabricante de Muñecas.

Los guardias alemanes apenas miraron los documentos que les presentó. Si era invitado de Brandt, no había necesidad de mayores controles.

Tras las lúgubres puertas, el mundo pareció oscurecerse. Era como si hasta el sol tuviera prohibido brillar tras los muros del gueto.

Un grupo de hombres y mujeres que asaban unas pequeñas verduras mustias directamente sobre el fuego se retiraron al ver pasar a Brandt y al Fabricante de Muñecas, escondiendo su mísera cena tras la espalda. Karolina recordaba perfectamente lo que era el miedo a que te quiten lo poco que tienes. Había visto aquellas expresiones en muchas muñecas que hacían esfuerzos para sobrevivir bajo el férreo gobierno de las ratas.

En un bordillo había un puñado de niños sentados, tan flacos que a Karolina le hicieron pensar en las cuerdas de los violines de Jozef, con la mirada en blanco, perdida. De ellos, solo unos pocos tenían zapatos; los otros llevaban trapos atados para proteger las plantas de los pies del roce de los adoquines. ¿Cuándo habría sido la última vez que habían comido algo caliente? ¿Cuándo habría sido la última vez que habían tenido fuerzas para jugar o reír?

Karolina articuló un «hola» mirando a una niña algo mayor que Rena, esperando arrancarle una sonrisa. Pero la niña no hizo ningún gesto de sorpresa, ni la saludó; siguió con la mirada perdida en la distancia.

169

—Estos niños parecen hambrientos —dijo Karolina—. ¿Dónde están sus padres?

—La mayoría son huérfanos —dijo Brandt sin inmutarse, mientras guiaba al Fabricante de Muñecas por las calles—. Muy pronto los sacaremos de aquí. Son una molestia. El Consejo Judío se queja constantemente de que no hay suficiente comida para ellos. Pero en realidad siempre se quejan de algo. Del frío, del agua, de las cloacas… Deberían dar las gracias de que les dejemos seguir en Cracovia.

El Fabricante de Muñecas hizo un esfuerzo por ocultar su malestar al ver el estado de los niños; sabía que Brandt le observaba atentamente. Pero no pudo contener la lengua del todo:

—Solo son niños —dijo—. ¿Qué puede haber de malo en ayudarles?

—No siempre serán niños —dijo Brandt—. Un día serán una amenaza para Alemania, igual que sus padres. Hay que ocuparse de ellos. El Führer tiene un plan para acabar con el problema de los judíos. De hecho, el gueto ya no está tan lleno como antes.

Brandt sacó un papel plegado del bolsillo de su uniforme y lo abrió, buscando las palabras que había garabateado.

—Trzmiel… Trzmiel… —Se paró frente a un edificio, a su derecha, algo ladeado, como si el viento le hubiera obligado a inclinarse ante un rey invisible—. Su carpintero judío vive en la tercera planta. Apartamento treinta y dos.

Karolina soltó un quejido. ¿Tercera planta? No había pensado que el Fabricante de Muñecas tendría que cargar la casa de muñecas. La última vez que había tenido que subir escaleras con ella a cuestas, corrían mejores tiempos, y él era más joven.

—Gracias.

—Tiene veinte minutos —respondió Brandt—. Luego tiene que salir. Esto lo hago como favor personal. Pero incluso usted tiene que seguir las reglas.

El Fabricante de Muñecas se tensó. Tanto él como Karolina sabían que no les dejarían permanecer mucho tiempo en el gueto, pero ¿cómo podía dejarles solo veinte minutos?

—Creo que necesitaré más tiempo para hablar con el señor Trzmiel —dijo.

—¿Por qué? —respondió Brandt—. Va a casa de ese judío a recoger una casa de muñecas, no a construir una —añadió, y se rio de su propia broma, provocando que Karolina lo aborreciera aún más.

—Sí, pero…

Brandt levantó una mano.

—Si sigue discutiendo conmigo, empezaré a pensar que no está agradecido. Si lo prefiere, puedo subir con usted, para agilizar la conversación —dijo, acariciando la pistola con los dedos.

El Fabricante de Muñecas cerró la boca.

—Mis disculpas —dijo—. Estoy muy agradecido, y no quiero crearle problemas. Veré a ese hombre a solas.

La discusión se había acabado, y Brandt había ganado.

Karolina tenía miedo de que veinte minutos no bastaran para hacer el milagro. Pero tendrían que conformarse.

Su amigo no se giró a mirar a Brandt mientras entraba en el edificio y emprendía la ascensión por las escaleras. Mientras subían, el Fabricante de Muñecas y Karolina pasaron junto a una mujer con los ojos negros como la noche y los pómulos rosados, cubiertos de lágrimas. La mujer no levantó la vista al rozar con el hombro al Fabricante de Muñecas, ni le saludó. Tenía la mente en otra parte, quizás en lo que fuera que la había hecho llorar.

Viendo a aquella mujer, Karolina pensó que en el gueto todo parecía estar hecho de dolor.

Los Trzmiel, que antes vivían en un amplio apartamento diáfano que siempre olía a las flores que Rena traía del parque, compartían ahora un espacio lúgubre y atestado con otras cuatro familias judías. La fuente de luz principal era la única ventana que daba a la calle; la otra, que daba a la ciudad, había sido tapiada. Solo había dos camas de verdad y unos cuantos colchones llenos de bultos pegados a las paredes.

171

Había unos cuantos niños sentados en los colchones, y todos tenían la misma expresión, tensa y asustada. Pero dos de ellos le sonrieron al Fabricante de Muñecas en cuanto asomó por la puerta: Rena y su amigo Dawid.

—¡Señor Brzezick! ¡Karolina! —Rena se puso en pie de un salto y atravesó la habitación corriendo, lo cual no le llevó mucho rato, ya que no había gran cosa que cruzar. Había perdido peso, y también aquella redondez del rostro que le hacía parecer una muñeca. También había crecido mucho. Cuando abrazó al Fabricante de Muñecas, casi le llegó a los hombros. ¿Cuánto tiempo haría que no veía a Rena? ¿Casi dos años? Karolina se entristecía solo de pensarlo.

—Hola, Rena ¡Has crecido mucho! —dijo él, y tragó saliva, intentando contener el llanto.

—Ya tengo doce años. Muy pronto seré tan alta como Papá —dijo Rena—. ¡Qué contenta estoy de verles! —Sacó a Karolina del bolsillo del Fabricante de Muñecas y le susurró con la misma reverencia que si estuviera compartiendo con ella su mayor secreto—: Te he echado de menos, Karolina.

—Yo también te he echado de menos.

Pese a lo mucho que quería al Fabricante de Muñecas, él era un adulto. Ser querida por una niña como Rena era algo diferente, muy especial.

—No ha querido quedarse en casa —dijo el Fabricante de Muñecas, guiñándole un ojo a Rena—. Ya sabes cómo es.

—Mysz es igual. ¡No soporta que lo deje en casa! —Metió la mano en el vestido de su ajado vestido y sacó al ratón de juguete.

Mysz se puso sobre dos patas y saludó al Fabricante de Muñecas desde la palma de la mano de Rena. Parecía todo un guerrero: llevaba un uniforme de color tierra con botones de latón que brillaban a la tenue luz de la sala, y una vaina de cuero colgada del cinto.

—Señor —dijo Mysz—, es un placer volver a verle.

—¿Ahora estás en el ejército de verdad? —le preguntó Karolina, observando su uniforme.

172

—Me lo ha dado Dawid. Pertenecía a uno de sus soldados de juguete —le explicó Mysz. Sacó una fina espada plateada de la vaina y cortó el aire con ella, haciendo huir a sus amigos invisibles en todas direcciones—. También nos enfrentamos en duelos, para que pueda practicar.

—La espada en realidad es una aguja de coser —dijo Rena—. Dawid usa un lápiz. A veces tenemos que usarla para coser, del mismo modo que tomamos prestado el lápiz para escribir. Pero Mysz ha adquirido práctica en la lucha con la espada.

Jozef, que había oído llegar al Fabricante de Muñecas, apareció en el umbral de la puerta de una de las habitaciones contiguas. Parecía menos frágil que la última vez que lo había visto Karolina, como si la esperanza le hubiera dado fuerzas.

—¡Cyryl! —dijo, pero esta vez no hubo apretón de manos; abrazó al Fabricante de Muñecas, dándole unas palmadas en la espalda—. ¡Cómo me alegro de verte! ¿Cómo estás? ¿Cómo está Karolina?

—Los dos estamos bien. Pero no puedo quedarme mucho tiempo.

—¿Cuánto tiempo tienes?

—Veinte minutos. Ahora menos.

Jozef habría deseado que la visita fuera más larga, pero desde un principio podía imaginarse que no sería así.

—¿Qué necesitas?

—Aún tenéis la vieja casa de muñecas de Rena, ¿verdad? —preguntó Karolina.

Tal como se esperaban, Jozef se sorprendió:

—¿La casa de muñecas?

—Tengo que llevármela. Por favor, no me digas que ya no la tienes.

—Sí, aún la tenemos. Pensé en venderla, pero nadie tiene dinero para comprarla. Hemos estado comprando comida de estraperlo a través de los huecos del muro del gueto, y gracias a eso no nos hemos muerto de hambre.

—¿No es peligroso? —dijo Karolina.

—Sí que lo es. Pero ¿qué otra cosa podemos hacer? No hay otro modo de sobrevivir —dijo Jozef. Pero para no asustar a Rena con sus peligrosas andanzas enseguida cambió de tema—. Iré a buscar la casa de muñecas.

Aquella confianza, pensó Karolina, era más valiosa que cualquier anillo de oro o cualquier joya. Jozef no solo ponía su vida en manos del Fabricante de Muñecas, sino también la de Rena. Y su querida hija era su mayor tesoro.

Los niños, que se habían mostrado tímidos como conejitos al ver llegar al Fabricante de Muñecas, parecían ahora muy interesados en conocer su plan. Tanto sus padres como Jozef les habían explicado que iban a salir del gueto, y todos, hasta el más pequeño —un niño de no más de dos años, con la cabeza cubierta de tirabuzones—, eran conscientes del peligro que suponía la huida.

—Yo le recuerdo. Usted es el fabricante de juguetes de la plaza mayor, ¿verdad? —le dijo una niña con una vistosa gorra roja, mientras Jozef desaparecía en la otra habitación. Karolina se encogió al ver aquella gorra, pensando que sería un gran re-

173

clamo para los lobos. Pero lo que más le llamó la atención fueron los ojos de la niña. Se parecían a los ojos de la mujer que lloraba en la escalera, y de pronto Karolina supo por qué estaba tan triste la mujer. Era la madre de la niña, y se había desprendido de ella con la esperanza de encontrar un nuevo hogar más seguro.

—Sí, soy yo —dijo el Fabricante de Muñecas.

—El señor Trzmiel le ha prometido a nuestros padres que usted nos llevará a un lugar seguro —dijo Dawid. Tenía en brazos a una niña que Karolina supuso que sería su hermana menor, y se sintió muy orgullosa de él por mostrarse tan sereno.

—Mantendré mi promesa —dijo el Fabricante de Muñecas—. Pero tenemos que movernos rápido. En primer lugar, necesito saber vuestros nombres.

Ninguno de los niños se apresuró a darle su nombre. Revelar el propio nombre suponía un peligro para cualquier niño judío de Cracovia; el silencio suponía seguridad. Karolina lo entendía, pero también sabía que disponían de muy poco tiempo.

Dawid fue el primero:

—Yo soy Dawid, y esta es mi hermana, Danuta —dijo cogiendo a la pequeña y poniéndosela en el regazo. Ella saludó tímidamente con la mano, y luego volvió a meterse el pulgar en la boca. Lo chupaba con fruición.

La niña que había reconocido al Fabricante de Muñecas fue la siguiente, animada por Dawid:

—Yo me llamo Roza —dijo—. Y esta es mi prima Sara —añadió, dando un golpecito con el codo a la niña de trenzas rubias que había a su lado. Sara tenía los labios apretados en lo que parecía un mohín permanente, y se cruzó de brazos, como negándose a decir nada más.

Uno a uno, el resto de los niños dijeron sus nombres, ofreciéndoselos al Fabricante de Muñecas como tesoros. Estaban Eliaaz y Aron, Michel y Rubin, Razka y Leja, Perla y Gilta. La última fue Rena, aunque por supuesto ella no necesitaba presentación.

174

Jozef volvió con la casa de muñecas en brazos justo cuando acababan las presentaciones. La puso en el suelo y se quedó esperando, mientras el Fabricante de Muñecas repetía los nombres de los niños murmurando, una y otra vez, hasta que a Karolina le sonaron como un poema.

Una vez memorizados, el Fabricante de Muñecas se arremangó hasta los codos y les dijo a los niños:

—Vais a abandonar el gueto en la casa de muñecas, y eso significa que vais a volveros muy pequeños y que vais a estar muy, muy callados.

Jozef levantó una ceja al oír aquello.

—¿Y cómo vas a hacerlo, Cyryl?

—Los magos pueden hacer muchas cosas, entre ellas reducir a la gente lo necesario para que quepan en una casa de muñecas —dijo Karolina.

—Te creo —dijo Jozef, asintiendo.

Mysz saltó de las manos de Rena al suelo. Era un salto que un ratón normal nunca habría podido dar, pero él ya no era un frágil ratoncito. El pequeño soldado desenvainó la espada y se la dio a Karolina.

—No quiero asustarlos —dijo—. Por favor, guárdamela, Lady Karolina.

Karolina asintió y la sostuvo, manteniendo la punta afilada hacia abajo.

—Poneos en fila y quedaos completamente quietos, por favor —dijo Mysz. No parecía preocupado, y por tanto, tampoco lo estaban los niños, que siguieron sus instrucciones enseguida y sin decir nada.

—Puedes hacerlo —le dijo Karolina al Fabricante de Muñecas, una vez los niños estuvieron en fila.

—Eso espero —dijo el Fabricante de Muñecas, y cerró los ojos.

Karolina intentó no pensar en que cada segundo que pasaba era un segundo que perdían para siempre. El Fabricante de Muñecas no había hecho nunca algo así, pero ¿no podía darse más prisa? Brandt podía subir las escaleras en cualquier momento. ¿Qué sería entonces de los niños y de Jozef?

175

—Por favor —dijo el Fabricante de Muñecas, mientras la luz envolvía a los niños—. Por favor.

¿Estaría pidiéndole a su dios que le diera poder, o rogándole a su propia fuerza que no lo abandonara? Karolina pensó que quizá fueran ambas cosas.

La luz se volvió cada vez más intensa, hasta el punto de que Karolina tuvo que fruncir los párpados. ¿Sentirían algo diferente los niños, envueltos por la magia del Fabricante de Muñecas? Seguro que sí, pero ninguno de ellos se atrevió a abrir los ojos.

Cuando por fin la luz menguó, Karolina vio que las trece figuritas en el centro de la sala no eran niños, sino una serie de muñequitas de madera de pino, tela y cordel, muy parecidas a su versión humana. El Fabricante de Muñecas y su magia habían capturado perfectamente la profundidad de los ojos de Rena, y las trenzas de Sara no habían perdido ni un mechón durante la transformación.

—¡Hurra! —gritó Mysz—. ¡Lo ha conseguido!

Jadeando, el Fabricante de Muñecas se apoyó en el marco de la puerta, intentando recuperar el aliento. Se secó el sudor de la frente con la manga, y luego se persignó.

—Gracias a Dios. Gracias a Dios que ha funcionado —murmuró.

Jozef no podía ni hablar. Se quedó mirando primero a su hija, y luego al Fabricante de Muñecas. La primera en hablar fue Rena.

—¡Mira, Papá! —dijo, abriendo los brazos—. ¡Ahora soy como Karolina!

Jozef levantó a su hija, convertida en muñeca, besó doce veces la mejilla de madera de Rena, y le hizo doce promesas:

—Aunque sea tan viejo que mis huesos sean frágiles como el yeso, te encontraré. Aunque nos separe un océano, te encontraré —le dijo.

Los promesas que le estaba haciendo serían difíciles de

mantener, pero Rena no mostró ningún signo de que no creyera a su padre cuando se despidió. Si Jozef decía que volvería a buscarla, eso es lo que haría.

Mientras Rena y Jozef se despedían, el Fabricante de Muñecas recogió a todos los otros niños y los metió en la casa de muñecas. Al igual que Karolina, tenían el tamaño perfecto para los muebles en miniatura, pero tardaron un momento en decidir dónde sentarse.

—No poséis —les aconsejó Karolina—. Os pondréis muy rígidos, y acabaréis moviéndoos.

—Sí. Y necesito que os mováis lo menos posible —añadió el Fabricante de Muñecas—. Nuestra seguridad depende de ello.

Mysz subió a la casita y se sentó junto a Aron, el niño más pequeño. Se llevó la mullida patita a la boca, con su sonrisa cosida, y luego la apoyó suavemente sobre la boca de Aron. El pequeño asintió, y Mysz retiró la patita. Hasta él entendía lo necesario que era mantener silencio.

Rena le dio un último abrazo a su padre, y luego dejó que la colocara en el salón de la casita de muñecas. Se sentó entre Roza y Sara, y les cogió la mano a las dos.

—No podéis hacer ningún ruido, aunque tengáis miedo —les recordó.

—Yo no tengo miedo —dijo Roza. Quizá dijera la verdad, pero Karolina observó que no soltaba la mano de Rena.

El Fabricante de Muñecas se preparó para marcharse. Jozef le aguantó la puerta con el pie. Sus botas, como el resto de su vestimenta, habían visto mejores días.

—Déjame que te ayude a bajar las escaleras —dijo.

—Ya me las arreglaré —insistió el Fabricante de Muñecas—. No quiero que Brandt te vea.

—Si intentas hacerlo tú solo, te caerás, se romperá la casita y será el fin del plan —dijo Karolina, desde el bolsillo. Era la única que se había quedado fuera de la casita, y tenía la espada de Mysz agarrada contra el pecho.

La idea de fallarles a Rena y a los otros niños hizo que el Fabricante de Muñecas cediera. Dejó que Jozef cogiera un lado de la casa de muñecas, y él la cogió del otro. Los dos hombres maniobraron con cuidado por la sinuosa escalera, y Karolina observó todo el proceso con nervios, desde el bolsillo. Debían de haber estado más de un cuarto de hora en el apartamento de Jozef, y sin duda Brandt empezaría a sospechar.

Cuando llegaron, observó, consternada, que tenía razón. Jozef y el Fabricante de Muñecas se encontraron con el capitán brujo en las escaleras.

—Han pasado veinte minutos. Estaba a punto de subir para ver si tenía algún problema, Herr Birkholz —dijo, con el dedo sobre el elegante reloj de oro que llevaba en la muñeca.

Desgraciadamente, Karolina reconoció el reloj: era el mismo que Brandt le había quitado al hijo del profesor hacía tanto tiempo.

Los ojos azules de Brandt se cruzaron con los oscuros de Jozef por encima de la chimenea, y el odio mutuo que se profesaban se hizo palpable. Los hombres como Brandt eran los culpables de la desgracia de Jozef. Y Brandt, a su vez, estaba convencido de que el padre de Rena y su pueblo eran el motivo de todo el sufrimiento que había atravesado su país en el pasado.

—Siento haber tardado tanto —dijo el Fabricante de Muñecas, intentando aliviar la tensión—. Me temo que mi pierna no me permite moverme bien por las escaleras.

Brandt se metió el reloj en el bolsillo. Con un tono que indicaba que estaba muy molesto por aquellos cinco minutos de más, dijo:

—Es una lástima.

Luego hizo un gesto con la cabeza en dirección a Jozef.

—Dale la casa de muñecas a Herr Birkholz y sal de aquí. ¡Venga!

Karolina sintió una explosión de rabia en el pecho. ¿Cómo podía soportar Jozef que el capitán de los brujos se comportara como si fuera mejor que él?

Sin embargo, se daba cuenta de que un padre amoroso haría cualquier cosa por el bien de su hija.

Con pesar, Jozef colocó bien la casa, de modo que el Fabricante de Muñecas pudiera sostenerla solo. En su interior, trece niños y un pequeño ratoncito aguantaron la respiración.

Cuando volvió a tener libres las manos, Jozef dio un paso atrás y saludó a Brandt como se le exigía. Se quedó mirando la casa de muñecas un momento más, dio media vuelta y volvió a subir las escaleras.

Karolina se preguntaba cuándo podría volver a ver Jozef a su hija... o si la volvería a ver. Hizo un esfuerzo para evitar pensar en ello pero, a pesar de sus esfuerzos, la idea seguía presente en su mente, como la araña hecha por Brandt.

—En su tienda he visto animales de juguete parecidos a ese ratón, pero las ropas que llevan esas muñecas son algo roñosas en comparación con las que suele ponerles —comentó Brandt, mientras volvían caminando por el gueto. Mientras lanzaba su acusación metió una mano en el interior de la casita y tocó el borde del vestido de Sara.

—Son muñecas viejas —se apresuró a responder el Fabricante de Muñecas—. Karolina me ayudará a hacerles vestidos nuevos. Yo ya no puedo coser, cada vez tengo las manos más rígidas.

—Parece que le es de gran ayuda —dijo Brandt, aunque no apartaba la vista de los niños-muñecos. ¿Y si uno de ellos parpadeaba?

—Pues sí que lo soy —dijo Karolina, intentando distraerle.

Brandt asintió con un gruñido y apartó a Sara de un empujón.

—Me temo que no tengo tiempo de acompañarle de nuevo a la tienda. He recibido una llamada —le dijo al Fabricante de Muñecas.

—No hay problema —respondió él. Karolina esperaba que su gesto de alivio no resultara demasiado obvio al capitán brujo—. Ya cogeré el tranvía. Gracias por su ayuda.

—De nada. Estoy seguro de que nos iremos viendo. Me encantaría poder ver la casa con más detalle. —Se bajó la visera de la gorra, mostrándoles su insignia en forma de cráneo, y el Fabricante de Muñecas sonrió. Con cuidado de no mover demasiado la casita, el Fabricante de Muñecas emprendió el camino hacia la plaza mayor. Pero antes de que pudiera alejarse Brandt extendió el brazo... y le sacó a Karolina del bolsillo.

Ella intentó gritar, pero Brandt le puso el pulgar sobre la boca antes de que pudiera hacerlo, y Karolina no pudo hacer otra cosa que observar cómo el Fabricante de Muñecas iba alejándose cada vez más. La parte superior de la casa de muñecas iba moviéndose rítmicamente con sus pasos, como un corcho blanco entre el mar de gente que volvía a sus casas tras un largo día de trabajo.

—Tú —le dijo Brandt a Karolina mientras el Fabricante de Muñecas desaparecía entre la multitud— te vienes conmigo.

23

La montaña de cristal

*K*arolina se sentía algo menos sola en el bosque al contar con la compañía de Fritz. Su cálida presencia evitaba que la oscuridad del bosque llenara los espacios vacíos de su interior; los vínculos forjados en la guerra eran fuertes como cadenas de hierro.

Karolina y el soldado encontraron a muchas otras muñecas por el camino, pero estos encuentros siempre eran dolorosamente breves.

—Venid con nosotros —les rogaba Fritz—. Quizá podamos salvar la Tierra de las Muñecas, con la ayuda del viento bondadoso.

Pero las otras muñecas se limitaban a sacudir la cabeza.

—No podemos salvar el mundo —le dijo una muñeca de porcelana con melena pelirroja.

—No tengo ningunas ganas de que las ratas me capturen y me quemen solo por ayudaros —dijo una muñeca de trapo con botones como ojos—. Yo me quedo aquí.

Así que Fritz y Karolina dejaron a las otras muñecas en el bosque, aunque Karolina tuvo la impresión de que a partir de entonces el soldado arrastraba algo más los pies. No podía culparle por su desánimo.

Cuando llegaron por fin a los pies de la gran montaña de

cristal, Karolina hizo una pausa para levantar la vista y observar su cumbre escarchada. ¿Y si habían llegado hasta allí para nada?

—¿Karolina? —dijo él, al ver que se había detenido—. ¿Pasa algo?

—Es solo que no quiero fallarle a nadie —respondió Karolina—. Aunque esas otras muñecas no hayan querido ayudarnos, yo sigo queriendo ayudarles. Pero ¿y si no lo conseguimos?

—Juro por la corona de la reina que haré todo lo que esté en mi mano para salvar la Tierra de las Muñecas —dijo Fritz—. De uno u otro modo.

Era la promesa más solemne que podía haberle hecho, y aunque estaba cansada, Karolina se sintió algo mejor. Se anudó la falda sucia a la altura de la cintura para no tropezar con ella al trepar y reemprendió el camino.

Karolina tenía que creer en Fritz. Y en sí misma.

24

La casa del brujo

*B*randt se sacó a Karolina del bolsillo y, al hacerlo la muñeca vio que casi había vuelto al inicio de su propia historia: volvía a estar en el antiguo apartamento de Jozef y Rena. El brujo se lo había agenciado y lo había llenado con sus posesiones. Pero aun así parecía vacío. En lugar de las fotografías de Rena y de su madre había fotografías de la hermana y el sobrino de Brandt. En un lugar de honor, sobre la chimenea, había un retrato de Adolf Hitler, junto con un rifle. Karolina pensó en lo absurdo y doloroso que resultaba que Hitler gobernara sobre una parte tan grande del mundo de los humanos, y que al mismo tiempo se mostrara tan inhumano con los pueblos que había conquistado.

Brandt dejó a Karolina sobre la mesa donde antes estaba la casa de muñecas de Rena, y se acercó a la chimenea. Un enorme pastor alemán descansaba en la alfombra que había al lado.

—Esa fue el arma que usé para abatir al pájaro rojo en el campo —dijo, señalando al rifle con la barbilla—. Cuando le disparé cayó como una estrella. No era más que un patético animal, pero en aquel momento fue bonito.

Karolina no dijo nada. ¿Qué esperaba que hiciera? ¿Felicitarle por haber matado a un mito viviente? No quería desperdiciar ni una palabra con Brandt.

—Si no me hablas, no me resultarás útil, y entonces lo mismo da que te use para avivar el fuego —dijo Brandt, como si le leyera los pensamientos. Se sacó una cerilla del bolsillo, la encendió y la tiró al montón de troncos que había en el hogar, que prendieron casi al instante—. O podría darte a mi sobrino cuando venga a casa. No es lo que se dice especialmente cuidadoso con los juguetes.

«Ni con los animales», pensó Karolina con tristeza. Pero no podía permitirse acabar quemada, como querían las ratas. Necesitaba escapar, volver junto al Fabricante de Muñecas, que estaría preocupado en cuanto se diera cuenta de su desaparición.

Karolina se puso en pie y apuntó a Brandt con la espada de Mysz, aunque no sabía hasta qué punto le podía ser útil como arma.

—No debería haberme robado —dijo—. El Fabricante de Muñecas va a enfadarse. Él solo quiere vivir en paz.

—No puedes esperar que alguien con el talento de Herr Birkholz lleve una vida tranquila, ¿no? —respondió Brandt con una sonrisa burlona—. Los magos están llamados a ser gente importante y destacada.

Karolina querría decirle la verdad a Brandt: que por mucho que fingiera serlo, nunca sería un mago de verdad. Había robado más magia al mundo de la que había creado.

—Siempre hay alternativa —se limitó a decir—. Y el Fabricante de Muñecas ha decidido llevar una vida tranquila y hacer el bien.

—¿Y esa casa de muñecas? ¿Forma parte de su vida tranquila? No soy idiota. Sé que ese judío que ayudó a Herr Birkholz a cargar con la casa de muñecas era el mismo con el que había hablado en la calle. Tu amigo me está mintiendo.

—¿Y qué pasa si es el mismo hombre? —dijo ella, cruzándose de brazos—. El Fabricante de Muñecas solo quería hablar con él para recuperar la casa por la que había pagado. Eso esta tarde le parecía bien.

Por inteligente que fuera Brandt, Karolina no pensaba que sospechara de los niños-muñeco, pero si seguía investigando quizá descubriera lo que había hecho el Fabricante de Muñecas. Y los niños judíos, fueran humanos o tuvieran aspecto de muñeca, seguramente no recibirían un buen trato por parte de alguien como Erich Brandt.

El capitán brujo pareció satisfecho con la explicación de Karolina, pero eso no evitó que la atacara.

—Dices que eres especial, y sin embargo Herr Birkholz no pareció darse cuenta de que desaparecías —dijo Brandt—. Quizá se haya cansado de ti. No puedo culparle. ¿Quién quiere a una muñeca bocazas con la cara rota?

—El Fabricante de Muñecas es mi mejor amigo. Yo fui creada para formar parte de su vida —se defendió Karolina. La forma de hablar de Brandt le hacía sentir como si se hubiera clavado una de sus agujas de coser en el corazón. Pero no le daría a aquel brujo la satisfacción de ver su reacción.

—La gente se aburre de los juguetes. Pasan a otra cosa. Algunas personas quieren a sus perros más de lo que quieren a sus muñecos —añadió Brandt, doblando una rodilla para acariciar a su perro, que le olisqueó la palma de la mano con un afecto innegable, provocando una reacción de rechazo inmediata en Karolina. Le parecía imposible que ninguna criatura pudiera sentir afecto por un hombre tan malvado como Brandt.

—Él nunca hará algo así —dijo Karolina—. No se dedicaría a fabricar muñecas si fuera como otros adultos.

—Eres muy lista para ser un trozo de madera —respondió Brandt, sacándose un cigarrillo del bolsillo y encendiéndolo en el fuego. Inhaló el humo, que se le escapaba por las comisuras de la boca. Karolina se preguntó si no habría vuelto el dragón a Cracovia, después de tantos años.

—Y tú eres muy listo para ser un montón de piel y músculo —replicó Karolina, dejando ya de lado cualquier fórmula de respeto.

—Podría tirarte al fuego ahora mismo —dijo Brandt, tranquilamente—. No serías la primera muñeca que quemo.

—El Fabricante de Muñecas lo sabría, y no volvería a hablar contigo —dijo Karolina. Intentó no mirar hacia las llamas, pero es difícil no mirar hacia lo que nos da miedo.

185

—Eres igual que Fritz —murmuró Brandt—. No sabéis cuándo mantener la boca cerrada. Ese estúpido soldado no estaba de acuerdo con lo que estaba haciendo Alemania. Decía que las ratas habían invadido el mundo de los humanos y que el Führer era la mayor rata de todas. Me dijo que creía haber llegado a este mundo para evitar que me implicara en la guerra. Según decía, la guerra nunca podría ser algo glorioso.

»Le creí, durante un tiempo. Era muy extraño. Demasiado... —Agitó los dedos, como si estuviera buscando la palabra—. Fritz era mi único amigo, y pensaba que le necesitaba. Yo era un chaval que apenas conocía el mundo. Pero cuando entré en las SS, por fin empecé a formar parte de algo. Me hizo fuerte. Intenté que Fritz entendiera todo lo bueno que estaba haciendo por Alemania, pero él se negaba a escuchar.

Karolina percibía a su alrededor el fantasma del chico que había sido Brandt, y en cierto sentido aquel chico le recordaba al Fabricante de Muñecas. Pero el capitán brujo había elegido vivir en el mal, mientras que el Fabricante de Muñecas había decidido ser bueno con los que le rodeaban. Y Karolina sabía que no había modo de recuperar al Brandt adolescente y su deseo inocente.

Estaba a solas con el monstruo en que se había convertido.

—Fritz no dejaba de discutir, así que decidí acabar con aquello. Una noche lo tiré al fuego. Le demostré quién era más fuerte.

La rabia se apoderó de Karolina, invadiéndola. ¿Cómo había podido hacerle aquello a su amigo? ¡También era amigo de él!

—Fritz era bueno. Nunca quiso hacerte daño. Era...

Brandt alargó la mano de pronto, y apagó la colilla de su cigarrillo apretándola contra la mesa, junto a Karolina. La punta, al rojo candente, quedó peligrosamente cerca del borde de su vestido.

—No era nada —dijo Brandt—. Intentaba debilitarme. ¿Y tú qué sabes de cómo era? No lo conocías.

—Sí que lo conocía. —Apartó el vestido de las brasas, pero fue un acto casi inconsciente. Estaba demasiado furiosa como para preocuparse por su seguridad—. Abandonamos la Tierra de las Muñecas al mismo tiempo.

—Probablemente habría cientos de muñecos exactamente iguales a él en tu país —dijo Brandt—. Y probablemente todos se llamaran igual.

—Fritz era único. Tenía una piel preciosa y oscura como la medianoche, y llevaba un uniforme plateado. Era valiente, y quería proteger la Tierra de las Muñecas. Y por lo que parece también quería ayudarte a ti.

La sonrisa de Brandt se apagó, como las brasas de su cigarrillo.

—Mientes —dijo, y su voz tembló como si le hubiera sacudido un terremoto.

Qué estúpidos podían llegar a ser los humanos cuando querían negar la verdad. Buscaban cualquier excusa posible para mantener a flote sus mentiras.

—Sabes que estoy diciendo la verdad —insistió Karolina.

—Que conocieras o no a Fritz no cambia nada —replicó Brandt, muy seco—. Ninguno de los dos sois nada mío. Lo único que hacéis es traer un poco de alegría a un hombre que ha perdido todos sus otros motivos de alegría en el mundo —añadió, disparando aquellas palabras contra Karolina como si fueran balas. Pero ella no iba a permitir que le hirieran.

—El Fabricante de Muñecas se sentía solo cuando nos conocimos —dijo Karolina—. Pero luego conoció a gente que le hizo feliz.

—Si realmente quieres que Birkholz sea feliz, deberías animarle a que colaborara conmigo —dijo Brandt, con voz suave—. Podría ayudarme a hacer de Alemania la mayor nación de la Tierra. Y no es polaco ni judío. En parte es alemán. ¿Por qué iba a ayudar a los débiles? ¿No es ese el objetivo de la magia: hacernos fuertes?

—Se supone que la magia debe ayudar a todo el mundo —dijo Karolina—, no solo a las personas que uno escoge.

Brandt soltó una risa de suficiencia.

—Qué simplones sois los muñecos… No entiendes el trabajo que hago yo, igual que Fritz.

—Destruyes vidas, haces daño a los niños y robas —dijo Karolina, sin más—. Igual que las ratas que Fritz quería derrotar en nuestro país.

El capitán dio un palmetazo con la mano en la mesa y Karolina perdió el equilibrio, cayendo de culo.

—¡Ya basta! —dijo Brandt—. No quiero oír hablar de Fritz ni de la Tierra de las Muñecas. No quiero oír nada más de todo eso. La magia nos pertenece a mí y a Birkholz; tú no eres más que el resultado de ella.

—Cree lo que quieras —dijo Karolina, con una elegancia y dignidad propias de la reina a quien Fritz había encomendado su cuerpo y alma—. Pero en el fondo sabes que no es así, del mismo modo que sabes que lo que le haces a la gente del gueto no está bien.

—Yo no hago más que seguir órdenes —dijo Brandt—. Soy un militar. ¿Qué quieres que haga?

—El Fabricante de Muñecas te diría que puedes luchar contra lo que está ocurriendo en Cracovia —respondió Karolina—. Él también fue militar, y también lo era Fritz. Pero ellos no les harían daño a personas inocentes, por mucho que se lo ordenaran. Siempre puedes elegir.

Brandt recogió su gorra de la silla y se la encasquetó en la cabeza. Tenía el aspecto de un niño petulante vestido con las ropas de su padre, decidido a arreglar el mundo así vestido.

—Si tanto significas para Birkholz, accederá de buen grado a ayudar a Alemania a cambio de recuperarte. Le llamaré por la mañana.

—Yo volveré con él de todos modos —dijo Karolina.

—¿Y cómo pretendes hacerlo? No eres más grande que una rata. Si eres capaz de irte por tus propios medios, tú misma. No estás prisionera: yo no te he arrestado.

—Quedarías muy tonto intentando arrestar a una muñeca —señaló Karolina, áspera.

—Con lo tranquilo que parece Birkholz, me pregunto cómo es que tienes la lengua tan afilada. No te iría mal una lección. —Se dirigió hacia la puerta principal, pero no había acabado con Karolina—. ¡*Soldat*! —gritó, y las orejas del perro giraron en respuesta a su orden. Por lo que parecía, Brandt tenía tanto poder sobre los hombres como sobre los perros—. ¡Ataca!

Karolina oyó los pasos del brujo alejándose por el pasillo y el portazo con que cerraba la puerta principal de la casa, pero apenas tuvo tiempo de entender lo que había sucedido, porque los dientes de *Soldat* la agarraron por el brazo izquierdo. La madera no se partió en dos, sino que se astilló, rompiéndose en una docena de pedazos. Karolina gritó, más alarmada que asustada. Con la mano buena agarró el mango de la espada de Mysz, pero el mordisco del perro era brutal. ¿Y si *Soldat* le destruía el cuerpo hasta tal punto que la mandaba de vuelta a la Tierra de las Muñecas?

No permitiría que sucediera. No dejaría solo al Fabricante de Muñecas.

—¡No voy a irme de este mundo! ¡Aún no! ¡No ha llegado el momento!

Karolina gritó, y le clavó la espada-aguja de Mysz en el morro a *Soldat* con todas sus fuerzas. El perro soltó un gemido, y Karolina cayó en la alfombra. Le costó ponerse en pie apoyándose en un solo brazo, pero tenía que acostumbrarse. ¿Sería aquello lo que había sentido el Fabricante de Muñecas al despertarse y encontrarse con que había perdido la pierna?

Karolina se coló bajo el sofá justo en el momento en que *Soldat* se lanzaba a por ella. Aunque con el negro morro llegó a rozarle los zapatos, sus afilados dientes no podían llegar hasta ella. ¿Cómo iba a volver junto al Fabricante de Muñecas si el perro la vigilaba de cerca?

Karolina pensó que si esperaba a que *Soldat* se durmiera de nuevo frente a la chimenea podría escabullirse y escapar antes de que Brandt o alguno de sus temibles parientes volvieran a presentarse. Podría. Pero no podía quedarse escondida bajo el sofá para siempre, por atractiva que le pareciera la idea de mantenerse alejada del perro.

Ojalá Fritz hubiera estado a su lado. Él sí sabía mantener la calma frente a la adversidad. Entonces Karolina oyó que la puerta principal se abría de nuevo, y palideció. ¿Habría olvidado algo Brandt, o habría regresado para regodearse con el daño he-

189

cho por *Soldat*? Las pisadas eran ligeras como las de un bailarín. ¿Qué otra persona podría entrar en el piso?

Soldat emitió un único ladrido antes de que alguien dijera:

—Tranquilo, chico. Tranquilo. No voy a hacerte daño.

En la mente de Karolina aquella voz sonó como las campanas de la iglesia, alegre e inexplicablemente familiar.

Con el corazón saltándole en el pecho, Karolina asomó la cabeza bajo el sofá, atenta por si *Soldat* seguía allí de guardia.

No fue el perro de Brandt el que la esperaba allí fuera.

—¡Jánošík! —exclamó Karolina. Tenía la impresión de que nunca le había hecho tanta ilusión ver a alguien en uno u otro mundo.

—¡Hola, Karolina! —dijo Jánošík, recogiéndola de la alfombra—. Iba a desvalijar a este capitán alemán y fíjate, te he encontrado a ti. El Fabricante de Muñecas está buscándote por todos los rincones de la ciudad. ¿Qué haces aquí?

Le guiñó un ojo y Karolina supo que por fin estaba a salvo.

El ladrón y la muñeca salieron a toda prisa del apartamento de Brandt. Karolina observó que las cortinas de todas las casas estaban corridas y las luces eléctricas de los escaparates apagadas, y se preguntó cómo conseguía orientarse Jánošík por las oscuras calles, y además avanzar tan rápido que prácticamente no tocaba los adoquines con las suelas de sus botas.

—¿Cuándo llegaremos a casa? —le preguntó. No había estado fuera de la tienda de noche casi nunca, y le costaba reconocer los elementos de referencia de la ciudad, envueltos en sombras.

—Ya casi hemos llegado —le susurró Jánošík.

—¡Eso espero! ¿No podría tener un poco más de cuidado? ¡No paro de dar tumbos!

—Siento el zarandeo. Pero es que no puedo tocar el suelo con los pies —dijo Jánošík, recolocándole la trenza—. Para los espíritus es como una ley de la física: no podemos alterarla.

—Pues me alegro de no ser un espíritu —refunfuñó Karolina.

Tal como le había prometido Jánošík, enseguida apareció en el horizonte la gran torre de la basílica de Santa María, y Karolina sintió un escalofrío de emoción. Se agarró a la manga de Jánošík con fuerza, casi temiendo no llegar nunca a la torre.

El ladrón se detuvo un momento antes de entrar en la plaza principal. Karolina sabía que los alemanes solían patrullar la zona de noche, pero eso no le ayudó a superar la impaciencia. Ya veía la puerta azul de la tienda, y no le dejaban acercarse a ella.

Jánošík esperó unos minutos antes de echar a correr por la plaza, ocultándose tras las largas sombras de los edificios. Subió los tres escalones de la tienda de una zancada y llamó a la puerta. No perdió el tiempo:

—¡Mago! ¡Sal enseguida! Soy yo, Jánošík —susurró.

No salió nadie. ¿Dónde estaba el Fabricante de Muñecas? ¿Le habrían arrestado? ¿Qué sería entonces de los niños-muñecos? Tras lo que les pareció una eternidad, el pomo de la puerta crujió y en el umbral apareció el Fabricante de Muñecas, rodeado del brillo tenue de la luz de una vela.

Aún aturdido y antes de que pudiera articular palabra, vio cómo Jánošík le colocaba a Karolina entre los brazos. Ella se giró y lo abrazó, algo que le resultó aún más complicado que antes, ahora que solo tenía un brazo.

—Brandt se me llevó —dijo Karolina, respondiendo a la pregunta que no conseguía hacer el Fabricante de Muñecas—. Me sacó de tu bolsillo cuando te alejabas con la casa de muñecas en brazos. Pero eso ya no importa: Jánošík me ha encontrado y ya estoy aquí otra vez.

—Brandt ya ha robado demasiadas vidas —dijo Jánošík, con una sonrisa tan afilada como la daga que seguramente llevaba—. Al menos he podido recuperar una.

—No… No sé cómo agradecerle que me haya traído a Karolina a casa —dijo el Fabricante de Muñecas, pero Jánošík no le dejó seguir.

—Entre en casa —dijo—. Ya hace tiempo que ha sonado el toque de queda, y tiene que ir con cuidado. A partir de ahora Brandt buscará cualquier excusa para complicarle la vida.

191

—Sus ojos brillaban como los de un animal, desterrando cualquier idea que hubieran podido tener Karolina o el Fabricante de Muñecas sobre su humanidad—. Sé lo que ha hecho, y es exactamente lo que esperaba que hiciera. Cuide bien a los niños.

El misterioso personaje se fundió de nuevo en la oscuridad con un gesto de la mano, y desapareció, como si nunca hubiera estado allí.

El Fabricante de Muñecas entró de nuevo en la tienda y cerró bien la puerta tras él.

El Fabricante de Muñecas, Mysz y Karolina se quedaron en la planta baja de la tienda para no despertar a los niños-muñecos; hasta los más mayores estaban profundamente dormidos en la cama de él. Había sido un día muy intenso, pero nada agradable.

—¿Estás segura de que no te duele? —le preguntó el Fabricante de Muñecas a Karolina, rozándole con los dedos el trozo de brazo que asomaba por debajo de la manga rota.

—Antes sí, pero ya no. No tienes que preocuparte tanto —dijo Karolina, apartándole la mano—. En realidad no es tan grave. ¡Y ahora somos iguales! A ti te falta una pierna, y a mí me falta un brazo —añadió, dando un tirón a la manga vacía con la otra mano.

—No todas las muñecas sobrevivirían a un enfrentamiento con una criatura del tamaño de un perro —observó Mysz.

—Le clavé tu espada para quitármelo de encima —dijo ella—. Si no me la hubieras dado no habría podido escapar.

—Karolina, siento mucho haberte perdido.

—No fue culpa tuya —dijo Karolina—. Pero Brandt no va a estar nada contento cuando descubra que ya no estoy. Si viene aquí y registra la tienda o tu apartamento... —No quiero pensar qué podría pasarles a todos ellos.

Mysz trepó al hombro del Fabricante de Muñecas, y agitó el rabo a su espalda adelante y atrás, como el péndulo del viejo reloj del abuelo.

—Pero Brandt debe de pensar que los niños son muñecos normales y corrientes —dijo el ratón—. Si hubiera sabido quiénes eran, también habría intentado llevárselos.

—Eso no quiere decir que no lo descubra más adelante —dijo el Fabricante de Muñecas—. ¿Te ha dicho algo más, Karolina?

Pese a que habría deseado contarles la verdad, el dolor por la desaparición de Fritz aún le resultaba demasiado intenso como para contárselo a Mysz y al Fabricante de Muñecas. Aún no estaba lista para hablar de ello.

—Brandt piensa que los dos deberíais colaborar para que Alemania alcance la gloria, pero eso no es nada nuevo —dijo Karolina, envolviendo la muñeca de su amigo con el brazo y apoyando en ella su mejilla; el ritmo de su pulso le resultaba tan familiar como las canciones de Jozef.

—Pase lo que pase a partir de ahora, me alegro de haber sacado a los niños del gueto —dijo él.

—Yo también —dijo Mysz.

Karolina se apoyó en el Fabricante de Muñecas y pensó que aquello era como estar en familia. Aquello era sentirse en casa. Era una familia diferente a la mayoría pero… aun así era una familia.

El Fabricante de Muñecas recogió a Karolina con suavidad y le dijo:

—Intentaré arreglarte el brazo muy pronto. Y también la grieta del rostro. Necesitaré más tiempo, pero estoy seguro de que puedo hacer algo.

—Gracias —dijo Karolina.

25

Los niños de la iglesia

$\mathcal{F}$ue bajo el techo azul y dorado de Santa María donde el Fabricante de Muñecas contó todo lo que había hecho, arrodillado y con las manos juntas, en un confesionario.

—Perdóneme, padre, porque he pecado. Han pasado cinco días desde mi última confesión —dijo, protegido de oídos indiscretos.

—¿Solo cinco días? —respondió el padre Karol. Pese a lo poco que veía a través de la celosía de madera que separaba al sacerdote del Fabricante de Muñecas, Karolina se imaginó que el padre Karol habría arrugado el rostro como un papel al oír que alguien volvía al confesionario tan pronto. ¿Qué podría haber hecho el Fabricante de Muñecas que hiciera necesaria una visita tan urgente? Karolina se subió al regazo de su amigo. El padre Karol no podía verla, pero ella tendría que saludarle antes de que acabara la conversación.

—Sí —dijo el Fabricante de Muñecas—. He violado la ley. Y necesito su ayuda para romperla de nuevo. —Bajó la voz aún más—. Hay muchas personas que creen que los judíos de Cracovia están recibiendo lo que se merecen. Pero yo no creo que usted sea uno de ellos.

—Los judíos son nuestros conciudadanos. Y como tales deberían ser tratados —dijo el padre Karol en voz baja. No estaba dándole la razón exactamente. No era tan tonto como para hacerlo, sabiendo que cualquiera podría oír su conversación. La fe era un misterio para Karolina, pero era un alivio ver que el padre Karol valoraba las vidas de los Trzmiel, cuando tantos otros no lo hacían.

—Entonces ayúdeme a ayudarles —dijo el Fabricante de Muñecas.

—¿Qué es lo que pretende hacer? —preguntó el padre Karol.

—Necesito un escondite. Para niños que han… —Se acercó, poniéndose de rodillas, y apoyó la frente contra la celosía de madera—. Bueno, no le parecerán niños cuando los vea.

—No le sigo —dijo el padre Karol lentamente, acercándose él también a la fina celosía.

El Fabricante de Muñecas levantó a Karolina y a Mysz para que pudieran ver y ser vistos a través de la celosía.

—Serán como yo —le dijo Karolina al padre Karol—. Solo que ellos son humanos. Yo siempre he sido una muñeca.

Mysz arrugó el morro, a modo de confirmación.

La reacción del padre Karol fue mucho más contemplativa que el pánico de Jozef o el entusiasmo interesado de Brandt. Alargó los dedos por entre la rejilla, rozando el borde del vestido rojo de Karolina y luego la suave cola de Mysz.

—¿Desde cuándo puede darle vida a los juguetes? —le preguntó el sacerdote.

—Hace años —dijo él, bajando la mirada. ¿Tendría miedo de que el padre Karol le dijera que su don era algo perverso? ¡Él nunca había querido hacerle daño a nadie!—. Sé lo que piensa, pero le prometo que no empecé a dar vida a los juguetes de forma intencionada. No estaba estudiando magia negra. Simplemente…

—Se sentía solo —dijo Karolina—. Me necesitaba a mí, y yo le necesitaba a él.

—Señor Brzezick, ¿cuántas veces me ha confesado sus pecados? —dijo el padre Karol—. Yo sé que es un buen hombre.

—¿Entonces nos ayudará? —dijo Mysz, tocando la mano del padre Karol con el morro.

—Si puedo, sí. Decidme qué es lo que necesitáis.

—Una niña llamada Rena y otros doce niños judíos viven con nosotros —dijo Mysz—. Pero necesitan ir a algún lugar más seguro.

—¿Rena? —dijo el sacerdote.

—Es la hija de un amigo judío —dijo el Fabricante de Muñecas—. Ellos dos me ayudaron a sacarlos del gueto —añadió, señalando a Karolina y Mysz.

—Fue terrible —dijo Karolina, echándose la mano al hombro izquierdo—. Un perro alemán me arrancó parte del brazo. El Fabricante de Muñecas dice que soy tan valiente como cualquier soldado, y que deberían darme un uniforme como el de Mysz.

—Desgraciadamente para nosotros, el soldado implicado es un oficial de las SS llamado Brandt —dijo el Fabricante de Muñecas.

—Ah, sí, lo sé todo sobre ese hombre —dijo el padre Karol, con un tono glacial—. Brandt es tan desalmado como un niño que no ve el dolor de los demás.

196

—Él también es mago —dijo Mysz—. Quiere que el Fabricante de Muñecas ayude a los alemanes.

—Yo desearía que no fuera así —dijo él—, pero es demasiado peligroso dejar a los niños en mi tienda.

—Lo entiendo —dijo el padre Karol—. En cuanto a los niños, puedo hacerme cargo de ellos si me los trae. Los reubicaré donde pueda, fuera de la ciudad.

Karolina cruzó la línea de la vida y la del amor de la palma de la mano del Fabricante de Muñecas, con cuidado de no pisarlas; su amigo ya había sufrido bastante dolor y desengaños.

—Yo no quiero que le pase nada a Rena por quedarse con nosotros —murmuró Karolina—, pero la voy a echar de menos.

—Yo también. Pero estará más segura aquí, con el padre Karol —dijo el Fabricante de Muñecas—. ¿Cuánto tiempo necesita? Me preocupa tener a los niños conmigo un momento más de lo estrictamente necesario.

—Venga el domingo tras la misa de la mañana y baje a la

cripta —dijo el padre Karol—. Para entonces ya les habré encontrado un lugar a los niños en el campo.

—Así lo haré —respondió el Fabricante de Muñecas. Cuando se disponía a levantarse, el cura trazó una cruz en el aire.

—Vaya con Dios —dijo el padre Karol.

Fue la bendición más sentida que había recibido nunca Karolina.

Aquella noche, los minúsculos Rena y Dawid le pidieron al Fabricante de Muñecas que encendiera dos velas en la mesa de la cocina para la celebración del *sabbat*. La familiaridad y la alegría del ritual pareció tranquilizar a los niños, que se encontraban muy lejos de casa y que tardarían en volver a ella. Rena y Dawid eran los mayores, por lo que tenían que dirigir la oración. Se cubrieron los rostros con las manos en señal de reverencia y rezaron. «Bendito eres, Señor, nuestro Dios, rey del universo, que nos has santificado con tus mandamientos y nos has enviado la luz de las luces del *sabbat*».

—Amén —respondieron los niños al unísono. Sus oraciones se elevaban en el aire como luciérnagas, guiándoles hacia su destino.

Karolina, Mysz y el Fabricante de Muñecas se mantuvieron apartados, para no interrumpir el rito de los niños. Aquel momento no les pertenecía.

—Yo quiero ir con vosotros cuando vayáis a ver al padre Karol —dijo Mysz en voz baja, para no molestar a los niños-muñecos.

—Serás un soldado, pero no eres lo suficientemente grande como para protegerlos de los alemanes —respondió Karolina—. Yo apenas pude defenderme de un perro alemán. ¡Figúrate de un brujo de verdad!

—Es verdad —dijo Mysz—. Pero no voy a alejarme de Rena. Le hice una promesa al Fabricante de Muñecas.

Sí, pensó Karolina, tenía razón. Era importante. Eso lo sabía bien.

—Me parece buena idea —dijo el Fabricante de Muñecas—.

197

Necesitarán a alguien que les acompañe. —Y luego, como si fuera una idea intrascendente, añadió—: Tú también deberías ir con ellos, Karolina.

—¿Ir con ellos? ¿Y quién se quedará aquí contigo?

—Yo puedo arreglármelas solo —dijo él, aunque Karolina estaba convencida de que su despreocupación era fingida. Recordó cómo estaba antes de que se conocieran, y cómo estaba ella.

—Yo no voy —decidió—. Quiero mucho a Rena, pero mi lugar es este, a tu lado.

—Karolina...

—Yo me quedo contigo —insistió Karolina—. No puedes obligarme a marcharme.

Dawid se giró, interrumpiendo la discusión antes de que pudiera ir a más:

—Venid con nosotros. ¿Queréis? —dijo.

—De acuerdo —dijo el Fabricante de Muñecas. Se les acercó, retiró una silla de la mesa y se sentó. Rena fue a situarse inmediatamente sobre la palma de su mano.

—¿Es un buen hombre el cura? —le preguntó.

—Sí —dijo el Fabricante de Muñecas—. Es muy buena persona. Se asegurará de que no os pase nada malo mientras estéis a su cuidado.

—Pero ¿y luego? —preguntó Sara, retorciéndose una de las trenzas y prácticamente dándole a Roza en la cara con ella.

Karolina se cubrió la boca con una mano, conteniendo una risita. ¡Desde luego el padre Karol y Mysz tendrían trabajo con Sara y su prima!

—¿Luego? —dijo Mysz.

—Lo que quiere saber es qué pasará después —dijo Rena—. Hemos estado hablando de ello, y nos preguntábamos... Cuando salgamos de la iglesia, ¿qué nos sucederá?

El Fabricante de Muñecas se quitó las gafas, doblando y desdoblando las patillas de alambre mientras pensaba.

—No os lo puedo decir con seguridad —dijo por fin—. Pero allá donde vayáis, recordaréis a vuestros padres, vuestra fe y Cracovia. Y cuando acabe la guerra... Cuando acabe la guerra haréis nuevos amigos. Tendréis vuestras propias casas. Abriréis negocios o pintaréis retratos. Cuando pase todo eso os daréis cuenta de que habéis crecido, e incluso de adultos recordaréis vuestro mundo de antes de la guerra.

—Eso… no suena nada mal —observó Dawid. Su hermana, a su lado, iba dando cabezadas, intentando mantenerse despierta. Resultaba difícil creer que alguien tan pequeño pudiera ser objeto de tanto odio por parte de los brujos, solo por haber nacido judía.

—No, no suena mal —dijo Rena, sonriendo.

Karolina estaba de acuerdo con Rena, pero se alegraba de que el padre Karol les hubiera querido ayudar. Sin embargo, aunque no lo decía, le preocupaba Brandt. Estaba segura de que, cuando se diera cuenta de que había desaparecido, volvería enseguida a la tienda, airadísimo. Y temía al capitán brujo tanto como temía a cualquiera de las ratas.

Pero el miedo no les protegería, ni a ella ni a los niños. Tenía que tener fe en el Fabricante de Muñecas y en el padre Karol, y en la magia que había hecho realidad tantas cosas imposibles.

199

El domingo por la mañana el Fabricante de Muñecas descendió a la cripta de la basílica de Santa María con su bolsa. Karolina, Mysz y los niños-muñecos iban dentro, dando botes. No habían dicho ni una palabra durante la misa, aunque Karolina percibía su emoción y su miedo presionándola, del mismo modo que él sentía el peso de sus cuerpecitos en la bolsa.

El padre Karol esperaba al Fabricante de Muñecas a los pies de la sinuosa escalera. Con su sotana negra parecía como si fuera vestido con las sombras que producían las velas de las paredes.

—Aquí no nos verán —dijo—. ¿Tiene…?

El Fabricante de Muñecas asintió y abrió la bolsa, apoyándola en el suelo para que Karolina, Mysz y los trece niños pudieran salir de ella. El padre Karol no se mostró sorprendido ni hizo ningún comentario al ver cómo iban descolgándose los niños y las niñas hasta el suelo; se limitó a apretar los labios con tanta fuerza que parecían una línea trazada con una tiza. El sacerdote debía de tener una gran imaginación que le permitiera creer en la magia, o quizá interpretara aquello como la voluntad de Dios.

Karolina estaba acostumbrada a estar entre niños. Brandt tenía razón: siempre eran los mejores clientes de la juguetería. Pero estar rodeada de niños de su tamaño seguía siendo para ella una experiencia nueva. Ahora que no tenían que guardar silencio, los murmullos y las risitas nerviosas de Rena y sus amigos revoloteaban en el aire como la mariposa de juguete.

El pequeño Aron intentó alejarse, y Mysz fue a recogerlo. Se pasaba el rato agarrando al pequeño, que veía todo aquello como un juego e intentaba escabullirse del ratón de juguete cada vez que tenía ocasión.

Eliaaz se puso de puntillas y le preguntó a Karolina:

—¿El mago también te convertirá en persona a ti? —dijo, tocándose los rizos de esparto y luego agarrando las trenzas de Karolina.

—Yo nunca he sido humana —dijo Karolina. El niño asintió.

Sara no perdió más tiempo; se dirigió al padre Karol y le preguntó:

—¿Vamos a tener que quedarnos aquí, en la iglesia?

No pareció que la pregunta pillara por sorpresa al cura:

—No os quedaréis aquí mucho tiempo —dijo—. Os he encontrado un lugar donde estar para todos. Tendréis quien se ocupe de vosotros hasta que se acabe la guerra y vuestros padres puedan venir a buscaros.

—Espero que la guerra acabe pronto. Echo de menos a mi mamá —dijo Perla, que aún no había levantado la mirada del suelo de piedra, por donde tantos cientos de personas debían de haber caminado desde la construcción de la basílica. Karolina sintió que estaban rodeados de historia, y a la vez haciendo historia.

—Ella también te echará de menos —respondió Mysz, que

por fin había conseguido que Aron se estuviera quieto—. Así que tendrás que ser fuerte por ella, y ella será fuerte por ti.

Perla miró al ratón.

—Lo intentaré —dijo.

—Todos lo intentaremos —dijo Dawid. Aún tenía cogida la mano a Rena y a su hermana, y por lo que veía Karolina no parecía que fuera a soltarlas en un futuro próximo. No sabía si les enviarían a todos al mismo sitio. Lo esperaba, pero no dijo nada.

El Fabricante de Muñecas se aclaró la garganta y les dijo a los niños:

—Sé que os parecerá extraño, pero ahora necesito que recuperéis vuestra forma original.

—¿Tenemos que convertirnos de nuevo en personas? —preguntó Leja, una niña de cabello negro con una cicatriz bajo el ojo—. Me gusta ser muñeca. Así me siento segura —añadió, girando sobre sí misma.

—Algún día querrás crecer —respondió él, con una voz suave como la piel de terciopelo de Mysz—. Y para eso tendrás que ser humana.

—Quizá sí —concedió Leja, aunque no muy convencida. No obstante debía de ver que las palabras del Fabricante de Muñecas tenían sentido, porque se puso en fila con los otros niños, balanceando los brazos.

El Fabricante de Muñecas levantó las manos, y Karolina se puso a su lado, observando cómo se le tensaban los músculos de las manos y de los brazos. Una vez más, una luz rodeó a los niños-muñecos, la luz fue desvaneciéndose gradualmente hasta desaparecer del todo y al apagarse dejó en el centro de la estancia a trece niños y niñas humanos que se frotaban los ojos y movían brazos y piernas, intentando adaptarse a unos cuerpos que les resultaban a la vez nuevos y familiares.

Karolina aplaudió, pero su celebración acabó bruscamente. Al Fabricante de Muñecas le fallaron las piernas de pronto. El padre Karol, que se había quedado mirando a los niños sin parpadear, salió de inmediato de su trance. Corrió hacia el Fabricante de Muñecas y lo sostuvo antes de que cayera al suelo.

Rena también fue a su lado y le cogió la mano.

—Señor Brzezick, ¿se ha hecho daño? Por favor, no me diga que se ha hecho daño.

—No os preocupéis por mí. Estoy bien —dijo él, pero tenía las líneas de expresión de los ojos y la boca más marcadas aún, y el cabello surcado de mechones plateados que antes no tenía. El Fabricante de Muñecas había envejecido en solo unos minutos, y la idea de que su corazón fuera perdiendo fuelle como el mecanismo de un reloj de cuerda le produjo un dolor inesperado en el pecho a Karolina. Siempre había supuesto que sería ella la primera en abandonar este mundo, no él.

Ahora veía que quizá no fuera así.

Pero no quería preocupar a los niños, que lo observaban; agarrándose las ropas y mordiéndose los labios nerviosamente, el Fabricante de Muñecas esbozó una sonrisa forzada.

—Estoy bien —repitió—. Y ahora vosotros estaréis más seguros. ¿Verdad, padre Karol?

—Sí —dijo el cura—. Sí que lo estarán.

Rena le cogió la mano y le dijo:

—Cuando acabe la guerra, vendrá a buscarnos a papá y a mí, ¿verdad? Así todo podrá ser como antes de la llegada de los alemanes.

—El verano que pasé contigo, con tu padre y con Karolina fue el mejor de mi vida. Lo recordaré siempre —respondió él. El amigo de Karolina por fin había manifestado su verdad, y el amor que había en aquella declaración le dio una gran satisfacción—. Espero que podamos compartir esa felicidad de nuevo un día.

—Siempre seremos amigos, por mucho que cambie Cracovia. Se lo prometo —dijo Rena, lanzándose a sus brazos—. Gracias. Y gracias también a ti, Karolina.

En ese instante, Karolina vio por un momento la mujer en que se convertiría Rena. Le dio la impresión de que, al igual que el Fabricante de Muñecas, había madurado desde su entrada en la cripta.

—No tienes que agradecernos nada —dijo el Fabricante de Muñecas, abrazando a Rena.

—Tiene razón —dijo Karolina—. Te queremos, y haríamos lo que fuera por ti.

Rena se agachó y le dio un abrazo de despedida a Karolina.

—Yo también os quiero —dijo.

El optimismo de Karolina se veía amenazado solo por un detalle: que el Fabricante de Muñecas no le había prometido a Rena que volverían a encontrarse. Karolina recordaba el juramento de Jozef a su hija, y el triste convencimiento que le había asaltado de que no podría cumplirlo. ¿Era ese el motivo de que el Fabricante de Muñecas no quisiera hacer promesas? ¿Temía no poder cumplirlas?

Mientras el Fabricante de Muñecas intercambiaba unas últimas palabras con el padre Karol y los niños, Karolina agarró la correa de la bolsa e intentó trepar por ella. Pero estaba algo alta, y cayó hacia atrás con un gruñido.

Mysz la vio haciendo esfuerzos y se le acercó.

—¿Necesita que la ayude, milady?

—Sí, por favor.

Mysz le puso una patita bajo la bota, para que la usara como escalón y pudiera escalar por el lado de la bolsa.

—¿No preferirías ir en el bolsillo del Fabricante de Muñecas? —le preguntó, mientras Karolina pasaba una pierna sobre el borde de la bolsa, quedándose a horcajadas.

—Él quiere que me quede contigo y los niños —dijo Karolina—. Sé que cree que estaré más segura, pero no puedo dejarle solo. Estaría demasiado triste y demasiado solo. Y yo también.

—Lo entiendo —dijo Mysz—. Es lo que siento yo por Rena. Hemos pasado demasiadas cosas juntos.

—Sí, exactamente. —Karolina se tiró del borde de la falda—. Me alegro de haberte conocido, Mysz. No eres como otros roedores.

El ratoncito se quitó la gorra y le hizo una reverencia.

—Yo también me alegro de haberte conocido.

Tras las despedidas, el Fabricante de Muñecas volvió a subir las escaleras, con Karolina en la bolsa, por lo demás vacía. Subió los escalones lentamente y tuvo que hacer una pausa a medio camino para descansar. Las voces de los niños, abajo, fueron volviéndose más tenues, hasta dejarlos tan solos como el día que se habían conocido.

—¿Estás segura de que no quieres quedarte? —preguntó el Fabricante de Muñecas—. Podría dejarte con el padre Karol y estarías segura.

—Ya te he dicho que me quedo contigo. No discutas más; puedo ser tan tozuda como tú —dijo Karolina—. Pareces cansado —añadió, preocupada—. Deberías volver a casa a descansar.

—Tengo la sensación de que podría dormir cien años, como un personaje de uno de mis libros —confesó él, y bajó la cabeza. Karolina pensó que se había quedado dormido, pero enseguida añadió, en voz baja—: Creo… Creo que no podré hacer más magia, Karolina. He agotado todos mis milagros. Lo siento. Quería ayudarte a ti y hacer algo por la Tierra de las Muñecas. Pero ahora no creo que sea capaz.

—Quizá no podamos salvar a mi gente, pero eso no significa que hayas malgastado tu magia, o que mi viaje a este mundo haya sido en vano —respondió Karolina, sintiendo que, cuanto más hablaba, más sentido adquirían sus palabras—. Has salvado a Rena y a todos esos niños, y yo te he ayudado a hacerlo. Quizá era eso lo que se suponía que debíamos hacer juntos.

El Fabricante de Muñecas levantó la cabeza y se rio, con una risa llena, luminosa, que se abría paso entre su agotamiento.

—La magia es algo raro —dijo—. Nunca toma la forma que esperas.

26

El hombre sin manos

Brandt se presentó el día después de que el Fabricante de Muñecas hubiera dejado a los niños en manos del padre Karol.

—¿Puedo ayudarle? —dijo el Fabricante de Muñecas, que estaba clavando un caballo balancín a su base de madera. Pero al momento dejó el martillo sobre la mesa junto a Karolina.

No intentó ocultar su desconfianza. Ambos habían jugado a aquel juego tantas veces que ya se conocían todos los movimientos. Brandt parecía agotado. ¿Qué querría ahora de ellos?

La siniestra respuesta llegó al momento.

—Herr Birkholz, queda detenido por colaboración y complicidad con los enemigos del pueblo alemán —dijo Brandt, dejando caer su sentencia como un mazazo.

Aquel anuncio dejó a Karolina de piedra. Pero el Fabricante de Muñecas consiguió esbozar una sonrisa de desconcierto, propia del humilde excéntrico de barrio que había sido durante tantos años.

—Me temo que ha habido un error —dijo el Fabricante de Muñecas—. Yo no he ayudado a los enemigos de Alemania.

—No hay ningún error, Herr Birkholz —respondió Brandt—. Debería de haberme dado cuenta de que tramaba algo cuando quiso entrar.

Emitió un silbido y la puerta se abrió. Entraron dos soldados, con un gesto de desprecio en el rostro. Entre los dos sostenían a Jozef Trzmiel.

El padre de Rena colgaba inerte, como las muñecas de trapo que Karolina había ayudado a coser en la tienda, y tenía ambos ojos tan amoratados que prácticamente no podía abrirlos. Pero también había una rabia incontenida en ellos, de esas que hacen que los soldados desenvainen sus espadas, como si estuvieran en abrumadora desventaja. Karolina entendía la naturaleza de aquella rabia, pero también sabía que no había ningún hombre —ni ninguna muñeca— que pudiera enfrentarse solo a todo un ejército de ratas.

—Cyryl, lo siento mucho —dijo Jozef.

—Jozef…

—Le advertí que no se pusiera del bando equivocado —le interrumpió Brandt, acercándosele con paso decidido. El impacto de sus botas en el suelo hizo que Karolina y otros objetos que tenía sobre la mesa temblaran—. Pero no me hizo caso. Este sucio judío intentó introducir comida en el gueto, y sé que usted tuvo algo que ver con ello… o quizá mucho que ver. Herr Birkholz, usted me utilizó para ayudarle.

—Cyryl no ha hecho nada malo —dijo Jozef—. Él no tenía ni idea. Solo vino a buscar la casa de muñecas que le había hecho. Eso es todo.

Brandt soltó una carcajada.

—¿De verdad esperas que me crea que Birkholz no estaba implicado en tus miserables trapicheos? ¿Que fue por casualidad que entrara en el gueto solo unos días antes de que te pilláramos? —dijo—. Lo que mejor se os da a los judíos es mentir. No hay ni uno de vosotros que sea inocente, y por fin vais a recibir lo que os merecéis.

El insulto fue la gota que colmó el vaso, y el padre de Rena, pese a su debilidad, se lanzó hacia delante. Lo hizo tan inesperadamente que los soldados no pudieron retenerlo, y observaron impotentes cómo Jozef apretaba el puño y golpeaba a Brandt en el rostro. El capitán brujo soltó un grito, sangrando por la nariz. De pronto adoptó un gesto sombrío. Seguro que le había hecho daño, pero Karolina tenía la impresión de que era más la sorpresa que otra cosa.

Uno de los soldados dejó caer la mano, golpeando a Jozef en la mejilla con su pistola y haciéndolo trastabillar hasta caer en brazos del Fabricante de Muñecas. El otro soldado levantó su arma y apoyó el dedo índice en el gatillo.

Brandt no le dio la oportunidad de disparar. Con una velocidad pasmosa, agarró el martillo de la mesa. Karolina vio en los ojos inyectados en sangre de Brandt a todas y cada una de las ratas que habían arrastrado a una muñeca a las llamas, pero no sabía qué hacer.

De pronto se vio cara a cara ante su historia, más pequeña y más desvalida de lo que se había sentido nunca.

El Fabricante de Muñecas se situó entre Jozef y Brandt. Levantó las manos para proteger a su amigo.

—¡Alto! —gritó.

Karolina no vio cómo dejaba caer el martillo Brandt, pero sí oyó cómo cortaba el aire, y el crujido de huesos que siguió en el momento en que golpeó las manos del Fabricante de Muñecas: primero lo uno, y luego lo otro. El sonido fue como el de un carámbano resquebrajándose, y no pudo evitar soltar un grito. Brandt dejó caer el martillo al suelo.

—*Gott im Himmel* —exclamó el soldado que había golpeado a Jozef. Había aflojado tanto la mano con que sostenía la pistola que Karolina pensó que se le caería. Su compañero se quedó mirando con los ojos desorbitados.

—Es un truco —dijo el soldado aterrado, con la pistola temblándole en la mano—. Las muñecas no pueden gritar, ni hablar. El fabricante de juguetes debe de ser ventrílocuo.

—No es ningún truco —dijo Brandt, sin más—. La muñeca habla, como tú y como yo.

Pero dijo aquello sin girarse hacia Karolina; tenía la mirada puesta en las manos rotas y temblorosas del Fabricante de Muñecas. La expresión de consternación y asombro que mostraba su pálido rostro era el de una persona enferma, con la piel congestionada.

Jozef le dio la espalda a Brandt, despreocupándose de su

207

propia seguridad, y le bajó las manos destrozadas a su amigo.

—¿Por qué? ¿Por qué has hecho esto?

El Fabricante de Muñecas estaba aturdido por el dolor, y quizá por ello habló con mayor sinceridad.

—No quería que hicieran daño a nadie más —dijo, sin dejar de apretar los dientes.

—Ese es precisamente el motivo por el que le advertí que se mantuviera a distancia de los judíos, Herr Birkholz —dijo Brandt—. Usted y la muñeca no piensan con claridad; han sido… contaminados. Podría haber… Podríamos haber hecho grandes cosas juntos… —Apretó los puños, como si intentara aferrar el potencial perdido que creía que podrían haber compartido como camaradas.

—Brandt, por favor, acabe con esto —insistió el Fabricante de Muñecas, pero era demasiado tarde. El soldado que había bajado la pistola agarró a Jozef y le ató las manos a la espalda.

Brandt contuvo al Fabricante de Muñecas antes de que este pudiera acercarse a Jozef, y Karolina gritó:

—¡No los toques! ¡No los toques, monstruo!

Golpeó a Brandt con la mano abierta, pero él la agarró y la levantó de la mesa antes de que pudiera golpearle una segunda vez.

—No lo haga —dijo el Fabricante de Muñecas—. Brandt, por favor. No castigue a Jozef y Karolina.

—La ley es la ley. Debo castigar al judío —respondió Brandt—. Pero usted es alemán. Tiene ciertos derechos que un polaco no tendría.

—No habrá juicio —dijo Jozef, con un gruñido—. Nunca hay juicios.

—No para gente como tú —dijo Brandt, sin mirarlo siquiera.

Karolina tenía claro que a Erich Brandt no le importaba nada la vida de Jozef Trzmiel.

Los dos soldados sacaron al Fabricante de Muñecas de la tienda a rastras. Karolina se debatía en la mano de Brandt. Por un momento vio a los hijos de Dombrowski que observaban estupefactos a través del escaparate de la panadería, en la esquina. Luego Dombrowski se les echó encima y cerró la cortina.

En aquel momento Karolina deseó que Mysz no se hubiera ido con Rena y los niños. Le habría clavado su espada a Brandt y le habría exigido que se rindiera. Pero no podía contar con Mysz, ni con ningún viento bondadoso que se llevara a Jozef y al Fabricante de Muñecas a un lugar seguro. La magia estaba menguando, y muy pronto desaparecería, lo sabía.

Brandt se paró a cerrar la puerta a sus espaldas, un gesto de educación que desconcertó a Karolina.

—No puedes hacerle daño al Fabricante de Muñecas —le dijo a Brandt, intentando tocarle la fibra—. Es como tú. Puede que seáis los dos únicos magos de este país. ¡Y Jozef es su amigo!

—Tal como has señalado, Birkholz y yo nos parecemos menos de lo que yo pensaba en un principio —le espetó Brandt. Le hizo un gesto con el dedo al soldado que llevaba al Fabricante de Muñecas, indicándole que se acercara—. Tráeme al fabricante de juguetes. Nos lo llevaremos al cuartel de Montelupich.

El soldado asustado, el que llevaba a Jozef agarrándolo de las manos esposadas a su espalda, preguntó:

—¿Y el judío?

—Ya conoces la ley. Es un delincuente.

El Fabricante de Muñecas se vino abajo, como un edificio en ruinas.

—No —dijo—. No, por favor.

Pero Jozef no suplicó. Miró primero a Karolina, que había dejado de agitarse, y luego al Fabricante de Muñecas.

—Gracias por ser mis amigos. Y gracias por Rena —dijo.

—Jozef, tienes que saber que está bien. He hecho todo lo que he podido para protegerla —dijo el Fabricante de Muñecas, mientras Brandt se lo llevaba hacia el coche aparcado enfrente, que ya tenía el motor en marcha—. Hablaré con Brandt. Puedo...

—Conozco tus sentimientos —dijo Jozef, elevando la voz a medida que aumentaba la distancia entre ambos—. Y te estaré siempre agradecido.

—Jozef...

Brandt abrió la puerta del coche, metió al Fabricante de Muñecas de un empujón y luego tiró a Karolina al interior.

Lo último que vio Karolina antes de que el coche abandonara la plaza principal fue al soldado asustado que se llevaba a Jozef a empujones por la calle adoquinada. Los labios de Jozef empezaron a moverse, y Karolina supo que no estaba hablando con el soldado; estaba rezando.

Karolina recordaría su imagen bajo aquel cielo ceniciento, un hombre bueno y valiente dando gracias a Dios por el mundo en el que vivía y por su hija, a la que tanto amaba.

La sala de interrogatorios a la que Brandt llevó al Fabricante de Muñecas se encontraba en el sótano de una prisión gris. Al entrar, las sombras envolvieron a Karolina y a su amigo como una criatura hambrienta.

El brujo llevó al Fabricante de Muñecas hacia una mesa con sillas situadas debajo de una única bombilla que colgaba del techo con un fino hilo. El Fabricante de Muñecas se sentó y, curiosamente, Brandt colocó a Karolina en el regazo del hombre herido. Aunque las manos no le respondían como antes, el Fabricante de Muñecas no podía permitir que Karolina cayese al sucio suelo de hormigón, así que la rodeó con sus brazos en un gesto protector.

Brandt sacó un cigarrillo del paquete que llevaba en el bolsillo del pecho antes de tenderle uno.

—Puedo encenderle uno, si quiere —dijo—. Quizá le ayude a soportar el dolor.

—¿Cómo se atreve a hablarme como si fuéramos amigos? —respondió el Fabricante de Muñecas. El pecho le temblaba al respirar, por el dolor de las manos, que le irradiaba por todo el cuerpo—. Jozef era un buen hombre. Usted...

—Yo no quería que acabara así —le interrumpió Brandt—. Pero vivimos en un mundo nuevo, en el que no hay lugar para judíos y traidores.

—Su soldado de madera le habría dicho que eso no es así —dijo el Fabricante de Muñecas.

—Quizá. Pero Fritz ya no está, y la opinión de los desaparecidos no tiene ningún valor —dijo Brandt. En la penumbra, la punta de su cigarrillo brillaba como el tercer ojo de un monstruo—. Casi estoy impresionado. Me ha engañado, consiguió robarme a Karolina de casa... ¿Cómo logró hacer todo eso?

—Quizá la magia polaca no sea tan poco efectiva como piensas —replicó Karolina, cortante.

Brandt esbozó una sonrisa.

—Eso dices tú, y sin embargo sois mis prisioneros. Qué simplona eres —Se giró hacia el Fabricante de Muñecas y añadió—: Mandaré un médico para que le mire las manos. Considérelo un favor; no lo haría por cualquiera.

Se fue sin más ceremonia. Dejó a Karolina y al Fabricante de Muñecas en la oscuridad, y enseguida este cedió al agotamiento. Apoyó la frente contra la irregular superficie de la mesa, y cuando llegó el médico a tratarle el dolor, ya dormía.

Karolina esperó en la penumbra y el frío hasta que el Fabricante de Muñecas se despertó, apoyado en la mesa. En la oscuridad de aquel cuarto resultaba difícil determinar cuánto tiempo había pasado. ¿Llevarían presos días, o solo horas? Karolina no lo sabía.

—¿Karolina? —dijo el Fabricante de Muñecas, aún aturdido.

—¿Sí? —respondió ella, apoyando la mano contra el vientre de él para que notara que seguía allí.

—Me alegro de que Brandt no se te haya llevado —dijo el Fabricante de Muñecas. Gracias al médico y a la medicina que le había dado, las palabras que pronunciaba se alargaban como un suspiro—. Yo... no quiero estar solo.

—No te dejaré —le prometió Karolina. Para eso había nacido: para dar consuelo a un hombre asustado, para mentirle y decirle que podría enfrentarse a todo lo que se les viniera encima. Pero tal como había demostrado Brandt, no podía hacer gran cosa para proteger al Fabricante de Muñecas... ni a ninguna otra persona.

—Jozef ya no está —dijo él, desolado. Se echó a llorar, pero sus lágrimas no eran una señal de debilidad. Tenía muchos vicios y virtudes, pero no era un cobarde, y de haber podido ella habría sumado sus propias lágrimas a las de él.

Aun así la pérdida de Jozef no le parecía real; al pensar en él lo único que podía ver era a Jozef en su mejor momento, el Jozef que tocaba una música tan bella como la de un rey o la de una estrella, el que entraba en la juguetería cada tarde y olvidaba su frustración y su tristeza en el momento en que veía a Rena.

Karolina esperaba que Rena estuviera lejos… y que estuviera bien.

—Un día —dijo— alguien hará que Brandt pague por lo que le ha hecho a Jozef.

—No lo tengo tan claro —respondió él, examinándose las manos rotas con una curiosidad que parecía ajena al dolor ardiente que le subía por los brazos. Pero Karolina creía entender por qué. En sus actuales circunstancias, a ella tampoco le preocupaba demasiado la dolorosa grieta que le cruzaba el rostro.

—Yo conocía un cuento que hablaba de esto —recordó el Fabricante de Muñecas—. Era sobre una niña a la que un demonio le arrebata las manos. Creo que era alemana. ¡Qué irónico!

—¿Y para qué quería sus manos el demonio?

—No lo recuerdo —dijo él, sonriendo—. A lo mejor tenía miedo de que las manos de la niña trajeran algo de bueno al mundo. Pero al final su plan falló. La chica se casó con un rey de buen corazón que le mandó construir unas bonitas manos de plata. Vivieron juntos el resto de sus días, rodeados por un anillo de sal para protegerlos. —Y usando el talón del zapato, trazó un círculo en el polvo del suelo—. Así.

—Nunca me habías contado esa historia —dijo Karolina.

—La había olvidado —respondió él—. Lo siento. Debería haberte mandado con Mysz.

La pesada puerta de metal se abrió con un chirrido, y un rayo de luz cortó la oscuridad como un cuchillo. Entró un chico-brujo con el rostro colorado. Karolina no lo había visto nunca.

—Los va… van a trasladar —dijo, tartamudeando, con los brazos muy tiesos a la espalda en un gesto de pretendida autoridad. Aquella habitación era el reino de Brandt; aquel chico no era más que un soldado raso.

—¿Trasladar? —preguntó Karolina—. ¿Trasladar adónde?

—El Hauptsturmführer Brandt no lo ha especificado —dijo el soldado—. Ha dicho solo que usted, los dos, se van a otra parte.

El Fabricante de Muñecas levantó las manos por encima de la cabeza, igual que hacía Karolina cuando quería que la recogiera.

—Muy bien. Pues tendrás que ayudarme —dijo—. No creo que me pueda poner en pie solo. Ponme la muñeca en el bolsillo del pecho. En el lado izquierdo, junto al corazón.

El chico se quedó en el umbral, vacilante.

—¿No pue… no puede subir sola?

Karolina se dio cuenta de que no quería tocarlos. A su modo de ver, los peligrosos eran Karolina y el Fabricante de Muñecas, no él y los otros soldados.

—¿Tienes miedo de nosotros? —preguntó el Fabricante de Muñecas.

—Sí —dijo el chico, llanamente—. Son…

—¿Brujos? —propuso Karolina, que no pudo resistir la tentación de esbozar una sonrisa maliciosa—. No has entendido nada. El brujo es Brandt. No yo. Ni el Fabricante de Muñecas.

—Tiene razón —dijo él—. Yo hago magia, pero eso no me convierte en un malvado.

—Han ayudado a personas a las que no tenían que ayudar —dijo el joven brujo—. Y eso les convierte en malvados.

—Yo podría decir lo mismo de ti —replicó el Fabricante de Muñecas—. Ahora ponme a Karolina en el bolsillo, y podremos marcharnos.

27

La tierra de los abedules

Aquella tarde Brandt insistió en acompañar a Karolina y al Fabricante de Muñecas a la estación.

Karolina lo interpretó como un acto de crueldad disfrazado de amabilidad.

Brandt mantuvo el cañón de la pistola presionado contra las costillas del Fabricante de Muñecas todo el rato mientras el coche avanzaba por las calles de Cracovia, bajo la lluvia. ¿No bastaban las esposas para recordarle que no podría volver a caminar por aquellas calles como un hombre libre? El Fabricante de Muñecas observó los altos edificios rosas y amarillos y la gente que corría bajo la lluvia. Parecía tan concentrado que Karolina pensó que debía de estar intentando memorizar todas las curvas del camino y los rostros sonrientes, registrándolos para algún momento en que pudiera necesitar recordarlos.

Pero aunque el Fabricante de Muñecas se negaba a hablarle a Brandt, Karolina pensaba que debería hacerlo. ¿Y si interpretaba el silencio de su amigo como un signo de derrota?

—¿Adónde nos llevas? —preguntó ella.

—A Auschwitz-Birkenau —dijo Brandt.

—¿Y qué nos pasará allí?

Karolina temía que Brandt la separara del Fabricante de Muñecas, y se aseguró de mantenerse lo más lejos posible del capitán brujo. Aquel hombre les había arrebatado todo lo que les importaba: Jozef Trzmiel y la tienda, y ahora las mejores y más delicadas herramientas de su amigo: sus manos. ¿Qué podía evitar que Brandt les separara al uno del otro?

—¿Qué le pasa a todo el mundo en Auschwitz-Birkenau? —dijo Brandt.

—Que no vuelve nadie con vida, una vez los suben a los trenes —murmuró Karolina, recordando la conversación precipitada de Jozef con el Fabricante de Muñecas.

—No —dijo Brandt—. No vuelven. Se van a otra parte. Cracovia ya no es un lugar para judíos, ni para los amigos de los judíos. Los judíos que pueden trabajar fabrican armas en las afueras de la ciudad. Los que no pueden trabajar… —El capitán brujo se encogió de hombros—. Bueno, muy pronto os uniréis a ellos.

El coche trazó una curva cerrada y se paró frente a la estación de tren. No había nadie haciendo cola frente a la taquilla, ni vendiendo rábanos y zanahorias en la calle de al lado. Solo había soldados, con los rostros tan desfigurados por el odio que parecían las raíces de un árbol antiguo en proceso de descomposición.

Karolina los miró, con la esperanza de que Jánošík estuviera entre ellos, robando gorras y pistolas. Pero no vio a nadie que pudiera ayudar al Fabricante de Muñecas.

El conductor salió del coche para abrirle la puerta a Brandt, que sacó al Fabricante de Muñecas a la calle tirándole del codo. Karolina soltó un chillidito cuando la lluvia le cayó encima, pero su amigo solo miró por encima del hombro para echar un vistazo al paseo. Lo recorrió con la vista, como surcaría una página la pluma de un escritor.

Intentaba grabar aquella imagen en su corazón… y eso significaba que no pensaba que volvieran a ver Cracovia.

Karolina giró la cabeza y se encomendó a todas las estrellas ocultas tras el manto de nubes de lluvia, pidiendo que no fuera así.

En el exterior de la estación no había nadie, pero el interior estaba tan atestado que Brandt tuvo que abrirse paso entre las masas. Todos los que esperaban en los andenes llevaban en las mangas de los abrigos y los vestidos el brazal con la estrella que les identificaba como judíos. Al igual que el Fabricante de Muñecas, estaban a merced de los alemanes, que los rodeaban como pálidos buitres. ¿Es que no veían lo asustadas que estaban aquellas personas?

Brandt tiró del Fabricante de Muñecas, haciéndole cruzar el andén, y el mar de gente se abrió, dejándoles paso, como si la calavera sonriente de su gorra tuviera magia. Se detuvo frente a otro alemán, un simple *Schütze*, un soldado. En cuanto el Schütze vio a Brandt, bajó el portapapeles que tenía pegado al pecho y saludó:

—*Heil* Hitler!

—Venga ya, cállate —dijo Karolina.

El Schütze giró la cabeza de un lado al otro.

—¿Quién ha dicho eso?

—Ni caso —dijo Brandt—. Este hombre tiene que subir a uno de los trenes. Siento no haber avisado antes. Me llamo Erich Brandt. He estado colaborando con el problema judío.

El Schütze dio un golpecito con el bolígrafo sobre el portapapeles, con un sonido que recordaba alarmantemente el de un disparo.

—Sé quien es usted. Pero con todo respeto, Hauptsturmführer, no nos va nada bien —dijo—. Nuestros compañeros de las SS de Auschwitz solo pueden ayudarnos a evacuar un número limitado de judíos cada vez.

Si tan importante era controlar el número de personas que subían a los trenes, debía significar que los brujos del país solo tenían provisiones hasta un cierto límite. Karolina tiró del abrigo de su amigo y susurró:

—No nos pasará nada; conseguiremos que no nos separen. Y por lo menos nos alejaremos de Brandt.

Pero el Fabricante de Muñecas apartó la mirada. ¿Sabría él algo que ella no sabía?

—Este hombre tiene que salir de Cracovia hoy —le dijo Brandt al Schütze.

El Schütze le pasó el portapapeles a Brandt y suspiró.

—Supongo que uno más o menos no cambiará nada. Incluya su nombre abajo y firme. Espero que no dé problemas.

—Tiene las manos rotas —dijo Brandt, poniéndose a escribir—. No los dará.

—Bien —dijo el Schütze, volviendo a coger su portapapeles. Una vez completadas las formalidades, Brandt se sacó una pequeña llave plateada del bolsillo y la insertó en el lateral de las esposas del Fabricante de Muñecas. La giró y las esposas se abrieron, y Brandt se las metió en el bolsillo.

—Aunque yo desaparezca en las entrañas del monstruo que nos espera al final de estas vías, sea cual sea —dijo el Fabricante de Muñecas—, seguirá habiendo gente en este mundo que le plante cara.

La expresión de Brandt se suavizó un poco.

—Quizá sí —murmuró—. Pero no importa. Nadie le recordará a usted, ni lo que hacía en esta ciudad.

Karolina pensó en Rena, en los otros niños y en el sacerdote que se había atrevido a creer en milagros y dijo:

—¡No, no es cierto!

El gesto de Brandt se volvió tan oscuro como su abrigo, y ella sintió una punzada de alegría malsana.

—Debería llevarte conmigo —la amenazó él.

—Si lo haces, te recordaré al Fabricante de Muñecas y a Fritz todos los días —dijo Karolina—. Me encargaré de que los tengas presentes de la mañana a la noche. Juro que lo haré.

Para cualquier otra persona aquellas palabras no habrían resultado intimidatorias, pero Karolina le había tomado la medida. Brandt dio un paso atrás y se caló la gorra, de modo que no eran sus ojos los que miraban a Karolina, sino los ojos vacíos de la calavera. Karolina pensó que la imagen era muy acertada.

Brandt no veía la hora de marcharse para evitar enfrentarse a sus propios fantasmas, así que se dio media vuelta en silencio. Pero las cosas que no se habían dicho el Fabricante de Mu-

ñecas y él resonaban con tanta fuerza como el pitido del tren
que estaba a punto de llegar.

—¿Cuántos brujos nacen como príncipes y princesas?
—dijo Karolina, contemplando a Brandt, que recorría el andén.

No se dio cuenta de que había formulado la pregunta en
voz alta hasta que oyó la respuesta de su amigo:

—Más de los que nadie se atrevería a imaginar —dijo él.

—¿Por qué? ¿Por qué ha hecho daño a tanta gente Brandt
con su propio dolor?

—Eso es lo que hace la gente débil —dijo el Fabricante de
Muñecas—. Tienen miedo, y hacen daño a los demás con ese
miedo. Pero llega un momento en que no merecen ya nuestra
compasión.

El Schütze del portapapeles hizo pantalla con las manos alrededor de la boca y gritó a la multitud:

—Dejen aquí sus maletas; no las suban al tren. Podrán recoger sus pertenencias cuando lleguen a sus nuevos hogares.
Todo equipaje que no esté etiquetado será confiscado. Si necesitan algo con lo que escribir, vengan a verme.

Varias personas se acercaron efectivamente al Schütze, que
les dio trozos de tiza. Escribieron sus nombres con cuidado en
los laterales de sus maletas, con letras gruesas para que resul-
taran fáciles de leer.

Los niños congregados alrededor de sus familiares adultos
sonrieron a Karolina cuando la vieron asomar del bolsillo del
chaleco del Fabricante de Muñecas. Algunos incluso la saluda-
ron moviendo las muñecas de madera, los ositos de peluche y
los soldaditos que llevaban en la mano.

—¿Todos vienen del gueto? —preguntó el Fabricante de
Muñecas a una mujer que se había agachado a escribir en su
bolso, a su lado. Tenía un pañuelo azul oscuro anudado bajo la
barbilla y, cuando levantó la cabeza, las arrugas de su rostro for-
maron un mapa de todos los lugares en los que había estado.

—Sí —dijo ella.

—¿Por qué son los únicos que están aquí? ¿Por qué no todos los del gueto?

La anciana se puso en pie, echándose las manos a la espalda.

El Fabricante de Muñecas le tendió una mano para ayudarla pero enseguida la retiró. Sus manos, pensó Karolina, ya no eran lo mismo que antes.

—Ya no queda nadie en el gueto —dijo ella—. Los alemanes nos han dicho que nos envían fuera de la ciudad.

Había algo en el tono de la mujer que le hizo pensar a Karolina que no sería verdad. Pero pensó una vez más que si los brujos hubieran querido hacer desaparecer a toda aquella gente, no les habría importado quién subía en el tren ni si marcaban su equipaje.

—¿Qué… qué ha pasado en el gueto?

—Ahora está vacío. Sacaron a los jóvenes por un lado y a los demás nos hicieron venir aquí —dijo la anciana—. Atacaron a la gente, las SS, con sus pistolas y sus perros. Pero supongo que ya sabe de lo que son capaces, ¿no? —añadió, mirándole las manos, con los dedos hinchados y cubiertos de cardenales del color de las plumas de los cuervos.

El Fabricante de Muñecas no tuvo ocasión de responder, porque el tan esperado tren ya había entrado en la estación. A Karolina le dio la impresión de que era como un enorme animal negro, y deseó que su amigo pudiera llevársela lo más lejos posible.

219

Cuando el tren frenó y se detuvo, los soldados alemanes abrieron las puertas de los vagones de carga que arrastraba y con gestos indicaron a la gente de los andenes que subieran.

Pero nadie se apresuró a ocupar sus asientos porque no había asientos en el interior de los vagones. No había nada en absoluto, solo el suelo y el techo, todo hecho de madera vieja y astillada. Y lo peor es que cada vagón apenas tenía espacio para una docena de personas.

—Esto no es un tren de verdad —dijo Karolina.

—Sí que lo es —dijo su amigo en voz baja—. Solo que no es un tren para personas. Este tipo de vagones suelen usarse para transportar ovejas o vacas.

—Pero nosotros no somos ovejas ni vacas —protestó Karolina.

—Para ellos sí.

Y

Tal como sospechaba Karolina, en el vagón de ganado no había suficiente espacio para toda la gente que metieron dentro. El Fabricante de Muñecas se vio obligado a permanecer de pie, hombro con hombro con un anciano y una mujer que llevaba a su hijo pegado al costado. Sentarse era imposible; lo máximo que se podía hacer era doblar las rodillas para aliviar el dolor, o apoyarse en el vecino en algún momento.

La primera hora en el interior del vagón de ganado fue terrible. La segunda fue prácticamente insoportable. El mundo exterior, que veían a través de dos minúsculos ventanucos en el lateral del vagón, le daba pocas pistas a Karolina sobre el lugar al que se dirigían. Cuando salieron de Cracovia, lo único que pudo ver fueron campos marrones, bosques de pinos y el cielo de color plomizo. Muy de vez en cuando veía a una familia de granjeros trabajando en los campos, pero nadie prestaba atención al tren.

Karolina había dejado de fingir que era una muñeca normal; eran tantos los alemanes que la habían visto hablar en la comisaría que probablemente muy pronto se hablara de ella en los titulares de los periódicos. Miró a su alrededor, e incluso saludó al niño que tenía al lado el Fabricante de Muñecas. Este se lo pensó un momento, pero enseguida le devolvió la sonrisa.

—¿Cuánto falta? —le preguntó el niño a su madre, tirándole del vestido.

—No lo sé, Jakob —dijo ella—. Espero que poco.

—¿Y adónde vamos exactamente? —preguntó Karolina—. ¿Alguien lo sabe?

—Quizá sea otro gueto —dijo el anciano que tenía al lado.

—¿Otro gueto? —replicó la anciana que tenía a su derecha—. ¿Es que no nos han obligado ya a vivir en suficientes lugares horribles?

—Quizás este sea mejor —dijo la madre del niño, Jakob, y frunció los labios.

Karolina levantó la mano y le dio una palmadita al Fabricante de Muñecas en la barbilla, donde ya asomaba la barba, para sacarlo de sus pensamientos.

—¿Tú qué crees? —le preguntó.

Antes de que él pudiera responder, el anciano preguntó:

—¿Quién está hablando?

—Yo —dijo Karolina, asomándose desde el bolsillo de Fabricante de Muñecas y dándole un golpecito al anciano en el hombro.

—Qué muñequita tan fantástica —exclamó el anciano.

—No es una muñequita —dijo Jakob—. Es de verdad. Antes me ha saludado.

—Sí, es de verdad —confirmó el Fabricante de Muñecas. Era la primera vez que Karolina le oía hablar desde que habían subido al tren.

El anciano abrió los ojos como platos, pero aquello no podía discutirlo.

—¡Una muñeca mágica! Realmente son tiempos oscuros y extraños. —Luego se dirigió al Fabricante de Muñecas—. Pero usted, señor… Usted es el único de aquí que no lleva el brazal con la estrella, y no le he visto nunca en el gueto. ¿No es usted judío?

—¿Entonces por qué está aquí? —preguntó la madre de Jakob. Parecía más joven, como si la simple mención de la magia le hubiera borrado los años de sufrimiento del rostro.

El Fabricante de Muñecas dejó caer los hombros, pero no era como cuando estaba en la tienda antes de la guerra y de haber conocido a los Trzmiel. No podía ocultar quién era realmente tras sonrisas vacías y palabras educadas.

—Ayudé a un amigo mío y a su hija —dijo—. Eso es todo.

Karolina pensó que había hecho mucho más que eso, pero los magos raramente se presentaban como héroes. Eran fuerzas de la naturaleza, y desaparecían de la historia como el rocío con la luz del sol.

Karolina se agarró la falda con fuerza. No. El Fabricante de Muñecas no podía acabar así. No podía.

—¿Y tú cómo has acabado aquí? —le preguntó a ella Jakob. Parte de su fatiga parecía haber desaparecido, pero Karolina sabía que era algo temporal. Hay un límite de lo que puede soportar cada cuerpo, especialmente si se trata de uno tan pequeño.

—El Fabricante de Muñecas me trajo de un lugar muy lejano —dijo ella—. Es una larga historia.

—Deberías contárnosla —dijo el Fabricante de Muñecas.

Karolina intentó en vano ocultar su preocupación mientras le respondía:

—¿De qué vale?

—Al menos nos ayudará a pasar el tiempo —dijo él—. Háblanos de la Tierra de las Muñecas.

Karolina estuvo a punto de decir que no, pero luego se dio cuenta de que su amigo necesitaba que lo hiciera.

—Había una vez —empezó, lentamente— una muñequita llamada Karolina, que vivía en un país lejos del mundo de los humanos…

La historia les transportó lejos del vagón de ganado, igual que Dogoda, el bondadoso viento del oeste, había transportado en el pasado a Karolina. Cuando hizo una pausa para tomar aire a medio relato, el Fabricante de Muñecas le susurró:

—Es la primera vez que me cuentas todo lo que te ocurrió en la Tierra de las Muñecas.

—Antes me resultaba demasiado doloroso, pero ya no. Ahora tengo un nuevo hogar, a tu lado —le respondió ella—. Sin duda es lo que habría deseado tu madre. Ella nos unió, incluso después de su muerte.

—Sí —dijo él—. Por supuesto.

Al retomar la historia, Karolina notó que las lágrimas del Fabricante de Muñecas le mojaban el delantal de encaje. Entonces aceleró el relato, consciente de que su amigo necesitaba que acabara antes de que finalizara el viaje. Karolina tenía que proporcionarle el recuerdo de las tardes de sol junto al alegre arroyo, las suaves canciones de cuna de las estrellas y las valerosas hazañas de su pueblo. Porque si le regalaba al Fabricante de Muñecas esos bellos retazos de su propia historia, siempre estaría cerca de él, y no importaría la distancia que pudiera llegar a separarles.

Υ

Horas más tarde, cuando el tren frenó hasta detenerse y se abrió la puerta del vagón de ganado, dos oficiales de las SS con fusiles en las manos hicieron bajar al Fabricante de Muñecas y a los otros pasajeros.

—¡Fuera! ¡Fuera! ¡Rápido! —gritaron los brujos.

Mientras bajaban del tren, unos perros como el temible *Soldat* se lanzaban a los talones de la gente. Cerca de allí había un grupo de hombres con uniformes a rayas. Todos tenían una estrella de seis puntas en la parte frontal de la camisa y estaban flacos como una muñeca de papel.

El sol se ponía en el horizonte, pintando la larga y polvorienta extensión de tierra que tenían delante de un naranja intenso. Las alambradas electrificadas que les rodeaban producían un ruido siniestro e incesante. Karolina siguió con la mirada el camino de grava hasta el final de las vías del tren, donde se levantaban dos edificios de ladrillo rojo, rodeados por unos arbolitos larguiruchos cuyas hojas les susurraban su bienvenida.

¿Por qué iba a haber unos árboles tan bonitos si aquel era un lugar tan terrible?

—Abedules —dijo el Fabricante de Muñecas, más para sus adentros que para Karolina—. Birkenau. La tierra de los abedules.

—¿De qué estás hablando? —dijo Karolina.

—Mi apellido —respondió él—. El nombre de este lugar tiene el mismo origen que mi apellido. *Birkholz* y *Brzezick* significan «junto a los bosques de abedules».

Un silbido penetrante se elevó sobre la multitud. Los ancianos, las mujeres y los niños de Cracovia miraron al lugar del que partía, un oficial de las SS perfectamente uniformado. Llevaba un bastón y un par de guantes blancos, como si fuera a sacar a una de las mujeres a bailar un vals en el sendero de grava.

—Bienvenidos a Auschwitz-Birkenau —dijo el oficial, sonriendo al grupo. Pero aquella sonrisa hizo que hasta a Karolina se le helara el corazón de cristal. Le recordó la sonrisa siniestra

223

de Erich Brandt—. Sé que han sufrido un viaje largo e incómodo, pero las cosas mejorarán. Formen dos filas, las mujeres en una y los hombres en la otra. Voy a separarles en grupos para poder asignarles trabajos apropiados.

El Fabricante de Muñecas se puso en fila con los demás. Luego se agachó y besó en la frente a Karolina, que tuvo la convicción de que sería el primer y último beso que le diera.

—Te quiero, Karolina —dijo—. Antes de que llegaras a mí tenía miedo de abrirme al mundo, pero tú me diste el valor necesario. Y de no haber sido por ti, nunca habría conocido a Jozef y Rena. Me has salvado.

—Yo no voy a despedirme de ti —dijo ella—. ¡Me niego! Se supone que debemos permanecer juntos.

—Ojalá podamos. Has sido la mejor amiga que habría podido desear. No sé qué habría sido de mí sin ti.

Karolina agarró el borde de la chaqueta del Fabricante de Muñecas con su minúsculo puño, intentando aferrarlo junto a ella.

—¡Deja de hablar como si fueras a dejarme sola! No puedes.

Cuanto más parloteaba, más ausente era el gesto de su amigo, como si ya estuviera empezando a distanciarse. Karolina parpadeó. Intentaba desesperadamente registrar la imagen del Fabricante de Muñecas en su memoria, como había hecho él con la ciudad de Cracovia. Pero ¿por qué no podía verlo con claridad?

—Karolina —dijo él—. Tu rostro... —La señaló, asustado, y ella se llevó la mano a la cara. Sintió una gota de líquido surcándole la mejilla, provocándole un pinchazo en la grieta que le surcaba el pómulo.

Estaba llorando.

Karolina había aprendido por fin a llorar. Pero ¿de qué le iba a servir? Quería ser valiente para infundir valor a su amigo, y en lugar de eso era él quien la consolaba a ella.

—Lo siento mucho —dijo el Fabricante de Muñecas.

Karolina se limpió los ojos. Había deseado llorar muchas veces, pero ahora que por fin veía cumplido su deseo, lo único que deseaba era librarse de aquellas lágrimas. ¿No sucedía siempre así con los deseos?

Un sollozo le atravesó la garganta, dispuesto a salir al exterior.

Pero lo contuvo, y rodeó al Fabricante de Muñecas con su brazo.

—Te quiero más que a nadie —le dijo—. Siempre te querré más que a nadie. Pase lo que pase...

Pero la despedida de Karolina se vio interrumpida por uno de los soldados que estaban allí cerca.

—¿Eso es una muñeca? —preguntó el soldado, agarrándola y sacándosela del bolsillo al Fabricante de Muñecas. El mundo pasó de la oscuridad a la luz cuando Karolina cerró los ojos y volvió a abrirlos, como cortinas, mientras el brujo la ponía recta—. Tienes que estar de broma. ¿Qué llevas en el otro bolsillo, un osito de peluche? ¡Doktor, mire! —dijo, haciendo un gesto al hombre de guantes blancos—. Un hombre adulto lleva esto en el bolsillo. ¿Puede creérselo?

El hombre de los guantes blancos —el doctor, aparentemente—, miró a Karolina y al Fabricante de Muñecas, pero no parecía que aquello le hiciera tanta gracia. Levantó la mirada al cielo y, usando su bastón, levantó el bajo del pantalón del Fabricante de Muñecas, dejando a la vista la pierna de madera.

—Ah, sí, ya veo —dijo el médico—. Póngase en la fila izquierda.

El soldado, viendo que se había acabado la diversión, volvió a meter al Fabricante de Muñecas en la fila de personas que desfilaban hacia el edificio de ladrillo rojo.

—En marcha —ordenó el soldado.

—Un momento —dijo el Fabricante de Muñecas, alargando la mano, y Karolina también alargó los dedos, desesperada. ¿Qué más daba ya si la veían moverse? ¡Tenía que ir con él!—. La muñeca...

—La recuperarás después de la ducha —le espetó el soldado. Karolina quedó colgando de su mano, rozando la pistola, más fría que los besos de escarcha de Lady Marzanna—. Ahora en marcha, o te dejo frito.

La profundidad de la mirada que intercambiaron el Fabricante de Muñecas y Karolina no se habría podido explicar con una sola palabra; contenía todas las historias, todas las victorias y las largas noches que habían compartido. Estaba llena de amor. Así que el Fabricante de Muñecas no pudo despedirse con una palabra, y tuvo que pronunciar dos:

—Vive bien —le dijo.

Un momento más tarde había desaparecido, arrastrado por la multitud que avanzaba como un rebaño.

—Qué idiota —dijo el soldado, con una sonrisa de desprecio. Recorrió el andén con la vista hasta que encontró a uno de los hombres flacos con uniforme de rayas—. Pon esta muñeca con el resto de cosas, y date prisa —le espetó, poniéndole a Karolina entre las manos—. Esperamos otro cargamento.

El hombre flaco la miró con unos ojos llenos de carbonilla y fantasmas, y la agarró con sus manos huesudas. ¿Acabaría el Fabricante de Muñecas como aquel pobre hombre?

El brujo le dio un coscorrón en la nuca al hombre, tan fuerte que le hizo trastabillar.

—¡No me hagas repetir las cosas!

—Sí, señor —respondió él en voz baja. Con Karolina en las manos, se acercó al variopinto montón de cosas que habían quedado en el andén después de que la multitud se hubiera ido. Cada una de aquellas cosas era un fragmento de una vida de la que Karolina no sabía nada, desde las muletas a los chales de oración o los sombreros. El hombre flaco lo recogió todo como pudo y metió a Karolina, junto con todo lo demás, en un cochecito de bebé que se había volcado. Se secó la frente y luego los ojos con la manga de su camisa sucia. Pero no hizo ningún ruido.

El hombre flaco no se llevó a Karolina al edificio de ladrillo rojo en el que había desaparecido el Fabricante de Muñecas, tal como ella se esperaba —y se temía al mismo tiempo—, sino a una serie de largas cabañas de madera. Nadie se había molestado en plantar nada alrededor de aquellos edificios, y tenían las ventanas cubiertas con tablones claveteados, lo que les daba el aspecto de bestias dormidas.

Cuando el hombre flaco llegó al primero de los cobertizos,

abrió la puerta empujando con el hombro, y al hacerlo soltó un gruñido. Karolina no sabía qué esperaba encontrarse dentro, pero lo que vio la dejó atónita.

Allí había una montaña de zapatos, con los cordones atados para mantener los pares unidos. Había una montaña de gafas, con las varillas enredadas. Había montañas de vestidos y anillos, e incluso un montoncito de cepillos de dientes que unas jóvenes estaban clasificando. Sus ojos tenían el mismo aspecto cetrino y triste que los del hombre flaco.

El hombre se abrió paso entre los montones de cosas, dejando los sombreros en una pila y las muletas en otra. No saludó a las mujeres, ni ellas levantaron la vista de su trabajo para saludarle a él.

Por fin el hombre recogió a Karolina.

—La persona a la que pertenecías debía de quererte mucho —dijo, en voz baja.

Karolina habría querido decirle que aún pertenecía al Fabricante de Muñecas, pero no le salía la voz, atrapada en el pecho dolorido. Aquel nuevo dolor era mucho mayor que el que había sentido al perder el brazo, pero no sabría explicar por qué le dolía tanto. ¿Qué le habían hecho los brujos?

El hombre flaco dejó a Karolina al pie de uno de los montones, entre un osito de peluche con un solo ojo y otra muñeca a la que le faltaba uno de sus ojos de vidrio. Al caer hacia atrás, Karolina vio decenas de muñecos y animales de peluche, amontonados en una pila enorme.

¿A quién habrían pertenecido aquellos juguetes? ¿No tenían un dueño que los quisiera lo suficiente como para ocuparse de ellos? Pero al salir el hombre del cobertizo, Karolina pensó que ya tenía la respuesta a todas aquellas preguntas terribles. Los juguetes habían recibido el mismo amor de sus dueños que ella, pero los humanos que tanto los habían querido habían tenido que separarse de ellos. Los habían dejado solos… igual que a ella. El Fabricante de Muñecas no iba a venir a buscarla. Y si no volvía a por ella, solo podía significar una cosa: que, al igual que Jozef Trzmiel, se había ido para siempre.

28

Lágrimas

*P*asó mucho tiempo antes de que Karolina consiguiera dejar de llorar.

29

El viento bondadoso

Karolina y Fritz alcanzaron la cumbre de la montaña de cristal en el momento en que el sol se escondía tras el temible mar del que habían venido las ratas. La nieve que los rodeaba no era nieve de verdad, sino una capa de azúcar en polvo. No obstante, estaban muy por encima de la Tierra de las Muñecas, y hacía tanto frío que Karolina se estremeció al agacharse para coger la nieve entre las manos.

—¿Alguna vez has visto algo parecido? —le preguntó a Fritz.

—Una vez —dijo él—. Un explorador les trajo un frasco de esta nieve a los reyes. Dijo que su próximo viaje sería a la luna. —Su sonrisa era tan dulce como la escarcha que los rodeaba—. Me pregunto si lo habrá conseguido.

—A mí me gustaría visitar la luna —dijo Karolina.

—Desde aquí casi podemos tocarla —dijo Fritz—, señalando el cielo sobre sus cabezas con su mano oscura.

—Casi —dijo Karolina, con un suspiro. Paseó la mirada por la cumbre desierta. No sabía qué esperaba encontrarse, pero el poco optimismo que le quedaba estaba desapareciendo en aquel lugar desolador—. ¿Qué hacemos ahora? —le preguntó a Fritz—. Aquí no hay nada de viento, y desde luego no veo a nadie más que pueda ayudarnos —dijo, dejándose caer al suelo.

—Me niego a creer que mi amigo me mintiera acerca del viento —dijo Fritz—. Necesito ayudar a nuestro pueblo. Y quiero ayudarte a ti. Te veo el rostro, Karolina. Eso no te lo merecías.

Karolina se negaba a rendirse y tocarse el pómulo agrietado. Lo último que quería de Fritz era conmiseración.

—Ninguna muñeca se merecía esto.

—No, es cierto —respondió una voz como un suspiro. La voz llegó acompañada del viento más intenso que había sentido nunca Karolina. El viento se le enredó en el cabello, levantándoselo desde las sienes, y su falda perfectamente planchada se elevó, revoloteando a su alrededor.

—¿Lo ves? —exclamó Fritz, riéndose—. ¡El viento existe de verdad!

Después de tantas historias falsas, Karolina apenas podía creer que aquello fuera verdad.

—¿Eres Dagoda? —le preguntó al viento.

Se esperaba que fuera tan frío como el aire que los rodeaba, pero era suave y cálido, como la tierra bañada por el sol.

—Sí —dijo el viento—. Y sé quiénes sois vosotros, muñecos. Los corazones de dos seres humanos os han llamado, y estoy aquí para llevaros con ellos.

—¿Dos humanos? —preguntó Fritz, llevándose la mano a la cabeza para evitar que la gorra le saliera volando.

—Sí —dijo Dagoda.

Karolina dio un paso atrás.

—Pero no hemos venido hasta aquí para ir al mundo de los humanos. ¿Qué sentido tiene?

—Cuando un humano llama a una muñeca, siempre hay un motivo —dijo el viento bondadoso—. Os necesitan... Y puede que vosotros también descubráis que ellos tienen lo que necesitáis.

—Yo no voy a huir de la Tierra de las Muñecas —dijo Karolina, decidida.

—Esperábamos encontrar un modo de ayudar a nuestro pueblo —dijo Fritz—. Quizá sea así como tenemos que hacerlo... aunque no sea lo que nos esperábamos.

—Fritz... —dijo Karolina—. ¿Puede ser que tenga razón?

—No hace falta que vengas si no quieres —dijo Fritz—, pero yo quiero hacer este viaje.

Abrió los brazos y dejó que el viento se lo llevara cada vez más alto, hasta que las suelas de sus botas se separaron de la nieve.

La niebla que les rodeaba empezó a tomar forma, creando unas alas enormes que parecían extenderse de un extremo al otro del cielo cada vez más oscuro. Entre las alas apareció el rostro de Dagoda. Era un rostro joven y amable, enmarcado por una melena de alegres rizos del color de los girasoles.

—¿Y tú, muñequita? —le preguntó a Karolina—. ¿Estás lista?

El rostro de Fritz brilló, expectante, y mirándole a los ojos Karolina supo cuál debía ser su decisión.

—Sí —dijo ella—. Voy contigo.

El viento cogió a Karolina entre sus brazos, y se la llevó volando con Fritz.

30

El último viaje

*L*a última criatura que Karolina esperaba encontrarse en el cobertizo era la lakanica. El espíritu de los prados había cambiado desde su charla en el parque Planty. Su brillante cabello pelirrojo se había vuelto cetrino, y las flores que tenía trenzadas estaban mustias y quebradizas.

—Hola, muñequita —dijo la lakanica. Se atragantó, y tosió delicadamente cubriéndose la boca con el puño.

—¿Qué estás haciendo aquí? ¡Pensaba que ibas a quedarte en Cracovia!

La lakanica se sentó junto a Karolina e intentó acariciarle una de las trenzas. Pero sus dedos la atravesaron sin tocarla.

—Pensaba que podría —dijo—. Intenté crearme un nuevo hogar allí. Pero no podía olvidar mi prado.

—¿Esto es tu prado? —respondió Karolina. La primera vez que había visto a la lakanica, era un espíritu bello y lleno de vida, y aquel lugar no era ninguna de las dos cosas.

Auschwitz-Birkenau era el lugar donde morían los sueños.

—Lo era —dijo la lakanica—. Pero ya no. Ahora pertenece a los fantasmas, y ya no tengo ningún poder sobre él. No puedo hacer que las plantas florezcan ni que los árboles crezcan. No puedo ayudar a nadie a salir de la oscuridad.

—Por favor, dime dónde han ido todos —le rogó Karolina—. El Fabricante de Muñecas se despidió de mí antes de que los brujos nos separaran, pero no puede haber desaparecido.

Se echó a llorar de nuevo, aunque esta vez estaba demasiado exhausta como para combatir las lágrimas.

—Los alemanes se lo han llevado, como a todos los del tren, a un lugar donde ni tú ni yo podemos seguirles —dijo la lakanica—. Lamento la pérdida de tu amigo.

El espíritu de los prados se acercó para abrazarla, pero Karolina la apartó de un manotazo. No quería consuelo. Quería correr a toda velocidad para dejar atrás su dolor, como una serpiente dejaría atrás la piel muerta.

Pero no había adónde ir.

—¡Déjame! —gritó Karolina, arrancándose el sombrerito de la cabeza y tirándoselo a la lakanica—. No vales para nada. ¿De qué sirve tu magia si no has podido ayudar a la gente del tren ni al Fabricante de Muñecas? Ni siquiera puedes ayudarme a mí.

El sombrerito de Karolina cayó sin fuerza en el pecho de la lakanica, pero aun así esta obedeció y se echó atrás.

—Lo siento —dijo otra vez—. Sé lo que hizo tu mago por los niños. Todos los espíritus de Cracovia lo saben. Nosotros…

—¡Vete! —insistió Karolina—. Si lo sabíais, deberíais haber evitado que Brandt se los llevara a él y a Jozef. ¡Aún estarían aquí, si hubierais hecho algo!

—Ojalá hubiéramos podido, pero no tenemos ese poder. Somos espíritus de los sueños —dijo la lakanica—. Pero tienes que saber que los niños que salvó tu amigo están seguros. Nunca verán en qué se ha convertido mi prado. Todos crecerán. Algunos de ellos incluso volverán a encontrar a sus padres.

Karolina quería creerla. Antes pensaba que crecer sería una cosa terrible, hasta que había visto cómo lo hacía Rena, poco a poco. Ahora se había dado cuenta de que era lo más importante del mundo.

—Siento haberte gritado —dijo—. Pero es que estoy destrozada.

233

—Un corazón roto es lo más doloroso que hay —dijo la lakanica.

—Pero yo no tengo el corazón roto.

—Oh, sí que lo tienes, claro —dijo la lakanica—. ¿No lo notas?

Karolina estaba a punto de volver a negarlo, pero no podía mentir sobre el dolor que sentía en el pecho. Donde antes sentía el corazón de una sola pieza, ahora notaba dos mitades una junto a la otra.

—¿Y no se puede arreglar?

—Me temo que no —dijo la lakanica—. Pero te dolerá menos con el tiempo. Tus recuerdos felices aliviarán el dolor, muñequita.

Aquella última palabra era casi un suspiro, y Karolina observó que el espíritu del prado empezaba a desfigurarse con un resplandor.

—Un momento —dijo—. ¿Qué hago ahora?

—Alguien vendrá a buscarte —dijo la lakanica.

—¿Y luego?

—Luego volverás a casa.

La lakanica parpadeó, cerró los ojos por fin y perdió la forma del todo, dejando a Karolina sola en el cobertizo una vez más.

Karolina no sabía con exactitud cuánto tiempo llevaba entre los juguetes perdidos.

En invierno, las mujeres que organizaban las montañas de ropas y de recuerdos entraban en el cobertizo corriendo, empujadas por el cortante viento. En verano, se arremangaban, dejando al descubierto unos brazos rojos, quemados por el sol. Pero en todas las estaciones intercambiaban comentarios, rumores, poesías y recetas entre dientes, mientras clasificaban las pertenencias de los desaparecidos.

Juraban que amarían.

Juraban que se vengarían.

Juraban que no olvidarían.

Karolina las escuchó, pero nunca habló con ellas. Poco a poco, sintió que su tiempo en el mundo de los humanos se acercaba a su fin. El cabello se le fue enredando, y luego se le fue cayendo a mechones que ya no eran dorados, sino grises y sucios. El vestido se le fue deshilachando hebra a hebra, como si unos dedos invisibles fueran tirando de los hilos. La madera de su rostro fue encogiéndose y deformándose con las gotas de lluvia y con la nieve, y la grieta de su pómulo se extendió en todas direcciones como una tela de araña.

En los momentos en que Karolina no soportaba verse rodeada por tanta pena, dejaba que los recuerdos la transportaran a la vida que había conocido en Cracovia. Olía las empanadillas que le gustaba freír al Fabricante de Muñecas, y escuchaba a Jozef tocando su violín. Volvía a verse en la casa de muñecas que tanto le gustaba a Rena, con Mysz, y recreaba todos los juegos que jugaban juntos.

Entonces, un día, la puerta del cobertizo se abrió y entró Dogoda. Sus alas formadas por nubes se movieron lentamente, agitando el pelo y las faldas de las mujeres que trabajaban, aunque ellas no lo vieron. A Karolina le habría gustado que lo hubieran podido ver. Dogoda llevaba la misma corona de flores frescas, un bonito recordatorio de la belleza que había albergado este mundo, como muchos otros.

La llegada del viento bondadoso no hizo más que aumentar el dolor de Karolina. La última vez que se habían visto estaba a punto de conocer al Fabricante de Muñecas.

—Hola de nuevo —dijo Dogoda.

Karolina intentó erguir la espalda, pero había perdido la fuerza en las piernas.

—Por favor, llévame con el Fabricante de Muñecas —le pidió a Dogoda—. La otra vez me llevaste junto a él. ¿Puedes hacerlo otra vez? Aún nos necesitamos el uno al otro.

—No puedo traspasar la frontera y llegar al lugar donde van las almas humanas cuando abandonan este mundo —dijo Dogoda, y cada palabra que pronunciaba parecía estar lastrada por el dolor—. Para eso hay otros vientos y otros espíritus. Lo único que puedo hacer es llevarte de nuevo a la Tierra de las Muñecas.

235

—No hay nada para mí en la Tierra de las Muñecas —respondió Karolina—. Solo otra guerra que no puedo detener.

Se sentía cruel, como un cuchillo deseoso de penetrar en el corazón de alguien; quería que alguien sufriera tanto como había sufrido ella. Y si ese alguien tenía que ser el viento, pues que así fuera.

—Todas las guerras acaban, Karolina. ¿Eso no te lo dijo el Fabricante de Muñecas? —dijo Dogoda, arrodillándose a su lado—. El cuerpo que te hizo ya no puede contener tu alma por más tiempo. Es hora de que abandones este mundo.

Karolina bajó la cabeza. Si el Fabricante de Muñecas aún estuviera allí, podría haberle arreglado el cabello, la cara y las piernas. Con sus hábiles manos podría incluso haberle reparado el corazón. Pero ahora el alma de su amigo estaba lejos, muy lejos.

Karolina hizo un esfuerzo para que no le temblara la voz.

—¿Duele separarse del cuerpo?

—Solo un momento —dijo Dogoda—. Luego ya no.

Lo dijo prácticamente como lo habría dicho el Fabricante de Muñecas, así que Karolina le creyó.

—¿Estás lista?

—Sí —dijo ella. Cerró los ojos y dejó que Dagoda la arrastrara con su nebuloso abrazo. Por un instante terrible, sintió como si la arrancaran de nuevo de los brazos del Fabricante de Muñecas.

Mientras Karolina y Dogoda se levantaban, el viento dijo:

—Quiero enseñarte algo antes de que abandonemos el mundo de los humanos.

No sin esfuerzo, Karolina abrió bien los ojos. La terrible imagen de Auschwitz-Birkenau, el lugar que injustamente llevaba el nombre del Fabricante de Muñecas, había quedado atrás. Ahora se movían rápidamente, no solo sobre los campos y sobre el río, sino también por el tiempo.

Bajo sus pies, los campos de iris y de azafrán florecían con el esplendor del verano, y al momento se marchitaban y quedaban cubiertos por un grueso manto de nieve. Los arroyos se congelaban, el hielo se fundía y volvía a congelarse, y el sol viajaba de este a oeste como el péndulo de un gran reloj. Cuando Karolina y el viento llegaron a Cracovia, era de nuevo primavera. Pero las enormes banderas alemanas, negras y rojas, habían desaparecido de la Lonja de los Paños. ¿De verdad era Cracovia? Karolina no vio a nadie con una estrella en el brazal ni ninguna gorra con una calavera sonriente al atravesar la plaza principal de la mano de Dogoda, agitando las peonías de las jardineras que decoraban los escaparates y las ventanas. El viento redujo la velocidad cuando llegaron a la puerta azul intenso de una tienda frente a la basílica de Santa María. Pero no era una tienda cualquiera.

Era la tienda del Fabricante de Muñecas.

Frente a la tienda había un par de adolescentes que observaban las filas de muñecas y animales de peluche abandonados. Era obvio que nadie se había ocupado de la tienda en muchos años; el suelo y los estantes estaban cubiertos por una capa de polvo que a Karolina le pareció como de encaje. El caballito-balancín que el Fabricante de Muñecas estaba tallando cuando Brandt se había presentado para detenerlo seguía sobre su mesa de trabajo. Al verlo, Karolina sintió las lágrimas a punto de asomar… hasta que la chica se apartó los oscuros rizos de la cara, dejando a la vista sus luminosos ojos… uno verde y uno azul.

Era Rena. Y el chaval a su lado —ya un muchacho— era Dawid.

Ambos habían sobrevivido.

Mysz también estaba allí, apoyado en el hombro de Rena. Su manto de terciopelo estaba algo raído por algunas partes, pero parecía tan lleno de vida como siempre. El Fabricante de Muñecas había dejado atrás Cracovia y el mundo de los humanos, pero su magia seguía viva.

—Estamos en casa —dijo Mysz.

—¿De verdad? —preguntó Dawid—. Cracovia parece otra, aunque los alemanes ya se hayan ido.

Rena seguía mirando a través del sucio cristal.

—A lo mejor ya no es nuestra casa —dijo, en voz baja—. A lo mejor no puede volver a serlo. Pero quería volver a verlo una vez más.

Le agarró la mano a Dawid y se la apretó.

Daba la impresión de que el corazón de Rena, al igual que el de Karolina, estaba lleno de pequeñas grietas donde residían los recuerdos de su padre y de su madre, del Fabricante de Muñecas y de todas las personas que le habían arrebatado. Pero Karolina esperaba que Rena pudiera crearse un nuevo hogar en el futuro, un hogar propio, y que Dawid y Mysz fueran parte de él.

Y ahora había llegado el momento de que Karolina se despidiera de Cracovia y dejara que el viento bondadoso la llevara a casa, tal como le había prometido.

Seguramente sería lo que habría deseado Rena.

Epílogo

La costurera y el soldado

𝒦arolina se despertó en la Tierra de las Muñecas, rodeada por un campo de flores de azúcar.

Dagoda había desaparecido.

Irguió la espalda y sintió en la mejilla el roce de una peonía blanca a modo de bienvenida. Le hizo cosquillas y quiso apartar los pétalos de un manotazo, pero sus dedos se detuvieron sobre el pómulo. Eran los dedos de su mano izquierda. Había recuperado todo el brazo, y las señales de mordiscos habían desaparecido.

Karolina rodeó el tallo de la peonía con su mano recuperada y lo acarició. Al apartarlo se encontró la palma cubierta de granitos de azúcar. Había olvidado lo generosa que era aquella tierra. La gente de Cracovia se habría admirado al ver todo aquello, y ella habría estado encantada de poder compartirlo con ellos.

Poco a poco se puso en pie. El cielo en lo alto era más bien como un mar: azul y liso, sin las columnas de humo que lo surcaban como cicatrices la última vez que había estado en la Tierra de las Muñecas. ¿Habría conseguido destruirlo todo las ratas? ¿Se les habrían acabado las muñecas, los pueblos y las esperanzas que quemar?

Karolina escrutó el campo, en busca de cualquier indicio

de la presencia de ratas. No vio ninguno. A lo lejos incluso oyó un pájaro que cantaba una opereta en un idioma que ella no entendía.

¿Habría vuelto ya Dogoda al mundo de los humanos? No podía ser que ella fuera la única muñeca que había acabado abandonada en un vagón de ganado vacío o en una fea sala de Birkenau. Habría otras que Dogoda tendría que traer a casa, pensó, y sus historias en el mundo de los humanos habrían acabado todas igual.

Con un final que no le desearía a nadie.

Aunque desde luego le habría apetecido quedarse tendida entre las flores, sabía que no era seguro quedarse al aire libre. Atravesó el campo hasta que encontró el viejo camino, al que le faltaban tantos adoquines de caramelo que casi no parecía un camino de verdad.

¿Adónde podía ir? Su casa había desaparecido, al igual que gran parte de los pueblos que antes rodeaban el palacio del rey y la reina. Hasta el bosque a ambos lados del camino estaba despoblado, salpicado de tocones, después de que las ratas hubieran talado los árboles para crear sus horrorosos monumentos y sus feísimas casas. Karolina pensó que el canto del pájaro que había oído antes debía de ser producto de su imaginación.

Se echó a caminar y vio una pequeña figura que se acercaba por el camino. Karolina se preparó para salir corriendo hacia el bosque, que la habría ocultado como la otra vez. Pero cuanto más cerca estaba la figura, mejor se veía.

—¿Fritz? Fritz, ¿eres tú?

—¡Karolina! —El soldado de madera aceleró el paso, riéndose descontroladamente—. Se han ido —dijo, acercándose—. ¿Te lo puedes creer? ¡Se han ido!

¿De qué estaba hablando?

—¿Quién? ¿Quién se ha ido?

—¡Las ratas! —exclamó Fritz, con un grito triunfal—. ¡Han huido por el mar!

—¿La guerra ha acabado? —dijo Karolina. Sentía el pecho a punto de estallar, como sin cien flores de azúcar hubieran brotado en su interior. Pero casi no se atrevía a creer que Fritz tuviera razón. Las ratas eran enormes y astutas. ¿Cómo podían haber perdido la guerra?

—Se lo comieron todo sin pensar qué pasaría cuando no hubiera más galletas de jengibre o caramelos de menta para alimentar a su ejército —explicó Fritz—. Querían demasiado: su codicia fue su perdición. ¡El Rey de las Ratas tuvo que ordenarles que se retiraran para que no murieran de hambre!

—¿Volverán? —preguntó Karolina. Parecía lógico que volvieran algún día, después de aprender de sus errores.

—No lo sé —dijo Fritz—. Pero al final hasta las ratas estaban furiosas con su rey. Las ha traído hasta tan lejos, ¿para qué? ¿Para atiborrarse durante una temporada y luego tener que marcharse con la barriga vacía? La guerra ha terminado, Karolina. De verdad ha terminado.

—¿Y cuántas muñecas quedan? ¿Quién ha sobrevivido? —dijo ella. Era la pregunta que más temía formular.

El entusiasmo de Fritz menguó un poco.

—No muchas —dijo—. Pero las muñecas que se ocultaron en el bosque están empezando a salir de sus escondites, y podemos reconstruir el país. Podemos empezar una vida nueva, en paz. Y recordaremos a todos los que nos arrebataron las ratas, igual que intentaremos recordar a nuestros amigos del mundo de los humanos. Nos repetiremos sus nombres cada día. Yo ya no tendré que combatir. Y tú podrás volver a coser vestidos y deseos.

Karolina no se veía capaz de compartir su euforia.

—Qué tontería —dijo—. Los deseos no se cumplen, Fritz.

—Pero tú siempre creíste en los deseos.

—Deseábamos encontrar el modo de hacer que se fueran las ratas, y mira cómo ha salido —dijo Karolina. Se cubrió los ojos con las palmas de las manos, intentando reprimir las lágrimas que le humedecían las pestañas de pluma. Pese a que resultaban completamente inútiles, daba la impresión de que las lágrimas no tenían fin—. Mi amigo del mundo humano me dijo que tenía que aferrarme a mi corazón durante la guerra para poder

241

seguir siendo yo misma después, pero ahora tengo el corazón roto. Así que tampoco eso he sabido hacerlo.

El dolor se abalanzó sobre ella como un lobo, engulléndola. ¿Es que nunca la dejaría en paz? Con el dolor no iba a recuperar al Fabricante de Muñecas ni a Jozef.

—Pero Karolina, tener el corazón roto no significa que hayas fracasado —dijo Fritz—. Significa que aún tienes corazón. ¿Cómo íbamos a reconstruir la Tierra de las Muñecas sin él?

—Tú no sabes lo que me ha ocurrido en el mundo de los humanos —dijo Karolina, enjugándose las lágrimas y mirando al soldado—. No lo entiendes.

—Quizá no —admitió Fritz—, pero sí sé que debes de haber perdido a personas que te querían —añadió, dándole una palmadita en el hombro—. Yo también tenía a alguien que me quería en el mundo humano, aunque no sé cómo acabamos separados.

Brandt.

¿Cómo iba a decirle Karolina a Fritz que el joven que tanto le quería había acabado convirtiéndose en un brujo terrible? La respuesta era, por supuesto, que no podía. Tenía que dejarle conservar los pocos recuerdos agradables que tenía de Erich Brandt.

—¿Cómo eran? —dijo Fritz, interrumpiendo sus pensamientos.

—¿Qué?

—Las personas que has perdido. ¿Cómo eran?

Karolina no se veía capaz de describirle todas aquellas vidas a Fritz con simples palabras. Pero las palabras eran lo único que le quedaba; tenía que intentarlo.

—Jozef Trzmiel era valiente, tan valiente como un soldado, aunque solo contara con su violín y su inteligencia —dijo Karolina—. Y había alguien más. Era…

Se balanceó sobre uno y otro pie, hasta que Fritz la exhortó a que continuara:

—¿Qué era?

Las imágenes que revoloteaban en la mente de Karolina eran tan claras como los copos de nieve que caían en la plaza principal. El Fabricante de Muñecas no era uno de esos niños que dejan de lado a sus muñecos al crecer; habían estado juntos hasta el final, y Karolina pensó que nunca volvería a sentirse completa sin él. Aunque quizá, quizá pudiera alcanzar algo parecido a la felicidad en compañía de Fritz y de los demás.

Aquel era su deseo último y más profundo.

—Era bueno —dijo Karolina. Si había una palabra que definiera por sí sola al Fabricante de Muñecas, era esa—. Tenía una pierna de madera, y me dejaba leer todos sus libros de cuentos. No tenía familia, hasta que una familia le encontró a él. Hizo felices a muchos niños, y salvó a todos los que pudo. Era mi mejor amigo, y le quería.

Fritz asintió.

—Parece que era una persona magnífica —dijo—. ¿Cómo se llamaba?

Karolina levantó la cabeza, y esta vez no intentó contener las lágrimas.

—Cyryl Brzezick —dijo—. Se llamaba Cyryl Brzezick, pero todo el mundo lo conocía como el Fabricante de Muñecas de Cracovia.

Cronología

28 de junio de 1914: En Europa estalla la Primera Guerra Mundial, o Gran Guerra. Los imperios alemán y austrohúngaro (incluida la actual Polonia) combaten contra Gran Bretaña, Francia y Rusia.

6 de abril de 1917: Estados Unidos entra en la guerra, del lado de las potencias aliadas (Gran Bretaña, Francia y Rusia).

11 de noviembre de 1918: Acaba la Primera Guerra Mundial, con la rendición de Alemania y sus aliados.

28 de junio de 1919: Alemania firma el Tratado de Versalles con las potencias aliadas. Muchos alemanes piensan que el documento es injusto porque les atribuye a ellos toda la responsabilidad de la guerra. El tratado reconoce la independencia de Polonia.

21 de julio de 1921: Adolf Hitler se convierte en líder del Partido Obrero Nacional Socialista Alemán. Los nazis son extremadamente antisemitas, lo que significa que tienen prejuicios contra los judíos y que les culpan de los problemas económicos y sociales de Alemania.

Octubre de 1929: La bolsa de EE.UU. se hunde, provocando una depresión económica en todo el mundo.

30 de enero de 1933: Hitler se convierte en canciller de Alemania. Promete devolver la fuerza y la prosperidad al país, y proyecta ampliar las fronteras de Alemania.

10 de marzo de 1933: Creación del primer campo de concentración alemán en Dachau. Los opositores a la demagogia de Hitler y a su régimen nazi son enviados al campo.

23 de agosto de 1939: La Alemania nazi y Rusia (ya Unión Soviética) firman el Pacto Mólotov-Ribbentrop, convirtiéndose en aliadas.

1 de septiembre de 1939: Alemania invade el oeste de Polonia, con lo que empieza la Segunda Guerra Mundial.

3 de septiembre de 1939: Gran Bretaña y Francia declaran la guerra a Alemania.

17 de septiembre de 1939: La Unión Soviética invade el este de Polonia.

27 de septiembre de 1939: El gobierno polaco huye a París, y luego a Londres. Polonia nunca se rinde formalmente ni ante los alemanes ni ante los soviéticos.

23 de noviembre de 1939: A todos los judíos de Polonia se les exige llevar una estrella amarilla o una banda con la estrella de David en el brazo. Se les despoja de muchas de sus libertades.

20 de mayo de 1940: Se crea el campo de concentración de Auschwitz en el sur de Polonia.

27 de septiembre de 1940: Alemania, Italia y Japón firman el Pacto Tripartito, convirtiéndose en aliados.

3 de marzo de 1941: Todos los judíos residentes en Cracovia se ven obligados a trasladarse con todas sus posesiones al gueto de Cracovia. Los alimentos escasean. Los niños no pueden ir al colegio. Muchos judíos adultos se ven obligados a trabajar para los alemanes.

22 de junio de 1941: Alemania traiciona a la Unión Soviética e invade el país.

Octubre de 1941: Auschwitz se amplía, incluyendo el campo de la muerte de Auschwitz-Birkenau. Es parte de la Solución Final de Hitler, su plan para aniquilar a todos los judíos de Europa.

11 de diciembre de 1941: Estados Unidos entra en la guerra tras el bombardeo japonés de Pearl Harbor. Lucha al lado de las potencias aliadas contra Alemania y Japón.

Junio de 1942: Los alemanes empiezan a deportar a judíos del gueto de Cracovia a los campos de la muerte.

2 de febrero de 1943: La guerra se les pone en contra a los alemanes, cuando no consiguen capturar la ciudad soviética de Stalingrado.

Marzo de 1943: Se cierra el gueto de Cracovia. Todos los residentes que quedan son enviados a Auschwitz-Birkenau para su aniquilación, o al campo de trabajos forzados de Płaszów.

27 de enero de 1945: Los prisioneros de Auschwitz son liberados por soldados de la Unión Soviética. Entre 1939 y 1945 habían matado en él a más de un millón de personas. El número total de judíos asesinados por los nazis asciende a seis millones.

7 de mayo de 1945: Alemania se rinde y acaba la Segunda Guerra Mundial en Europa. Hitler se suicida y muchos oficiales nazis escapan a Sudamérica y a Oriente Próximo.

2 de septiembre de 1945: Japón se rinde y acaba por fin la Segunda Guerra Mundial. El número de soldados aliados muertos en la guerra asciende a más de catorce millones.

247

Nota de la autora

En verano de 2005, cuando era adolescente, estuve en Polonia y visité un lugar llamado Brzezinka, donde los nazis habían matado a más de un millón de personas durante la Segunda Guerra Mundial. La mayoría de esas víctimas —hombres, mujeres y niños— fueron asesinadas simplemente porque eran judías.

Me fui de Brzezinka —más conocido como Auschwitz-Birkenau, el más infame de los campos de concentración nazis— tres días más tarde. Pero lo que vi allí me persiguió durante muchos años. En aquellos días, pocos estadounidenses habían visitado Polonia, porque antes formaba parte del Bloque Comunista. Cuando volví a Estados Unidos hice repetidos esfuerzos por plasmar mi experiencia de algún modo. Quizá sea algo natural que acabara escribiendo una historia sobre ella.

Al principio no pensé que mi historia tuviera nada que ver con el Holocausto. Empezaba con una simple escena en la que un soldado reconvertido en fabricante de juguetes daba vida a una batalladora muñeca. No tenía ni idea de cómo acabaría la historia, pero me intrigaban tanto el artesano y la muñeca que quería descubrirlo. Cuando me di cuenta de que su viaje juntos acabaría en Auschwitz-Birkenau, igual que tantos otros viajes entre 1941 y 1945, me pregunté si podría seguir escribiendo. ¿Cómo iba a describir lo que había ocurrido allí? Sin embargo, cuanto más pensaba en ello, más claro tenía que necesitaba transmitir lo que había visto: el lugar donde podía acabar llevándote el odio ciego, incluso tantas décadas después.

En 2016 volví a Polonia por primera vez en más de una década, como voluntaria para el mantenimiento del cementerio judío de Oświęcim, ciudad a menos de ochenta kilómetros de Cracovia donde aún se encuentra el campo de Auschwitz. Allí, con los otros voluntarios, visité una exposición sobre la vida de los judíos antes de la guerra. Me impresionó la actividad de la comunidad judía que había habido antes en la ciudad... y la brutalidad con que había sido eliminada durante la ocupación alemana. La mayoría de los judíos que vivían en Oświęcim murieron durante el Holocausto, y son pocos los supervivientes que regresaron tras la guerra. Sentí un vacío, la clara percepción de un espacio en el que debía de haber estado antes la vida.

Me parece esencial recordar a las víctimas judías del terror nazi, especialmente en un tiempo en que el racismo, el miedo y la xenofobia gobiernan gran parte del mundo. La existencia de ese odio me recuerda que aún hay personas como Erich Brandt, que escogió la crueldad y la intolerancia, y como Dombrowski, el panadero, que no quiso ver las cosas terribles que sucedían a su alrededor.

Pero sé que también hay personas como el Fabricante de Muñecas.

Lo triste es que la magia que demuestra en esta narración no existiera durante el Holocausto, y que la mayoría del *Volksdeutsche* no decidiera plantar resistencia a los nazis. Sin embargo durante la Segunda Guerra Mundial se produjo otro tipo de magia en Europa: el valor y la compasión de individuos reales que, como el Fabricante de Muñecas, decidieron ayudar a sus vecinos judíos. El Fabricante de Muñecas procede de mi imaginación, pero yo creo que siempre ha habido buenas personas como él en el mundo. En este caso fueron hombres y mujeres normales que, en su mayoría, siguieron viviendo una vida perfectamente normal después de 1945. No obstante, durante los negros años de la guerra tuvieron una actuación extraordinaria. Hoy son reconocidos como Justos entre las Naciones por el estado de Israel. Para saber más de ellos se puede visitar el sitio web de Yad Vashem (yadvashem.org/righteous; en inglés).

Si hay una cosa con la que espero que se quede el lector de este libro, es lo que Karolina le dijo a Brandt: «Siempre hay alternativa». Podemos decidir participar en actos de odio, o apartar la mirada... o aliviar el dolor que vemos en el mundo con valor y bondad.

Por favor, sed buenos.

Por favor, sed valientes.

Por favor, no dejéis que ocurra de nuevo.

Agradecimientos

*G*racias a mi agente, Jenny Bent, una maga que vio posibilidades en esta historia y que me proporcionó apoyo y orientación durante este viaje, de principio a fin.

Tengo que agradecer a mis increíbles editores en Delacorte Press/Random House y Walker Books, Beverly Horowitz, Denise Johnstone-Burt, y Daisy Jellicoe, todas sus contribuciones y sus infatigables esfuerzos para hacer que este libro adoptara su mejor forma. Y gracias también a Rebecca Gudelis, Colleen Fellingham y Tamar Schwartz.

No estaría donde estoy hoy de no ser por la sabiduría de la Dra. Theodora Goss, James Patrick Kelly y Nancy Holder. ¡Sois los mejores mentores que podría tener un escritor!

Mi agradecimiento sincero a Jen, Elizabeth, Sarah, Lew, Dallas, Steve, Elaine, Doc, Suri, Pam, Kelsey, Nora, Paul y Andrea, que leyeron varios borradores de este libro y de muchos otros. ¡Siempre tendremos nuestro Hogwarts en Maine!

Agradezco también a Li y River su amistad, su apoyo y sus ánimos en los últimos tres años.

A la Dra. Caroline Sturdy Colls, Kevin Colls, Mick Britton, Steven Reese, Joann Siegienski, Bruce Mussey y los estudiantes de arqueología forense de la Universidad de Staffordshire, gracias por vuestro trabajo y por permitirme compartir el mío con todos vosotros.

Todo mi amor a mi madre, que ha leído todas las versiones de este libro; a mi hermana, constante fuente de inspiración; y a mi padre, que me dijo que el bolígrafo no pesa nada.

Este libro utiliza el tipo Aldus, que toma su nombre
del vanguardista impresor del Renacimiento
italiano Aldus Manutius. Hermann Zapf
diseñó el tipo Aldus para la imprenta
Stempel en 1954, como una réplica
más ligera y elegante del
popular tipo
Palatino

✳✳✳

✳✳

✳

El Fabricante de Muñecas
se acabó de imprimir
un día de invierno de 2018,
en los talleres gráficos de Liberdúplex, s.l.u.
Crta. BV-2249, km 7,4, Pol. Ind. Torrentfondo
Sant Llorenç d'Hortons (Barcelona)

✳✳✳

✳✳

✳